朱元璋与淮西集团

ZHUYUANZHANG YU HUAIXI JITUAN

贾鸿彬 著

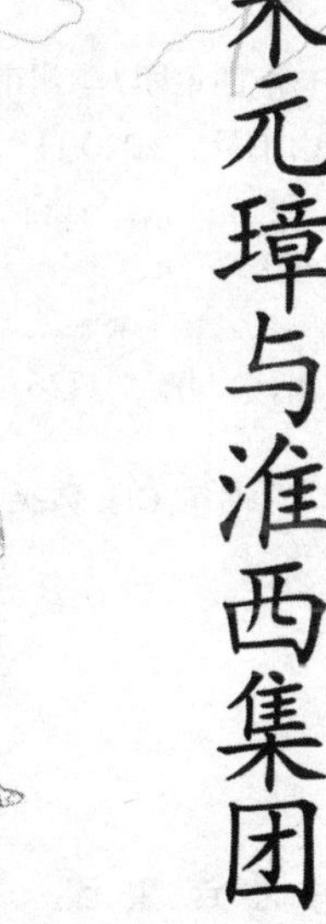

全国百佳图书出版单位
时代出版传媒股份有限公司
黄山书社

图书在版编目(CIP)数据

朱元璋与淮西集团/滁州市文联编；贾鸿彬著．
—合肥：黄山书社，2020.11

ISBN 978-7-5461-9444-8

Ⅰ．①朱…　Ⅱ．①滁…　②贾…　Ⅲ．①随笔—作品
集—中国—当代　Ⅳ．①I267.1

中国版本图书馆 CIP 数据核字（2020）第 238600 号

朱元璋与淮西集团
ZHUYUANZHANG YU HUAIXIJITUAN

贾鸿彬　著

出 品 人　贾兴权
责任编辑　向　焱
责任印制　李晓明　李　磊
装帧设计　钱志刚
出版发行　黄山书社(http://www.hspress.cn)
地址邮编　安徽省合肥市蜀山区翡翠路 1118 号出版传媒广场 7 层 230071
印　　刷　永清县晔盛亚胶印有限公司
版　　次　2020 年 12 月第 1 版
印　　次　2023 年 6 月第 3 次印刷
开　　本　700 mm × 1000 mm　1/16
字　　数　210 千字
印　　张　19.5
书　　号　ISBN 978-7-5461-9444-8
定　　价　68.00 元

服务热线　0551-63533768

销售热线　0551-63533788

官方直营书店(https://hsss.tmall.com)

总 序

滁州雄峙皖东，襟江带淮，春秋时期即为吴头楚尾之地。自隋开皇三年（583 年）设州至今已 1400 多年，有“金陵锁钥、江淮保障”“形兼吴楚、气越淮扬”之誉。千百年来，长江文化、淮河文化、淮扬文化在这里交融传承，形成了滁州开创性、开放性和包容性兼备的文化特征。这些文化特征，孕育了滁州丰富多元而又有自身独特魅力的文化森林。

滁州人文荟萃，底蕴深厚。西晋末年，琅琊王司马睿由此东渡，建立东晋；五代后周，赵匡胤在此击败南唐主力，奠定北宋帝业根基；元朝末年，朱元璋肇建“滁阳一旅”，开创大明王朝。鲁肃、徐达、戚继光、憨山、吴敬梓、吴棠、章益等诸多名人光耀故里。唐宋年间，韦应物、李绅、李德裕、王禹偁、欧阳修、辛弃疾等文学家、政治家先后治滁，留下德政遗风和《滁州西涧》《醉翁亭记》等千古华章。明朝中期，一代儒学宗师王阳明任太仆寺少卿，讲学滁州，“儒风之盛、夙贯淮东”。

滁州敢为人先，具有光荣的革命传统。抗日战争时期，滁州是全国 19 个抗日根据地之一，刘少奇、罗炳辉、方毅、张云逸等老一辈革命家在此留下了光辉的战斗足迹。1978 年，凤阳县小岗村 18 户农民首创农业“大包干”，揭开中国农村改革的序幕。历经四十多年的改革开放，滁州积极融入长三角，经济社会发展取得长足进展，主要经济指标稳居全省前列。

为弘扬和传承地域文化，由滁州市委、市政府提出，市委宣传部牵头，市文联组织创作了《滁州文化丛书》，收录的8本作品逾150万字，多角度讲述滁州文化故事，力求深层次挖掘滁州文化底蕴、展现滁州文化魅力。《醉翁亭畔话醉翁》以通俗活泼的文字勾勒了欧阳修在滁州为官两年多时间里的生动图景，深入发掘醉翁文化的当代价值。《朱元璋与淮西集团》重点描绘朱元璋与跟随他起兵的淮西籍（主要为现滁州市地域）将臣的卓著功勋、恩怨情仇，突出了“滁阳一旅”在朱元璋军事生涯中的独特作用，是朱元璋与凤阳、滁州故土关系的全新视角，史料翔实，逻辑严密。《王阳明在滁州》描写了王阳明在滁州任南京太仆寺少卿期间，广纳弟子，传授“心学”的脉络轨迹。晚清名臣四川总督吴棠，是从滁州走出的“天下知名淮海吏”，《封疆大吏吴棠》一书，依据大量的文献资料和吴氏宗亲的口述，对吴棠一生的功绩及吴棠故居做了详细介绍，很多资料、图片为业内首次披露。章益与其父章心培，均为滁州文化名人。他于1943年至1949年间出任国立复旦大学校长，将复旦大学完整地交给了新中国。《国立复旦校长章益》叙写了章益的生平事迹、学术成就等。《故事里的琅琊山》汇集了琅琊山说不完的故事，帝王将相、文人墨客、一木二瓦、片石半碣，都在传达这座滁州名山的文化情愫。滁州古建筑是滁州文明史的实物见证，是和古人对话的重要通道，《滁州古建筑的前世今生》一书，介绍了滁州市代表性古建筑，希望能让读者追书而行。《滁州民俗面面观》一书则介绍了滁州文化中积淀的岁时习俗、信仰习俗、生活生产经营习俗、婚育寿庆习俗等，对了解江淮地区民风民俗及其流变具有重要意义。

丛书的作者都长期致力于滁州地域文化研究，他们积极搜集资料，广泛开展田野调查，潜心开展创作，力求以最切合的形式，将作品的文化内涵表达完整，故事讲述生动活泼。书稿完成后，我们又先后聘请了刘思祥（安徽省社会科学院人物研究所原副所长、副研究员）、倪阳（滁州学院原党委副书记、市地情人文研究会会长）、许恒贵（滁州市委党史和地方志研究室副主任）、卜平（滁州市政协原调研员、章益生平研究专家）、骆跃泉（滁州市委党校总务处处长、市地情人文研究会副秘书长）、贡发芹（安徽省文史馆特聘研究员、明光市政协文史委主任、吴棠研究专家）等专家对8部作品分别进行审读，提出修改意见。在此，我们向各位作者、各位专家表示衷心感谢！

习近平总书记说："要讲清楚中华优秀传统文化的历史渊源、发展脉络、基本走向，讲清楚中华文化的独特创造、价值理念、鲜明特色，增强文化自信和价值自信。"同时强调，"在历史进程中凝聚下来的优秀文化传统，决不会随着时间推移而变成落后的东西。"《滁州文化丛书》的创作出版，正是践行习近平总书记讲话精神的具体体现。希望这套丛书能够继续延展下去，将滁州优秀历史文化不断发扬光大。

是为序！

《滁州文化丛书》推进工作领导小组

2020年12月23日

目 录

引言：淮河和淮西

淮河位于中国东部，介于长江与黄河之间，发源于桐柏山主峰太白顶西北侧河谷，古称淮水，与长江、黄河和济水并称“四渎”，是中国七大江河之一。其干流流经豫、皖、苏三省，流域跨豫、鄂、皖、苏、鲁五省，全长1000公里。早在三千多年前，我国最早的文字，商代甲骨文里就已经出现“[illegible]”（淮）字。“[illegible]”是飞鸟，“[illegible]”是河川。“淮”字右边是“隹”，在这里指的是古代东方民族“隹夷”。隹夷是以鸟为图腾的。图腾从表象上说，是氏族的族徽，以其所崇拜的鸟、兽或植物图案构成。其实质是记载有关神的灵魂的载体，是古代原始部落迷信某种自

桐柏山淮源庙内碑亭

侯家寨遗址出土的文物

然或有血缘关系的亲属、祖先、保护神等，而被用作本民族的徽号或象征。原始民族对大自然的崇拜是图腾产生的基础。“隹”是“鸟”的象征，所以这个民族被叫作“隹夷”。“隹夷”所聚居的那条河，就被叫做“淮”。后来，聚居在淮河边上（主要是淮南地区）的这一部分隹夷，就被中原民族称为淮夷了。

早在新石器时代，淮河中游地区就有人类在此生活繁衍。20 世纪 80 年代以来，这一带陆续发掘了定远县侯家寨、蚌埠市双墩、濉溪县石山子等新石器时代文化遗址，出土了大量的文物，证明淮河流域也是中华民族的源头之一。这些考古发掘，填补了安徽省早、晚两期新石器时代考古文化的空白，将安徽的人类文明史上

侯家寨遗址

双墩遗址出土的陶塑人头像

溯到 7000 年以前。

在已经出土的甲骨文里，有七八片甲骨上刻有“淮”字。其中有几片甲骨文字，详细地记载了公元前 12 世纪商纣王率军征伐淮夷的行军路线。商代人非常迷信，商纣王在行军途中，走一程，打一卦，卜算吉凶。他们把卜辞刻在甲骨上，留存下来。纣王在即

蚌埠市双墩文化遗址

位的第十年九月甲午日，从都城大邑商出发，经商丘、亳、攸、杞等地，于十二月甲申日到达淢水（今淮河支流浍河）边，两天后，达于淮河，以后又过了淮河，到达淮南地区。

到了西周，青铜器上关于“淮”的记载就比较多了。现存最早铸有“淮”字的青铜器，是公元前11世纪西周昭王时期的（戈冬）卣，上面铸着周昭王派兵征伐淮夷的铭文。

这两件文物上刻铸的文字，都是中原国家与淮夷战争的记载。由此可见，淮夷在较长时间内，是商、周两朝东南方的劲敌。那时候，商朝的国土大体上在中原一带，周围犬牙交错地和几十个方国或部落相毗邻。他们之间在经济、文化上有着密切的联系和交往。其中，淮河流域中下游的淮夷，是一个比较强盛的方国，对商、周的威胁很大。商王祖乙、武丁、帝乙和帝辛（即纣王）都多次与淮夷争战。西周灭商后，成王初年，淮夷曾经与徐戎、奄人联合反击西周，深入到西周腹地，打到邶地（今河南省汤阴县地）。穆王和厉王时，淮夷、徐戎曾先后征伐西周，两次都打到了洛水岸边（今河南省洛阳市境）。周宣王与淮夷、徐戎的战争，打了十九年，打得精疲力竭，只得停战讲和。

商、周对淮夷的战争，主要是掠夺奴隶和珠、贝等宝货。在西周的青铜器和战国成书的《禹贡》上，都反映了周王朝要淮夷进贡珠、贝的史实。现今凤阳一带，是古代淮夷聚居地，地处淮河南岸的蚌埠，元末时属于濠州钟离县，古代即是“采珠之地”。钟离县得名于春秋古钟离国，自秦时开始置县，治所在今天的凤阳县临淮镇东面。2006年发掘的蚌埠双墩钟离国君柏墓，2007年发掘的凤阳县卞庄钟离国季子康的墓，都是确切的物证。季子康墓葬为罕见的圆形土坑结构，出土了青铜编钟、陶器、石器等文物95件。钟离国是淮夷国家的典型代表。中原的华夏族国家和淮夷国家，经过长期的、频繁的交往，到战国时候就已融合为一个统一的中华民族了。

淮西作为地名，是从淮南衍生而来。汉高祖四年（前203年），刘邦封英布为淮南王，首置淮南国，都六（今六安），辖九江、庐江、衡山、豫章四郡。高祖十一年（前196年），英布获罪伏诛，改封刘长为淮南王，都寿春（今寿县）。孝文帝六年（前174年），刘长获罪流放，死于途中。孝文帝改封城阳王刘喜为淮南王。孝文帝十六年（前164年），淮南国一分为三：淮南、衡山、庐江，分别封给刘长的3个儿子，长子刘安继任淮南王，都寿春。汉武帝元狩元年（前122年），刘安获罪自尽，废淮南国，复为九江郡，治

钟离子国遗址

寿春。

汉末，袁术据寿春改设淮南郡。入魏仍称淮南郡，治寿春。其后，魏文帝先后封其子曹邕及其弟曹彪为淮南王，魏明帝青龙元年（233 年）移治合肥新城。西晋初年，淮南郡迁治于寿春。永嘉乱起，淮河流域沦为战乱区，江淮郡县大批废弛，北人南迁。东晋咸和初年侨置淮南郡于丹阳郡于湖，淮南区域则为侨置的南梁郡。

南北朝期间，刘宋、萧齐、萧梁沿袭东晋侨置淮南郡于江南，淮

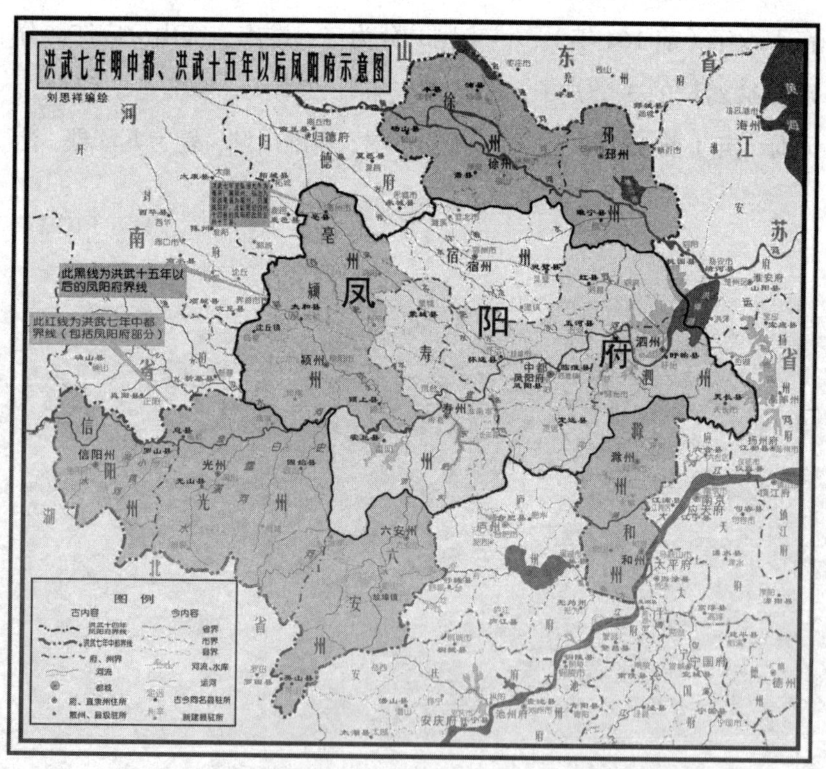

洪武七年凤阳府示意图

南区域先后有豫州、梁郡等侨置郡县。北魏、北齐、北周、隋时，复为淮南郡所辖。

唐置淮南道。五代十国时期淮南道称谓不变。

北宋置淮南路。熙宁五年（1071年）分淮南路为东、西两路，在皖中和苏中设淮南西路和淮南东路，淮南西路称淮右，淮南东路称淮左，二者常被并称为两淮。淮南西路的属地包括：寿州（今安徽寿春）、庐州（今安徽合肥）、濠州（今安徽凤阳）、舒州（今安徽安庆）、和州（今安徽和县）、蕲州（今湖北蕲春）、黄州（今湖北黄冈）、光州（今河南潢川）、无为军（今安徽无为）、六安军（今安徽六安）。历经宋元几百年，淮西已经渐渐发展成为一个区域的名称，大体指的就是宋代淮南西路范围，包括今天安徽省中部（庐州、舒州、寿州、濠州、和州、无为军、六安军）、河南省淮河以南地区（光州）、湖北东部（黄州、蕲州）。

进入了明朝，淮西虽然不再作为一个行政区域而存在，但淮西这一称谓依然常常为人们所提及。所以出身濠州的朱元璋，就成为世人皆知的“淮西人”。明代很多文献也常常用到“淮西”这个词。

淮西在历史上先后诞生了三位“武”皇帝，分别为：楚宣武帝桓温、吴武帝杨行密、明洪武帝朱元璋，这三位全部参与了和北方政权的斗争，并遣将北伐。因此淮西人享有“中原宿敌”“草原克星”“汉族打手”的称呼。

淮西集团是朱元璋赖以建立明朝、统一南北的核心力量。在消除异己、推翻元朝的十余年过程中，许多淮西人士跟随朱元璋东征西讨、南征北战，其中一些人建功立业，成为大明王朝的开

凤阳城乡现存的明代古建筑——白衣庵、赤栏桥

国元勋。主要代表人物有李善长、徐达、常遇春、汤和、冯胜、李文忠、沐英、胡惟庸、蓝玉等。他们因为出身同一地域，社会经历相似，并肩作战，生死与共，在肇建大明王朝的过程中，很自然地就团结在一起，形成利益集团。这个集团在朱元璋走出濠州、南下滁州、组建“滁阳一旅”时滥觞，在明朝建立、朱元璋大封公侯的洪武初年达到巅峰，洪武末年基本凋零。在明初政局中，他们是功勋卓著、地位显赫的一股政治势力。朱元璋本身是淮西集团的首领，但在巩固自己的统治过程中，又不时地和集团内部人士发生矛盾，淮西集团本身和浙东集团等政治势力也时常冲突迭起。所以，朱元璋在政权稳固后，就开始剪除他们，直到其雄风不再，只留下万千传奇故事。

第一章 ‖ 朱元璋发迹、征战与淮西将臣

第一节　艰辛漂泊的青少年时期

一、天生异象　穷愁潦倒

元文宗天历元年九月十八日（1328年10月21日），濠州钟离东乡朱五四妻子陈氏生下一男孩。因为他前面有三个哥哥重四、重六、重七，加上大伯朱五一家还有重一、重二、重三、重五四个哥哥，所以父亲按排行给他取名为重八。这位朱重八后来改名朱元璋，字国瑞，建立了大明王朝。由于他登基后使用洪武年号，后人又称他为洪武皇帝，民间则习惯称他为朱洪武或洪武爷。2000年，笔者到湘西乡村，与一老农闲话，当他得知我为凤阳人时，立刻说："那是朱洪武的老家。"在民间，朱洪武的名称盖过朱元璋。

关于朱元璋身世，《明史·太祖本纪》载："先世家沛，徙句容，再徙泗州。父世珍，始徙濠州之钟离。生四子，太祖其季也。"在朱元璋自己写的《朱氏世德碑记》中又有："本宗朱氏，出自金陵之句容，地名朱家巷，在通德乡。上世以来，服勤农桑。……

先考君娶妻陈氏，泗州人，生子四：长重四公生盱眙，重六公、重七公生五河，某其季也，生迁盱眙后，戊辰年。”明人郎瑛著《七修类稿》所载《皇陵碑》中亦云：“朕幼时皇考为朕言，‘朱世居句容朱家巷，尔祖先于宋季元之初我尚幼时，以父挈家渡淮，开垦兵后荒田。’因家泗州，朕记不忘。……皇考五十居钟离之东乡，而朕生焉。”根据《明史》和朱元璋自述，朱元璋出生于钟离东乡是肯定的。据史载，钟离县洪武二年（1369 年）改为中立县，洪武三年因县城北临淮河，将中立县改为临淮县，这是临淮地名之始。洪武六年临濠府改为中立府，洪武七年中立府改名凤阳府，府治迁往新城（即今凤阳县城），同时割临淮县的太平、清洛、广德、永丰 4 乡设凤阳县，洪武十九年将虹县（今五河、泗县一带）南八都并入凤阳县。自明洪武七年至清乾隆十九年（1374—1754 年），今凤阳县境内为凤阳府治和凤阳、临淮二县地，钟离东乡应在其中。明史专家、中国人民大学博导毛佩琦在《平民皇帝朱元璋》一书中确定，朱元璋“出生地钟离，也就是现在的安徽凤阳”。中国明史学会会长、中国社会科学院教授商传所著《明太祖朱元璋》进一步考证云：朱元璋出生在钟离东乡系凤阳县小溪河镇燃灯村。安徽省社科院人物研究所副所长、副研究员刘思祥也有考证文章，说明凤阳县小溪河镇燃灯社区金桥坝为朱元璋出生地。

在金桥坝附近，现存袭涧、朱家井、烀牛锅、君挑坝等遗物、遗址，这都是朱元璋出生于此的佐证。金桥坝又名君挑坝，据传童年朱元璋曾在这里放牛，见村民挑土筑坝，便对他们说，你们不用挑土了，下午带点锅巴给我，我给你们挑好。近午，朱元璋用衣襟兜一兜土，抖落在坝址，即成大坝。但村民并没有把他说的

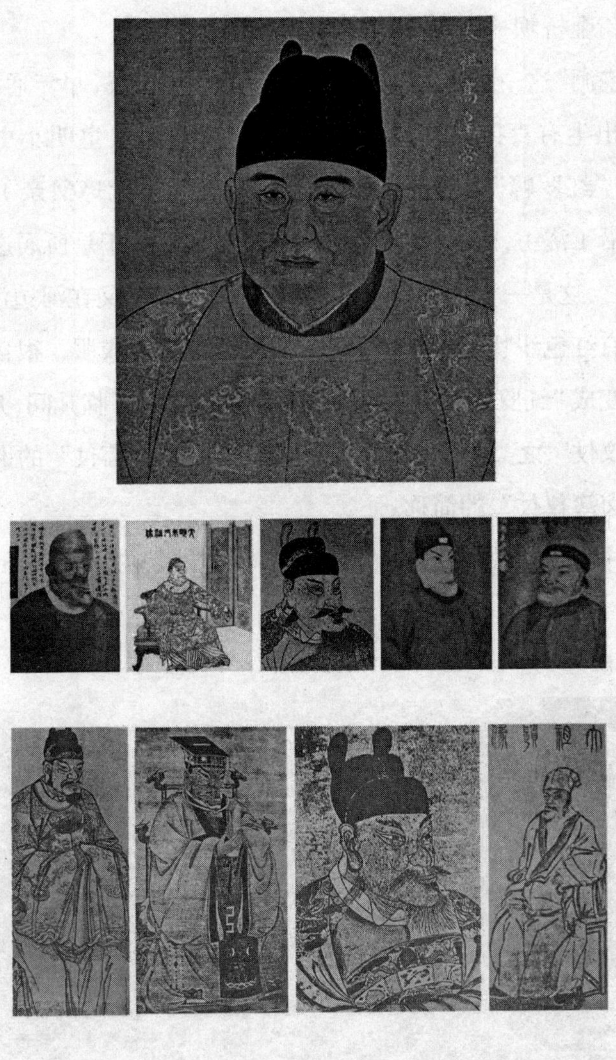

朱元璋各个时期画像

话当一回事，没人带锅巴给他。饥饿万分的朱元璋就搓了很多土条放入坝中说，“长的是黄鳝，短的为泥鳅，给我把坝钻通”。从那以后，金桥坝一直渗漏，关不住水。

“蓑涧”这一地名，离金桥坝不远，是一条小溪，早年通淮河，与朱元璋出生有直接关系。成书于明永乐年间的《皇明小史》最早收录了“红罗幛”传说：“上既生，仁祖（朱元璋父亲）至河上汲水澡沿（浴），忽有红罗浮来，遂取以衣之，于是所居遂名‘红罗巷’”。这是一个荒诞的故事，朱元璋家穷，其父在河边汲水，发现上游有红色织物漂来，顺手拾起，给朱元璋做衣服，很自然。而后来演变成“红罗幛”，显然带有迷信色彩：天子降临凡间，应有“卤簿”“仪仗”之类的气势，“红罗幛”应是“红卤仗”的讹传，为“红色卤簿仪仗”的简称。

《中都志》中有这样的记载：“蓑涧，在县东四十里银杏

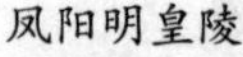
凤阳明皇陵

在縣東北六十五里 青山澗 在縣西南五十里 紅娘子澗 在縣東二十里 蓑澗 在縣東四十里叙杏村 破車澗 在縣東南六十里 沙澗 在縣南六十里 諸澗水俱流入淮 芙蓉溝 在城恩佳坊 鳳凰池 在塗山門內相傳有鳳凰止此 化……
龍池 在臨淮書院前 蓮花池 在通達坊 龍井 鳳井
井 在清流門外 五眼井 在曲陽門內 聖井 在曲陽旱沒之
塘 在縣南七里 黄泥塘 在縣南四十里 蒲塘 在縣東十五里
在縣南三十里 上張塘 在縣北七里 下張塘 在縣東北七里
二十里 長安塘 在縣東三十里 牛角塘 在縣東二十里 秦塘 在縣東南
三十里 楊村塘 郎榆塘 在縣西南二十里 石塘 在縣南三十里 黄蓮塘 在縣
西南四十五里 化明塘 在縣東六十里 駝山塘 在縣東十五里 何塘 在縣西

蓑涧

留甫山 縣南三十五里 小横山 縣南五十里
王二山 縣南六十里 鍾乳山 一名濠塘山 縣南六十里
瞿相山 縣西南二十里 昇高山 縣西南五十里
雲母山 縣西南四十里 南匾山 縣西南五十里
青山 縣西南五十里 分水嶺
淮水 發源桐栢山經潁州壽州至懷遠縣合渦水入經蚌埠鳳陽縣北至本縣流入五河泗州由鐵橋浦東北流入於海
濠水 有二源東源出濠塘山西源出鍾離山二水至昇高橋合流至城西南經廣通橋入淮横石絶水故名梁莊子惠子嘗觀魚於其上廣運橋淤久今由廣會橋入淮即新石橋是也

臨淮縣志 卷之一 山川 十七

市河 在城中濠水舊從清流門入至救風門折出入淮宋連南夫作守始決濠水自城經逵於淮遂於此河不通
溪河 縣東北五十里 黄溪 縣東北五十里
小溪 縣東北六十里 嚮水澗 縣東一里
焦子澗 縣東北二十里 青山澗 縣西南五十里
紅娘子澗 縣東二十里 蓑澗 縣東四十里
破軍澗 縣南六十里 沙澗 縣南六十里
柘塘 縣南七里 鹿塘 縣南二十八里
官塘 縣南四十里 濠塘 縣南三十里

《临淮县志》卷之一《山川》中“蓑涧”

君挑坝

朱家井

村，水流入淮”。康熙《凤阳府志》《临淮县志》均有“袲涧”地名记载。“袲”是一个奇字，查遍诸多字典均无，显然是一个新造的形声字，上若下衣，应读“ruò”。应该是为了强调朱元璋从这里得到“红罗幛”而特地生造的字。

最近一些年，关于朱元璋的出生地，明光市和凤阳县的一些学者颇有争论。中国明史协会理事陈梧桐先生在《洪武皇帝大传》中说，朱元璋出生在明光市赵府村的二郎庙，万历三十年（1602年）曾有人立碑为记，上刻“跃龙冈”三个大字，残碑至今尚存明光市博物馆。但陈梧桐先生后来在2009年中国明史学会和凤阳县人民政府联合主办的“朱元璋暨凤阳帝乡文化学术讨论会”上发言，又改变观点，认为朱元璋出生地为凤阳县小溪河镇燃灯村。2014年4月3日，我在《新安晚报》上有篇小文《出生证与身份证》（见本书附录一），说明了我的观点，朱元璋到底出生在哪里，如同出生证和身份证一样，看怎么使用，没有争论的必要。

炆牛锅遗址

孤庄村遗址

历史上谈及许多伟人的出生，往往会附带上神秘的传说，朱元璋同样如此。据《明史·太祖本纪》记载："母陈氏，方娠，梦神授药一丸，置掌中有光，吞之，寤，口有余香。及产，红光满室。自是，夜数有光起。邻里望见，惊以为火，辄奔救，至则无有。"此外，《天潢玉牒》《琅琊漫抄》中也有类似记载。朱元璋不但天生异象，且相貌奇特。《明史》中说，"比长，姿貌雄杰，奇骨贯顶。志意廓然，人莫能测"。从现存朱元璋画像和历史记载看，他是个大个子，面色黝黑，下巴比上颚长出一寸多，高颧骨，大鼻子，大耳朵；脑门上高高隆起一块怪骨，如同一个老鹅包。眉毛粗黑，目光炯炯，不怒自威。这种长相确实独特，但是否就是"姿貌雄杰，奇骨贯顶"实在不好说。加上朱元璋属龙，所以民间总有"真龙天子"之说。

於皇寺井

朱五四是地主的佃户，少年朱元璋就替地主放牛看羊。他是一个聪明顽皮的小家伙，爱玩爱闹会出鬼主意，小伙伴们都爱和他一起玩耍。据《龙兴慈记》记载，朱元璋在山上放牛，和小伙伴们玩装皇帝的游戏。朱元璋找了一块木板缠上草绳做天平冠，又拿块碎木板做笏。小伙伴们轮流做皇帝，先是汤和，坐在一块大石头上让大家拜。朱元璋和众人刚叩首，汤和就从石头上滚了下来。接着徐达、周德兴等分别坐上去，众人一拜，他们也都从石头上滚下来。最后，只

於皇寺遗址

明皇陵历史照片

有朱元璋在石头上做得稳稳的，任凭大家三叩九拜，山呼万岁。这自然令小伙伴们对朱元璋另眼相看。

闹了半天，大家肚子早饿了。山上除了野草和石头，什么能吃的也没有。大家自然找“皇上”赏赐。朱元璋拿什么赏呢？想了半天，只听他大叫一声：“赏你们吃肉！”大家齐声发问：“什么肉？”朱元璋高叫道：“牛肉！”他说着就牵过一只黄毛小牛，用牛绳捆住前后腿。周德兴见了，抄起身边的一块大石头当头就是一家伙，黄毛小牛嚎叫一声，头耷拉到一边。徐达、汤和赶紧用随身携带的砍柴刀帮忙剥皮割肉，别的孩子则拣些烂柴树叶子就地生起火来。很快，肉香弥漫山野。小伙伴们一边烤一边吃，个个大快朵颐。不一会儿黄毛小牛只剩下一张皮、一堆骨头、一条尾巴。日薄西山，山脚下村子里炊烟袅袅，该是回家的时候了。朱元璋带头把牛皮、牛骨头埋了，擦掉地上的血迹，把小牛尾巴插在山上石头缝里，说是小牛钻进山洞去了，只留下尾巴，拉了半天拉不出来。财主自然是不信的，他找到山上，果然看见了小牛尾，用力一拽，一下就拽了出来。朱元璋自然是挨了一顿打，被地主赶出家门。

《龙兴慈记》中的这些记载，亦不过是民间传说，是为了强化朱元璋身上的神奇色彩的，但这些传说，表明了朱元璋少年时代就能够领袖群伦，主意多，敢于主动担当。哪怕是做游戏，去流浪，他身上也充满霸气。“天为帐幕地为毡，日月星辰伴我眠。夜间不敢长伸脚，恐踏山河社稷穿。”这是现存朱元璋少年时代的一首诗，霸气满满。

从某种意义上说，日后为朱元璋成就霸业冲锋陷阵、功勋卓著的淮西集团骨干，在这时候已经形成了与他的臣属关系。

朱元璋在钟离东乡住了10多年，其父朱五四又带领全家再迁钟离西乡孤庄村。孤庄村位于今凤阳县府城镇明皇陵北面，有於皇寺（又名皇觉寺）遗址、於皇寺井等遗物。在孤庄村，朱五四给田主刘德做佃户，朱元璋依旧放牛。

元至正四年（1344 年），江淮大地遭受了特大天灾：几个月不下雨，田地龟裂庄稼颗粒无收。接着，成群的蝗虫飞来，把枯黄的禾苗吃得一干二净。在人们绝望之时，瘟疫又来了，死人接二连三，孤庄村外的田野里，新坟日增。这一年朱元璋 17 岁，经历了惨烈的人间磨难。

先是 64 岁的父亲染上瘟疫，四月初六故去；初九日，大哥重四也死了，重四的大儿子也相继夭折，只留下一个小儿子。到了二十二日那天，59 岁的妈妈又撒手西归；一家老小只剩下二哥重六、大嫂王氏和她的小儿子朱文正、女儿及朱元璋自己共 5 口人了。朱元璋总共有兄弟 4 人姊妹 2 人。三哥做了上门女婿；大姊嫁给同村的王七一，这时已满门死绝；二姊嫁给盱眙县一个叫李贞的男人，也在这场瘟疫中病死，李贞带着儿子保儿逃荒，不知去向。

二哥和朱元璋眼见得大人一个个倒下，请不得郎中，医不得病，急得相对痛哭。尤其为难的是：家徒四壁，没有一点银子，买不了棺木，更无立锥地，到哪里安葬？

朱元璋和二哥无路可走，只好去求田主刘德。几年的主佃之谊，从没有欠过租子，想来总该施舍佃户一块埋骨之地吧。谁知刘德不但不理会，反而“呼叱昂昂”，把他们训斥了一顿。旁边的邻舍刘英看不过，回去告诉父亲刘继祖。刘继祖是刘德的哥哥，平时对朱五四一家多有关照，见此情形，便慨然舍了一块地。兄弟俩千恩万谢，感激不尽。但是死者衣衾棺木还是没有着落，实在没有办法，只好将死者用几件破烂衣服包了，用秫秸裹着往坟地抬。

今镇江博物馆收藏的《两淮地区府县图册》中的《凤阳县图》

兄弟俩和一些邻居好不容易将尸首抬到坟地，正准备动手挖坑，突然间电闪雷鸣，风雨交加，整个天空乌云密布，像要塌下来似的。众人忙跑到树下躲藏。过了一会儿，雨过天晴，众人来到坟地一看，不由大吃一惊：尸首不见了！原来山坡上泥土松软，由暴雨形成的一股大水把坡上的泥土冲下来，恰好埋住了尸首，形成了一个大坟堆。这个故事，《剪胜野闻》《龙兴慈记》《明朝小史》中都有记载。对于这问题，我想这也许是山体滑坡所致，但现在到凤阳皇陵去看，总长 257 米的神道两边，32 对石像生浑然屹立，精美绝伦，无言地诉说着 600 余年的岁月沧桑。神道尽头是朱元璋父母硕大的坟丘，旁边没有山冈。不知道当年建中都城时，皇陵边上的小山丘是不是被削平了。这是朱元璋心中最深切的痛，35 年后，他写《皇陵碑》时，还觉得伤心异常："殡无棺椁，被体恶裳，浮掩三尺，奠何肴浆！"这些文字，现在在凤阳明皇陵的皇陵碑上，依然可以见到。

埋葬亲人那天下了场大雨，但随即天又旱了。刚刚长出来的绿叶被蝗虫一阵饕餮，大地又是一片垂死的景象。原先在一起玩耍的小伙伴——汤和、徐达、周德兴等人也都随家人逃荒去了。在《皇陵碑》里，朱元璋写道：“里人缺食，草木为粮。”一家人生活面临着更大的痛苦和艰难。大嫂只好带着小儿子文正和女儿回了娘家，二哥决定兄弟俩分头去逃荒，却又舍不得弟弟，两人抱在一起痛哭，“兄为我哭，我为兄伤，皇天白日，泣断心肠！”

哭声引来了隔壁邻居汪大娘，她听说朱元璋要去逃荒，觉得他太小，一个人上路还是挺危险的，提醒说，当年朱五四曾在寺庙许下愿，舍朱元璋给寺庙法师当徒弟，如今何不出家当和尚去，一来还了愿，二来总比饿死强。兄弟俩想想倒也是。

原来朱元璋少时多病，生下来时三四天不会吃奶，肚子胀得鼓鼓圆，险些不救。父亲做了一个梦，梦里觉得孩子不济事，许

钟离西乡汤府遗址中的古井

诺只要菩萨救得下，索性给庙里吧，抱着孩子进了寺却又不见和尚只好再抱回来。忽然听到孩子哭声。梦醒了，孩子真在哭，并且会吃奶了，过几天肚胀也好了。但朱元璋长大后还是三天两头地生病。父母心慌，想起当年的梦，才真到寺里许了愿，给朱元璋舍了身。

孤庄村附近有座庙，叫皇觉寺，也叫於皇寺，虽不是当年朱五四在钟离东乡许愿的庙，但寺内法相森严，主持高彬广弘佛法，在周边很有影响。九月的一天，汪大娘和他的儿子汪文替朱元璋预备了香烛、礼物，来到皇觉寺央告主持高彬法师，收朱元璋为徒。朱元璋是个半大小子，可以打扫佛堂，做各种杂役。高彬让他剃了光头，给了一件破衲衣穿上，这样，朱元璋就成为一名佛门弟子，做起了小沙弥。

凤阳龙兴寺，即后来朱元璋下旨重建的皇觉寺（於皇寺）

二、半路出家　浪荡江湖

皇觉寺座落在孤庄村西南角，规模不大。由于是饥荒年代，人们做不起佛事，寺庙已经衰落，香火并不兴盛。朱元璋新来乍到，洒扫庭除，倒尿担水，苦活累活自然都是他的。每天只能吃别人剩下的残羹冷炙。事情多，闲气自然也就多，以前信马由缰惯了，此时憋了一肚子火气，时刻想发作，但为了生存，又不得不隐忍按捺，毕竟吃饭要紧。他对师傅、师兄不好发作，只好拿菩萨出气。一天扫殿扫累了，扫到伽蓝殿已是气喘吁吁，不留神被伽蓝神伸出的脚绊了，跌了一跤，他顺手抄起笤帚狠狠地把伽蓝神揍了一顿。又一天，大殿上供奉的大红烛被老鼠咬坏了，朱元璋被高彬数落一

龙兴寺碑

顿。朱元璋对伽蓝说，你只管殿宇不管老鼠，明知我受屈却不闻不问，要你何用？随即向师兄讨了管笔在伽蓝神背上大书“发配三千里！”这种胆略，也是一般孩子所不具备的。

这样的生活虽然艰苦，毕竟可以半饥半饱。可是好景不长，过了50多天，寺里也断了炊火，主持高彬打发僧人们，有家的回家，没有家的想办法到外面去化缘。朱元璋无法，只好背上破包袱，带着木鱼和瓦钵，茫然无措地去“游方”了。

“游方”是佛门用语，实际上就是“叫化”——到大户人家伸手要钱要饭吃，也叫化缘。富贵人家虽说往往有些为富不仁，但是他们却最希望菩萨保佑，遇到和尚化缘，多少要施舍一些的。自然也有吝啬之辈，对付这些人和尚们也有办法：隔老远就将木鱼敲得山响，让左邻右舍都听见，不由得财主不出来，一把米几文钱是绝对少不了的。朱元璋听人说往西汝州一带年岁较好，物产富足，他就去了。往南先到合肥，转向西，到固始、光州、息州、罗山、信阳，北转到汝州、陈州，东返由鹿邑、亳州到颍州，三年

龙兴雪韵

多以后，灾情缓解了，他又返回皇觉寺。

在《皇陵碑》中，朱元璋是这么描写这一段生活的：

> 我何作为，百无所长。依亲自辱，仰天茫茫。既非可依，形影相将。突朝烟而急进，暮投古寺以趋跄。仰穹崖崔嵬而倚碧，听猿啼夜月而凄凉。魂悠悠而觅父母无有，志落魄而佒佯。西风鹤唳，俄淅沥以飞霜。身如飘蓬逐风而不止，心滚滚乎沸汤。一浮云乎三载，年方二十而强。

回到皇觉寺，朱元璋已经21岁，是个高高大大的小伙子了。在朱元璋游方的几年中，北方白莲教首领韩山童和后来西系红巾军的开山祖师彭莹玉正在这一带秘密活动，传布弥勒佛下凡的教义。现在的明代正史对于朱元璋此时有没有接触白莲教没有明确的记载，但从他后来的行为和把国号命名为“明”来看，应该是信仰过明教，和白莲教徒众有过交往的。明教和白莲教，实质上是一体的。对于白莲教，著名历史学家黎东方是这么描述的：

龙兴寺内朱元璋御书第一山碑

这个革命团体的真正名字叫什么，今已难考。在外表上，它只是半公开的宗教，有时候被称为“明教”，有时候被称为“白莲教”，有时候被称为“弥勒教”。它的主要口号是：“弥勒佛下凡转世，作人间的‘明王’”。它的主要的戒律与活动，是烧香、点灯、吃素、做礼拜。

“明教”的本身，最初叫做“摩尼教”，是公元三世纪一个波斯人摩尼（Mani），为了想综合波斯拜火教、印度佛教与犹太罗马的基督教，而创立的新宗教。摩尼主张，点灯点到天亮，帮光明战胜黑暗；吃素，不吃荤，而所谓荤并非牛肉、羊肉，而是大葱；做礼拜，在每一个“密日”（礼拜天）的夜间，秘密聚会一次。这“摩尼教”在唐朝时候传入中国

龙兴寺内明代铜镬。高1.5米，口外径1.64米，现存4口，传为当年寺僧做饭所用，可见当年寺僧之众。

与回鹘。到了宋朝，它的教徒曾在徽宗年间造反。

白莲教倒是中国人自己所创的一个佛教支派，与崇拜“阿弥陀佛”的净土宗不无渊源，却演变为民间的秘密结社，每每在“民不聊生”的乱世，揭竿而起。

弥勒教的历史最为神秘。弥勒佛，在今天的很多庙宇里可以见到，俗称笑佛。他的面貌与身材，一团和气，不像是准备降生凡间，自愿担起行政重任的人物。弥勒教的弥勒佛可能是梵文佛经中的Maitreya，巴利文佛经中的Metteyya，释迦牟尼成佛以后的一次佛陀，亦即最后降生人间的一个佛陀。

这三种来源不同的宗教，到了元朝末年，都被“反元复宋”的志士借用了，作为他们革命活动的凭借。

皇陵碑

吴晗在《明教与大明帝国》中说：明教的主要教义为“二宗、三际”，认为世界上存在着两种不同势力，叫明、暗二宗。明是善，是理；暗是恶，是欲。两者互相斗争，经过初际、中际、后际三个阶段。初际指过去，当时明暗二宗处于对立状态。中际指现在，此时暗的势力扩大，压迫明的势力，于是明王出世，经过斗争，将暗的势力赶走。后际指未来，那时明暗二宗各复本位，明既归于大明，暗亦复归于积暗。明教是明王崇奉的神，也叫明尊、明使。弥勒教和明教所虚构的未来世界，对苦难深重的劳动人民很有吸引力。白莲教便把它们吸收到自己的教义中，以“弥勒降生”“明王出世”号召群众。陈梧桐教授认为：白莲教还吸收了道教的某些成分，有的白莲教徒发动反元起义，便自称是“李老君太子”。

白莲教的教义，要求人们把希望寄托于来世，专心念佛，并没有什么先进性。但它关于“弥勒降生”“明王出世”的预言，却符合老百姓希望改变悲惨现实世界的愿望，受到老百姓的欢迎。教徒举行宗教仪式时，烧香聚众，夜聚晓散，便于进行秘密活动。彭莹玉、韩山童等人自然利用这一形式，宣称“天下大乱”“弥勒降生，明王出世”，天下将是一个全新天下。这些宣传深入人心，后来彭莹玉方面发展成为

龙兴寺内明代铜钟

南方红巾军徐寿辉的起义，而韩山童方面则发展成为刘福通的北方红巾军起义。

朱元璋游方淮西的几年，正是白莲教蓬勃发展，全国性的反元组织迅速崛起，各路反元力量不断发育成长壮大的阶段，游荡在乡村荒野的他，对这些情形应该是知晓的。建立明朝后，他不再支持明教、白莲教，是从巩固自己的统治地位考虑的。现存的《明太祖实录》，经过永乐皇帝朱棣的三次删改，许多真实的历史事实都被删掉了。

第二节　命运在滁州转折

一、投身义军，脱颖而出

至正四年（1344 年）五月，黄河在河南白茅口决口，淹没大量农田，还北侵会通河、大运河，延及济南、河间。右丞相脱脱集群臣计议，行都水监贾鲁力主塞北疏南，挽河复故道，方能平患。脱脱派工部尚书成遵勘察，成遵考察上千里，回来说黄河难以回复故道，且“山东连歉，民不聊生，若聚二十万众于此地，恐他日之忧又甚于河患者”。脱脱不听，把成遵改任河间盐运使，任命贾鲁为工部尚书兼河防使，于至正十一年（1351 年）四月二十二日召发汴梁大名等 13 路民夫 15 万人，庐州等地戍军 2 万人，从黄陵冈南到白茅口，西到杨青村，开河 280 里，用时 7 个月，把黄河勒入故道。

这时明教首领韩山童派人四处散布童谣："石人一只眼，挑动黄河天下反。"他们利用遍布各地的教会组织广为传播，大造舆论。并暗暗地凿刻石人，止刻一眼，背后刻上"莫道石人一只眼，此物一出天下反"，埋在黄陵冈的当路处。河夫开工开到黄陵冈，果然挖出一个单眼石人，骇得几万民夫目瞪口呆，一时人心向反。加上督河官吏克扣修河经费，中饱私囊，搞得民怨沸腾，很多人早就想大干一场了。

韩山童与亲信刘福通等提出"复宋"口号，在旗帜上写道："虎贲三千，直抵幽燕之地；龙飞九五，重开大宋之天。"他们聚集3000余人在白鹿庄，枭首号令，祭告天地，宣称：韩山童是宋徽宗八世孙，当为中国主；刘福通是宋朝大将刘光世的后人，当以复兴宋运为己任。大家齐心协力共推韩山童为"明主"，择定日

龙兴寺内明代铜鼓

朱元璋家族迁徙暨朱元璋云游淮西路线图

期通告四方首领共同起兵。不料行事不密，韩山童被杀，妻儿幸得逃命，躲入武安山中，隐姓埋名，静待势变。刘福通见事已败露，当机立断，整顿部队，出其不意，迅速起义。义军攻战颍州、罗山、上蔡、灵山，分兵进攻舞阳、叶县等处，攻城略地所向披靡。起义人员全部头裹红巾，被称为“红巾军”或“红军”。一月之间，起义队伍就发展到五六万人。到了九月，义军攻克汝宁、息州、光州等地，人数达到了十万，呈席卷天下之势。

在起义军取得节节胜利的大好形势鼓舞下，全国各地农民起义风起云涌。西系红军起于今湖北蕲春黄岗一带，由彭莹玉领导，推徐寿辉（真逸）作头目，攻下德安、沔阳、安陆、武昌、江陵、江西诸郡。

八月间，芝麻李在徐州响应。芝麻李行二，名字现不可考。他是萧县的大善人，曾经以家中仅有的一仓芝麻赈济饥民，赢得了“芝麻李”的绰号。和他秘密举事的还有彭大、赵君用等七人。这八条好汉一夜之间占领了徐州城，招兵买马，控制了徐州和宿州、五河、虹县、丰县、沛县、灵璧及安丰、濠州、泗州。兵力也发展到十万人左右。

次年，即至正十二年（1352年）二月间，郭子兴在濠州响应。郭子兴的祖先是曹州人。父亲郭公在年轻的时候以占卜者的身份周游定远，为人预言祸福，总是能够言中。县城某富人有一瞎女还未出嫁，郭公便娶她为妻，家境逐渐富裕起来。郭公夫妇生有三子，郭子兴是次子。当初郭子兴出生时，郭公卜得一吉卦。郭子兴长大后，养成了侠义的性格，非常喜欢结交朋友。元朝朝政腐败，贪官横行，郭子兴倾其家财，杀牛备酒，广结壮士豪杰，同时也加入了明教。这一次，他和孙德崖、张天佑等聚集了数千名年少体壮的青年，二月二十七日趁黑潜入濠州，半夜里一声号炮，闯入州衙，杀了州官，夺了州县，自称“节制元帅”。元将彻里不花奉命进剿，却远远地在离濠州几十里的地方安营扎寨，并不攻城，“而日俘良民以邀赏”。百姓痛恨万分，纷纷投军。

刘福通、芝麻李和郭子兴的三支军队，都用红布包头，也都按时烧香，因此老百姓也称他们为“香军”。芝麻李和郭子兴均受刘福通节制。

此时，朱元璋25岁，回到皇觉寺已整整4年了。这四年，钟离没有灾荒，他和其他几个和尚耕种庙产，勉强度日。天下已经大乱，庙堂之内也并不宁静，和尚们都担心会被官军当做“乱民”抓去请赏。

担心之间，少年伙伴汤和送来了一封信。原来这家伙已经投奔郭子兴，做了千户，来信是要他前去入伙。后来在《皇陵碑》中，朱元璋说：“友人寄书，云及趋降。既忧且惧，无可筹详。旁有觉者，将欲声扬。当此之际，逼迫而无已，试与知者相商。”

朱元璋不想投军，兵荒马乱的，投军随时会丢掉性命。但现在人们已经知道他“通匪”了，官军随时可以把他抓去请赏。他找庙里的同伴商量，同伴说：“与其等着官军来抓，不如索性造反。”几年的安宁生活，让朱元璋对皇觉寺产生了留念，他迟迟下不了决心。郭子兴的队伍也常常打劫地主富豪，皇觉寺有些田产，他们自然也不放过。有一天，他们抢劫了皇觉寺，还放火把寺庙烧了。当时朱元璋外出躲避，没有受到伤害，回来后，只见大庙已经烧掉一大半，只剩下伽蓝殿还完好，可以勉强存身。

看来庙里是待不下去了，卜一下吉凶吧。他在伽蓝神面前祷告，连投了三次珓。第一次问：“可不可以逃走？”珓面是一阳一阴，不吉。第二次问：“可不可以留在寺里？”珓面也是一阴

临淮关古镇，当年郭子兴起兵的濠州城

马皇后和朱元璋各个时期画像

一阳，不吉。第三次问：“可不可以投靠郭子兴？”珓面是两珓皆阴，大吉。关于那时候的情形，《明太祖文集·记梦》中写道：“岁在壬辰，纪年至正十二，民人尽乱，巾衣皆绛，赤帜蔽野，杀人如麻。良善者不保朝暮。予尤恐之。特祝神避凶趋吉，惟神决之。若许出境以全生，以珓投于地，神当以阳报。”

东瓯王汤和

有了这样的结果，自然要去投郭子兴红巾军。至正十二年闰三月初一，朱元璋来到濠州城门口，取出藏在怀中的红巾，往头上一扎，对守门的军士说：“快带我去见郭大帅！”

守门军士见是一个和尚，在头上扎了一条红巾，就想见郭大帅，是不是奸细啊？将他立刻拿下，用绳子结结实实地绑上了。

郭子兴闻报，心中有几分诧异：既是奸细，怕不得如此从容。打马就近一看，见是一个长相怪怪的和尚被五花大绑捆在拴马桩上，神色坦然，气度非凡。他不觉有了几分喜欢，问明底细，喝令松绑放人收为步卒。

从此元璋与兄弟们日夜操练，习武练功。朱元璋本来身体底子就好，在云游四方的几年中更练就了一副好身板，加上记性好反应快脑瓜子聪明，不久就升为郭子兴的“亲兵”，任十夫长。这一段，《明史》有记：郭子兴“奇太祖状貌，解缚与语，收帐下，为十夫长”。几个月后，郭子兴又招赘他为女婿，将养女马氏嫁给他。

郭子兴的两房夫人都姓张，人称大张夫人和小张夫人。马氏名秀英，是小张夫人的养女，比小张夫人只小十来岁，名为母女，情同手足。她是一个孤女，原是郭子兴的好友马公临死时托付的，这时已经成年，甚是贤德。子兴爱重朱元璋，小张夫人也听说朱元璋才能出众，两下里一合计决定将他招赘为婿。郭子兴择定良辰吉日风风光光热热闹闹地替小两口办了婚事，将士们从此称朱元璋为“朱公子”。

郭子兴将朱元璋招为女婿后，对他更加信任。不久，让他带领一支队伍，外出攻城略地。他先后攻五河，取定远，克南宿、大店、固镇等地。但是当朱元璋领兵回到濠州，城里的五个元帅却水火不相容了。原来，五个元帅当中，孙德崖等四人名位皆在郭子兴之上，郭子兴“素刚直，不屈人下”。孙德崖等四人都是农民出身，整天只考虑如何剽掠财物，郭子兴觉得不足以共谋。这四个人对他经常恶语相向，彼此矛盾很深。郭子兴不觉心灰意冷，日见消沉，竟至于军中大事不闻不问，任四人胡作非为。

这年九月，元相脱脱统率大军数十万进攻徐州。芝麻李抵敌不住，落荒而逃，被元军逮住杀了。部将彭大、赵均用率领残兵败将投奔濠州而来。徐州败将仗着人多势众，到了濠州反客为主，节制五帅，使原本严重的派系斗争变得更加激烈。彭大与郭子兴相处甚好，孙德崖则拉拢赵均用，两下里明争暗斗越发较上了劲。孙

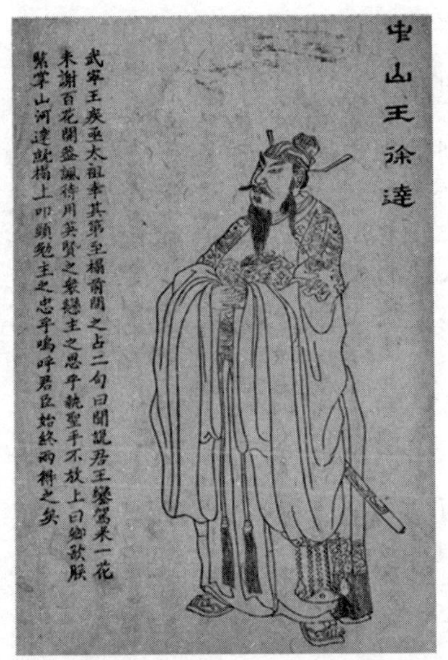

中山王徐达

营国公郭英

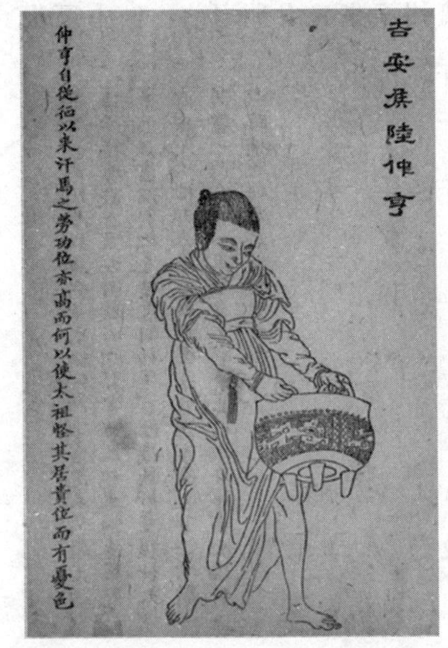

吉安侯陆仲亨

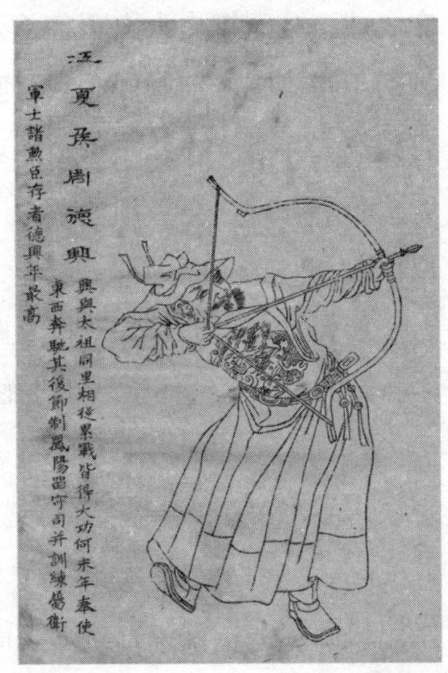

江夏侯周德兴

德崖又用话来挑拨赵均用，说郭子兴眼皮浅，只认得彭将军百般趋奉，对赵将军则白眼相待打心里瞧不起。赵均用大怒，带领亲兵冷不防把郭子兴给抓捕了，带到孙家关闭在一间空房里百般凌辱，千般折磨。

朱元璋正领兵在外，得信后火速赶回。叫出郭子兴的两个儿子郭天叙、郭天爵一同前去求助彭大。彭大得知事情经过，勃然大怒，"简直是胡闹！有我彭大在，看谁敢动你家元帅一根毫毛！"即时点起雄兵，元璋也全身披挂，团团围住孙家。朱元璋掀开屋瓦，跳进屋内，只见郭子兴脚镣项枷，全身稀烂，朱元璋当即打开枷锁亲自背回住宅。赵均用知道彭大出头，怕把事情闹大，只得隐忍了事。

正在濠州城内的内讧热火朝天时，元相脱脱趁连下徐州、汝宁之威，分派御史大夫贾鲁杀奔濠州而来。大敌当前，红巾军头领们不得不捐弃前嫌同心戮力坚守城池抵御元军。从这年冬天一直到第二年春天，元军整整围攻了5个月，也没有攻下濠州。这时贾鲁病死，元军久围疲惫，了无斗志，只好弃围他去，濠州遂以保全。

彭大、赵均用兴高采烈，有些忘乎所以，一个自封为鲁淮王，一个自封为永义王。郭子兴和孙德崖等5人仍为元帅。

经过濠州之围，朱元璋看透了这些起义军首领，一个个目光短浅，心胸狭窄，难以成气候。自己哪方面也不比他们差，何必要受制于他们？本来无法生存，投身军队吃饭谋生的朱元璋，开始想另起炉灶，自成一体了。他想尽办法弄到一些盐到怀远换了几十石粮食献给郭子兴，然后请假回到老家钟离县招兵买马去了。少年伙伴徐达、周德兴等几十人听说元璋做了红巾军头目，都来投效，不过十天功夫就募得七百子弟。郭子兴大喜，这年六月升朱元璋作镇抚，带领七百人作战。一年后升任朱元璋为总管。

二、蓄势滁州　纳接豪俊

郭子兴表面上看是个英雄，实际上外刚内柔，优柔寡断。彭大、赵君用等人，也都是见利忘义之辈。濠州城里，矛盾重重，若是再挤在这里，说不定会发生火并，招来杀身之祸。三十六计，走为上计。朱元璋将七百兵丁交给郭子兴，自己只带领 24 名亲信离开濠州，南下定远，开辟新天地。这 24 人是：

> 徐达、汤和、吴良、吴桢、花云、陈德、顾时、费聚、耿再成、耿炳文、唐胜宗、陆仲亨、华云龙、郑遇春、郭兴、郭英、胡海、张龙、陈桓、谢成、李新材、张赫、周铨、周德兴。

这 24 人是朱元璋最早的军事班底，很多人后来是大明开国元勋，被称为“淮西二十四将”，也是淮西集团的重要骨干。可以说，朱元璋的淮西集团，就是从这个时候滥觞的。

据钱谦益《国初群雄事略》和高岱《鸿猷录·集师滁和》等记载：至正十四年五月，朱元璋带着上述 24 人南略定远，但没走多远，就身患重病，只好折回。回到濠州，治疗了半个月，才逐渐缓过来。一天，他看见一个拄着拐杖的人走过窗前，口中不停发出叹息。一问才知道，定远张家堡有一支“义兵”3000 人，号称驴牌寨，主帅是郭子兴的老友，目前孤军乏粮，想来投降，又

陕国公郭子兴

泗国公耿再成

江国公吴良

淮安侯华云龙

怕被吞并。郭子兴想派人去招降，又找不到合适的人选。朱元璋觉得，这是一个发展自己的机遇，就抱病向郭子兴请命，前去招降。郭子兴问他需要多少人马，他说人多容易引起对方的怀疑，带十个人就足够了。

朱元璋带着费聚等两名骑兵和九名步卒出发。路上他连续两次发病，一百多里的路程，走走停停六天才赶到。到了宝公河边，他让其他人留在河边待命，自己只带领费聚过河，前往驴牌寨，和“义兵”主帅谈判。“郭公与足下有旧，闻足下军艰食，他敌欲来攻，特遣吾相报。能相从，即与俱往。否则，移兵避之。”主帅见他只带一骑，说话直接，非常有诚意，就和他交换信物，说待将士收拾好行装，即前来归附。

朱元璋留下费聚等候，自己先带其他人返回濠州。过了三天，费

驴牌寨（今定远能仁乡）

缪大亨带领二万人和张知院屯驻的横涧山（今定远）

聚来报："驴牌寨主帅发生变化，想要把队伍拉到别的地方去。"朱元璋立刻带领三百人马赶去，晓以利害。他费尽口舌，但驴牌寨主帅还是疑虑重重，不愿意归附。朱元璋走出驴牌寨，心生一计。在主帅送别自己到寨门口的时候，突然把主帅强行押离营地。等他们离开营地，再派人回军寨传话，说主帅已经找到新的军寨，米粮多多，让弟兄们转移。三千"义兵"信以为真，放火烧毁驴牌寨，争相前来。那个主帅无计可施，只好投降朱元璋。

一不做，二不休。朱元璋又带着徐达等人去豁鼻山，招降了另一"义兵"头目秦把头，得军兵八百余人。

朱元璋把这些招降的乌合之众严加训练，其后攻打横涧山的缪大亨。缪大亨是定远人，曾经率部攻打过濠州，失败后率二万人退守横涧山，元朝封他为义兵元帅，派张知院监军。朱元璋派花云乘夜从后山偷袭，张知院见兵败，逃亡。天亮后，缪大亨率部投降。朱元璋得到了七万军民，队伍迅速扩大。

定远地面上，结寨自保的人很多，见缪大亨投降，冯国用、冯国胜两兄弟所部，丁德兴所部等都来投效。毛麒也带着定远县令投降了。这些人日后有不少成为了淮西集团的重要人物。朱元璋当时就把毛麒带在身边。宋濂在《毛公神道碑》中记道："宠遇优渥，朝夕俾公侍膳，与其计征讨之事。"毛麒从此成为朱元璋身边的亲信，《明史》中记载，攻下滁州后，毛麒"典仓廪，兼掌晨昏历，稽将帅之失伍者"，就是一名监察官了。渡江以后，又让他和李善长一起办理文书机密事宜。

朱元璋在定远摧枯拉朽，如同他在《皇陵碑》中所云："不逾月而众集，赤帜蔽野而盈岗"，前来投效的人非常多。不能捡

冯国用、冯胜兄弟结寨自保的妙山

到篮子里都是菜，朱元璋挑选了 2 万健壮、朴实的农民，进行严格训练。

他将冯国用、冯国胜兄弟留作幕府参谋，他们建议元璋攻取集庆（今南京）：“金陵龙盘虎踞，帝王之都，先拔之以为根本。然后四出征伐，倡仁义，收人心，勿贪子女玉帛，天下不足定也。”这建议说的朱元璋心里痒痒的，他的雄心壮志开始被激发，于是继续向南进攻，占据滁州，为攻取集庆做准备。

滁州是一座古老而秀丽的小城，历史悠久。西晋末年，驻跸滁州的琅琊王司马睿、弋阳王司马羕、南顿王司马宗、汝南王司马佑、彭城王司马纮南渡长江，司马睿于建康（今南京）称帝，建立东晋王朝。《晋书》有“五马游渡江，一马化为龙”记载。后

清流关遗存

周显德三年（956年），赵匡胤智破清流关，攻克滁州，奠定了他在后周的军事地位。四年后，他黄袍加身，建立宋朝。滁州是司马睿、赵匡胤帝王基业的发端之地。北宋皇祐五年（1053年），宋仁宗曾下诏在滁州建端命殿，以纪念赵匡胤帝业在滁州的发端。清流关位于滁州城西北的关山中段，山高谷深，地形险要，有一夫当关，万夫莫开之势。这里南望长江，北控淮水，为南北交通必经之路，号称“九省通衢”。鸡叫头遍时朱元璋就带领部下借着星月从两边森林中摸到关前隐蔽，天亮后出其不意，一阵呐喊冲进关门。此时，太阳还没有从东面升起，清流关上储备了很多粮食，军兵们生火造饭，饱餐一顿，冲向滁州。前锋黑将军花云单骑冲破城西门敌阵，大军跟着推进，迅速占领滁州。

清流关古驿道

滁州市琅琊区西涧办事处石马王村何文辉墓前的石马

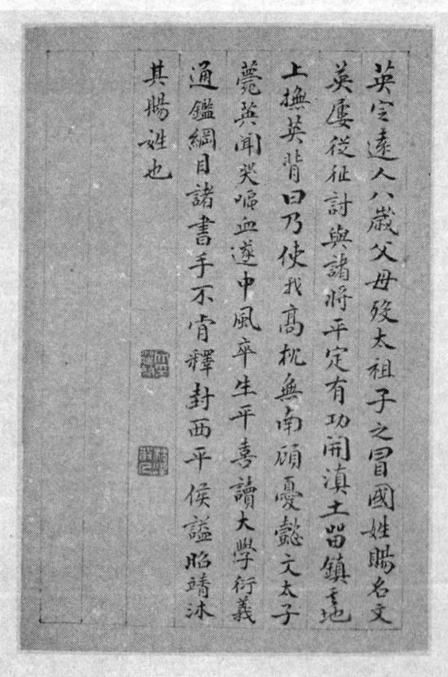

英定遠人八歲父母歿太祖子之冒國姓賜名文
英屢從征討與諸將平定有功開滇土留鎮其地
上撫英背曰乃使我高枕無南顧憂懿文太子
薨英聞哭嘔血遂中風卒生平喜讀大學衍義
通鑑綱目諸書手不肯釋封西平侯謚昭靖沐
其賜姓也

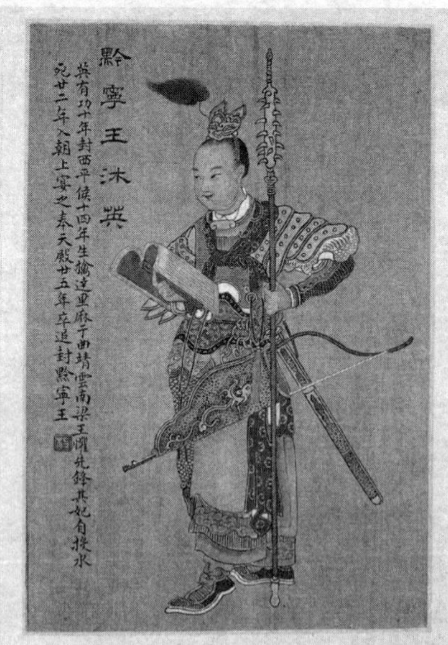

沐英像（沐英后人沐广飞提供）

在进军滁州的路上，定远人李善长到军门求见。朱元璋和他交谈后非常愉快，大有相见恨晚之感。李善长学识渊博，谋勇兼备，堪比刘邦之谋臣萧何，朱元璋得天下，他功居首位，日后也成为淮西集团第一人。朱元璋问以平定天下之事，李善长劝其学习汉高祖刘邦，胸怀博大，知人善任，仁德宽厚。李善长说，现在元朝纲常紊乱，天下土崩瓦解。只要抓住机会，苦心经营，不愁大事不成。朱元璋连连点头称善，任命他为掌书记，依靠他出谋划策，上传下达，勾通将士意见，选贤用能，使上下一意，倾心尽力地去谋取功业。

滁州既下，朱元璋军威大振，声名远播。先是滁州名士范常策杖而来。范常，字子权，其祖父范西新，曾在宋朝做过官，滁州人称“青山先生”。《明史》上说范常“幼警晤，嗜学，淹贯古今，性夷粹无竞，急于行义，乡里咸重之。”朱元璋听说他来，忙迎出门外，“与语意合，留置幕下，有疑辄问，常悉以实对”。

这一年，滁州大旱，占据滁州的朱元璋心急如焚。据《明太祖实录》记载，滁州文人杨元杲献计：滁州西南丰山阳谷柏子潭有一座龙王祠，每逢水旱，祷之即灵。朱元璋按照他的意见，站在柏子潭深渊西崖，向天祝告曰：“天旱如此，吾为民致祷，神食兹土，岂可不恤民？吾今与神约：三日必雨。不然神恐不得祠于此也。”他的态度很强硬，把弓箭举了又举，如果三日后不雨，就向潭底射箭。三日后，果然大雨倾盆，滁州旱情大解，秋粮大丰。此事有可能是巧合，但朱元璋一心为民的情怀却通过杨元杲等人传播甚广。滁州是朱元璋独自占领的第一座城池，他在这里用心经营，积蓄实力，为日后的大发展奠定了基础。滁州，成为了他命运的转折点。

还有一位叫阮弘道的当地文人，也参赞到朱元璋幕府。

在当地文人纷纷来投时，虹县（今泗县）人邓愈、胡大海也来投奔。他们后来也都成为淮西集团的重要骨干。

在滁州稳定下来后，朱元璋开始思念失散多年的亲友。他派人询问，得知二哥、三哥已死，二姐也在两年前去世了。不久，二姐夫李贞带着外甥保儿与朱元璋相认。大嫂得到消息，也带着亲侄儿朱文正和侄女前来相聚。《皇陵碑》中描写此时情景："一时会聚如再生，牵衣诉昔以难当。"保儿这年14岁，朱元璋将他收作养子，让他姓朱，取名文忠，和朱文正辈分相同。

此前，朱元璋在濠州还收养了定远孤儿沐英。《明史》载：沐英"八岁而孤，遭元末大乱，居室毁于兵，随母逃难。母亦病故，惸无所归，谒上濠梁。上为恻然，与孝慈皇后抚之为子，赐姓朱氏。"

在滁州，朱元璋陆续又收养了二十多个养子。俗话说"打仗还需父子兵"，朱元璋大量收抚孤儿义子，自有其用意：军事险要之地常以义子为心腹，协同将官固守，并行牵制监视在外将官。

何文辉，字德明，滁州人。朱元璋攻下滁州，得到了年仅14岁的何文辉，抚为己子，赐姓朱氏。徐司马，字从政，扬州人，9岁时被朱元璋收养，也赐朱姓。平安，滁州人，小名也叫保儿。他的父亲叫平定，在定远加入朱元璋队伍，在攻打滁州时阵亡，朱元璋也把他收为义子。除了上述那些人外，还有柴舍、马儿、金刚奴、也先、买驴、真童、泼儿、老儿、朱文逊、王驸马等。柴舍即朱文刚，他和朱文逊在相关史籍中有记载，金刚奴等其他义子复姓的姓名都失传了。

后来，周舍（沐英）守镇江，何文辉守宁国，马儿守婺州，柴舍、真童守处州，金刚奴守衢州。这些义子除沐英外，最著名的是何文辉、马儿。马儿就是徐司马。何文辉以天宁翼元帅守宁国，后升为江西行省参政。他数攻江西，连下州县，讨伐新淦邓仲廉，阵前斩了邓仲廉。接着，援安福，跟随徐达取淮东，复下平江。因功升为行省左丞，朱元璋让他恢复何姓。

《明史》还有记载：何文辉"以征南副将军与平章胡美由江西取福建，度杉关，入光泽，徇邵武、建阳，直趋建宁。元同佥达里麻、参政陈子琦闭门拒守。文辉与美环攻之。逾十日，达里麻不能支，夜潜至文辉营，乞降。诘旦，总管翟也先不花亦以众降于文辉。美怒两人不诣己，欲屠其城。文辉驰告美曰：'与公同受命至此，为安百姓耳。今既降，奈何以私忿杀人。'美乃止。师入城，秋毫无所犯。汀、泉诸州县闻之，皆相次归附。会车驾幸汴梁，召文辉扈从，命为河南卫指挥使，定汝州余寇。从大将军取陕西，留守潼关。洪武三年，授大都督府都督佥事，予世袭指挥使。复以参将从傅友德平蜀，赐金币，留守成都。"

何文辉所部号令明肃，到处受军民交口称赞。朱元璋曾经称赞他的谋略威望。洪武五年，他出任大都督府同知。朱元璋命令他率山东兵从李文忠攻击应昌。第二年，移镇北平。李文忠北征，何文辉督兵巡居庸关，后因疾病召还。洪武九年六月在军中去世，年仅三十六岁。他的遗体归葬滁州东沙河上，"恤赉甚厚。子环，成都护卫指挥使，征北阵殁。"

淮西集团中的滁州人不多，影响力除范常外，应该就是何文辉了。可惜他英年早逝。何文辉的墓地在今天滁州北关外的石马王，石马王的地名就是因为何文辉墓前巨大的石马而得名。

正当朱元璋进军滁州时，濠州红巾军在彭大、赵均用率领下，趁虚攻下盱眙、泗州。因为郭子兴之事，俩人结下怨仇，此时又失和气，竟致彻底闹翻了。彭大忧闷成疾，不久病死。其子彭早住袭称鲁淮王，倒也相安无事。但郭子兴却成了出气筒，赵均用等人多次设计相害，必欲置之死地而后快。但惧怕朱元璋在滁州势大，未敢造次。他们设计想调朱元璋来守盱眙，以收一石二鸟之计。朱元璋心里明白，找个托辞，说军情紧急，部队转防不得；并用钱买通赵王府管事之人，拿话劝赵均用不要“相煎太急”！否则万一生出变乱，于他自己也不一定有什么好处，不如好好地待郭子兴，让他出力占地方、保疆土。赵均用觉得有理，就放郭子兴带着一万人前往滁州。

郭子兴带着一万人马来到滁州，朱元璋立即交出兵权，甘受节制。郭子兴举行盛大的阅兵式，两军合在一处有近 5 万人马，旗帜鲜明，军容整肃。《明史》中说：“元之末季，群雄蜂起。子兴据有濠州，地偏势弱。然有明基业，实肇于滁阳一旅。”这蒸蒸日上的“滁阳一旅”是朱元璋的杰作，郭子兴看着，心里虽然高兴，但也有些泛酸。

至正十四年十一月，元丞相脱脱大败张士诚于高邮。

张士诚，小字九四，泰州白驹场人，和弟士义、士德、士信一家子都靠运官盐过活，大碗喝酒大块吃肉结识了不少英雄豪杰，于至正十三年五月带领兄弟和李伯升、潘原明、吕珍等 18 位壮士举义起事，杀了盐场管事弓兵邱义以及其他仇家大户，一把火烧了房子，招兵买马，攻下泰州、高邮，占了 36 个盐场，自称诚王，国号大周，年号天佑。高邮被占，卡住了大运河，影响了漕运；而盐场被占，又影响盐税，对元朝威胁极大。至正十四年九月，元顺帝命中书省右丞相脱脱出师高邮。脱脱率领诸王、诸省各翼军马，集西域、西番、高丽之兵，号称百万，于十一月抵高邮，张士诚大败，退入城中不出。元军分兵西围六合。

当时守卫六合的是赵均用、孙德崖的军队。面对强军，他们立即派和朱元璋熟悉的人至滁州求援。六合在滁州东面，万一失守，唇亡齿寒，不得不救。但郭子兴与之有仇，不肯发兵，朱元璋费尽口舌，郭子兴才勉强依允。然元兵势大，号称百万，无人敢去，元璋只好自讨令箭统兵出救。

朱元璋带兵来到六合，与耿再成共守瓦梁垒。瓦梁垒即三国时孙权建涂塘后所筑护卫城，亦称吴王城。地址在今天来安县雷官镇姜渡村一带。北齐在此置瓦梁郡，五代时南唐为抵挡北军，再次筑堰，称瓦梁垒。南宋王象之的《舆地纪胜》云："吴王城，在六合县瓦梁堰高冈之上，有四壁，即孙权分守屯兵之城也。"明末清初历史地理学家顾祖禹《读史方舆纪要》卷二十："瓦梁垒在（六合）县西五十五里，西北距滁州八十五里，即孙吴所作涂塘处也。亦曰瓦梁城。陈大建五年，吴明彻败齐军于石梁，瓦梁城降。明初（按：实际应为元末）朱元璋与元兵相持于瓦梁垒，其处有东西二城。"该地是滁州的一处重要历史遗址。

元军攻城甚急，如排山倒海一般。坚持数日，朱元璋把部队全部撤退进堡垒，收拾好粮草后，叫妇女们倚门对着元军指手画脚大骂。元军对于这种作战方法不知所措，怀疑有诈，不敢靠近。朱元璋指挥全垒的人马乘机撤出，妇女和牛畜走在前面，他和耿再成统兵断后。朱元璋所部安全撤到滁州后，元军方知上当，派兵急追。朱元璋在城东迎击，派耿再成佯装败退，将元兵引入涧谷。元军不知是计，被伏兵打得丢盔弃甲，朱元璋缴获马匹军械无数。

朱元璋深谙元军心理，请当地乡绅携带酒肉，并把马匹、军械全部归还。同时告诉元军这场埋伏是民间武装为了防御强盗，误伤了官军，现在道歉慰问，请官军体恤百姓，打道回府吧。元军打了败仗，本不好对上峰交代，现在见马匹、军械已经还回，且还有一堆慰问品，就此借坡下驴，退回六合吧。这样，滁州城内外至少是免除了一场厮杀。

元军撤退后，滁州军队在朱元璋领导下，力量更加强大。成书于洪武年间的《皇明本纪》云："时滁阳王名称尚微，意在据滁阳而称王号。与上虽不明言，就中觇视可否。上知有不可，概说滁阳一山城也，舟楫不通，商贾不集，无形胜可据，非英雄所居，王乃默然。"郭子兴是一个目光短浅的人，见别人纷纷称王，忍不住了。这是大是大非问题，树大招风，会引起元军更加猛烈的进攻。朱元璋态度很坚决，没有同意。若干年后，朱元璋称帝，追封郭子兴为滁阳王，并建庙祭祀。滁阳王庙位于现今滁州市一附小校园内，有明一代，都是香火旺盛，祭祀正常。到了清代，因没有专人管理，滁阳王庙变成了关帝庙。前些年，因为年久失修，被拆除，非常可惜。拆除后的一些木构件现存于滁州博物馆，上面雕刻的龙凤图案，能从王爵制式的角度印证庙的历史。

朱元璋不同意郭子兴称王这件事，当然更加引起郭子兴的不快。在滁州期间，郭子兴和朱元璋的矛盾明显地显现出来。开始来到滁州时，郭子兴是一万多人马，而朱元璋是三万多人马，虽然朱元璋把兵权全部交出了，但郭子兴内心深处还是不安的。在濠州，不管怎么说，他是主人，是他收留了朱元璋，而在滁州，是朱元璋收留了他，虽然尊称他为大帅，但守城御敌、寨粮扩军还都是要靠朱元璋。郭子兴年岁已高，几年的攻伐征战，令他身心疲惫。他一手拉起来的这支“郭家军”，接班人肯定要是自己的儿子郭天叙、郭天爵。但养女婿朱元璋太厉害了，他的光彩很多时候超过了郭大帅，更不要说两个儿子了。郭子兴还有一个干将，就是大张夫人的弟弟张天佑，他是倾心于两个外甥的。对于朱元璋，既要利用他的才华，为郭家军再创业绩；又要限制他军权，防止他的力量继续壮大。总之，要让这个养女婿发挥最大的能量，收取最小的利益。

大明皇帝之宝

大明天子之宝

郭子兴对朱元璋还要釜底抽薪。朱元璋身边的幕僚都是精明能干之人，他们让朱元璋如虎添翼。他首先要把李善长调走，让李善长跟着自己干。李善长通过短暂接触，知道郭子兴是个目光短浅的人，不可能成就大事，于是向朱元璋哭诉，表示拒绝前往。朱元璋深受感动，设法通融，郭子兴没有再坚持。

滁州是朱元璋打下来的，在滁州如何发展，朱元璋有自己的考虑。但郭子兴来后不久，就收回了“四方征讨总兵之权”，朱元璋心里明白是为什么，但对郭子兴却“事之愈恭”，愈发低调，更加尽忠尽孝。即使是这样，郭子兴对朱元璋还是不满意，有一次竟然听信谗言，把朱元璋囚禁起来了，不给他饭吃。马夫人在厨房里做饭，乘人不备，将一张刚出锅的烙饼贴在身上，用衣襟掩住，带给朱元璋。等饼从怀里取出，乳房上都烫出了水泡。朱元璋对于妻子，越加敬爱。

郭天叙、郭天爵兄弟，对于这个妹婿更是嫉妒万分，他们甚至想将他置之死地而后快。有一次，兄弟俩悄悄备下毒酒，热情地请朱元璋赴宴。朱元璋打马前往，途中马突然跃起，不肯前行。朱元璋觉得不是好兆头，这两人突然变恭敬，请他赴宴，有些异常，就拔马回营。通过买通两个舅兄身边的人，朱元璋终于明白他们的企图。为了让他们以后不敢动坏心眼，朱元璋找到二人，大骂道：“我有什么对不起你们的地方？幸亏有神人相告，不然我就被你们的毒酒毒死了。”郭氏兄弟吓得裤裆冰凉，从此对朱元璋再也不敢生坏心。

郭子兴贪财，朱元璋叫马氏常常以孝敬父母的名义，送钱财、珠宝等给两位夫人。两位夫人常叨念朱元璋的好处，郭子兴对朱元璋的态度随之变好一些。

三、滁阳一旅　攻克集庆

四万多军队都窝在滁州，粮食非常紧张，难以继续发展。据《明史纪事本末》载，至正十五年正月，朱元璋向郭子兴建议：“困守孤城，诚非计。今惟和阳可图，然其城小而坚，可以计取，难以力胜。向攻民寨时，得兵三千，号庐州路义兵。今精选三千勇士，椎结左衽，衣青衣，佯为彼兵，以四骆驼载赏物而驰，声言庐州兵送使者入和阳赏赉将士，和阳必纳之。因以绛衣兵（当时红巾军都穿红色服装）万人继其后，约相距十余里，候青衣兵薄城，举火为应，绛衣兵即鼓行而前，破之必矣。”郭子兴采纳了这个建议，但领兵袭取的人，则派了妻弟张天佑，朱元璋只是领兵驰援。

如此奇袭，和州一下就被占领了。张天佑正在得意，元兵反攻来了。他们从西门越过护城壕，转攻北门。眼看城破，张天佑不知如何是好。朱元璋则下令打开北门，亲自持枪带头冲杀。元兵无法抵挡，后退又有护城壕阻拦，死伤无数，大败而归。郭子兴得到捷报，惊出一身冷汗，妻弟是靠不住的。打仗还得靠朱元璋。他随即升任朱元璋为统帅和州兵马的总兵官。

朱元璋知道，担任总兵官，张天佑等将领自然不会服气。他顺手将李善长递过的手令装入衣袋之内，只令李善长通知众将聚会议事。李善长一面命人通知诸将，一面在州衙大厅将公座全部撤掉，换上十来条长凳。众将不知何事，摇摇摆摆鱼贯而入。稍后进来的见前面之人都抢了右首座位坐了，只得与先到的挨肩而坐。待朱元璋进厅时，见右首早已坐满，便在左首找个位子坐下。

一群武将聚在一起，一个个毫无顾忌，戏谑之声连成一片。朱元璋站起来高声将满厅说笑压下去，仍有人小声互相嬉戏。等到议决公事时，他们你看看我，我看看你，说不出一句话来。正在此时，一名小校一溜烟般冲进厅来，见众位将军都在这里，也不知哪位主事，只得冲右首张天佑禀报：“大人，不好了！城中百姓携儿带女，争着出城。小人已令四门紧闭，众人还是不肯回家，全城已经大乱。”

张天佑等人互相观望，张口结舌。此时，朱元璋在左首说道：“百姓争相出城，说明他们在城中心里不安。传我将令，即刻着人书写安民告示，四处张贴。再将城中有威望的老者找来，我要与他们叙话。”小校听了，又向左右看看，见其余将领无话，忙领命退下。

朱元璋又道：“我等欲在和州扎根，除抚定民心之外，还要防备外敌来袭。眼下四境元兵对我虎视眈眈，我意分段筑城，限期三日，克时交工，诸位以为如何？”别人不能献出一计，只得齐声赞成。

三天过后，朱元璋同诸将检查验收，他自己负责的一段已经由徐达带领士卒修好，其他几段都没有完工。回到议事厅，诸将想当初只不过支应搪塞而已，并未当真。这几日只顾寻欢作乐，哪还将此事放在心上。于是，你看看我，我看看你，有的竟哧哧发笑。张天佑便道：“据我所知，大都没有完工。”

朱元璋不动声色，道：“既未完工，便当军法从事。”

此时，只见张天佑手下带头大大咧咧道：“我等本是疆场上冲杀久了的人，这等小事，如何便要认真！”

“大胆！”朱元璋勃然大怒：“军法既是诸将所定，岂可儿戏！”说完，从怀中掏出郭子兴的令牌，恭恭敬敬捧在手中，一脸肃穆：“奉元帅钧旨，令朱某总制和州军马，代行元帅将令。”

众将听了，这才大吃一惊，若真要军法从事，岂可小视！当时就有几人头上涔涔冒出汗来。张天佑见众人看着自己，忙离开座位，对朱元璋躬身施礼，道：“朱总兵，我这几天忙昏头了，违约误期，本当认罚，还请朱总兵高抬贵手，宽限两日，以补前过。”张天佑是郭子兴的妻弟，又是军中资格最老的人，大家见他都低了头，只好纷纷离座向朱元璋求情。朱元璋的威信很快树立起来。

朱元璋出外，见一小儿在路旁啼哭，很可怜，问他父母在哪里，小儿说都在官人处。原来红巾军攻破和州后，各将大肆掳掠，并将满城男女充作军中杂役，闹得百姓妻离子散，家破人亡。朱元璋寻思，这不是久长之计。百姓是军队衣食父母，扰民劳民只能自取灭亡。他立即召集诸将，说：“大军从滁州来此，人皆只身，并无妻小。今城破，凡有所得妇人女子，惟无夫未嫁者许之，有夫

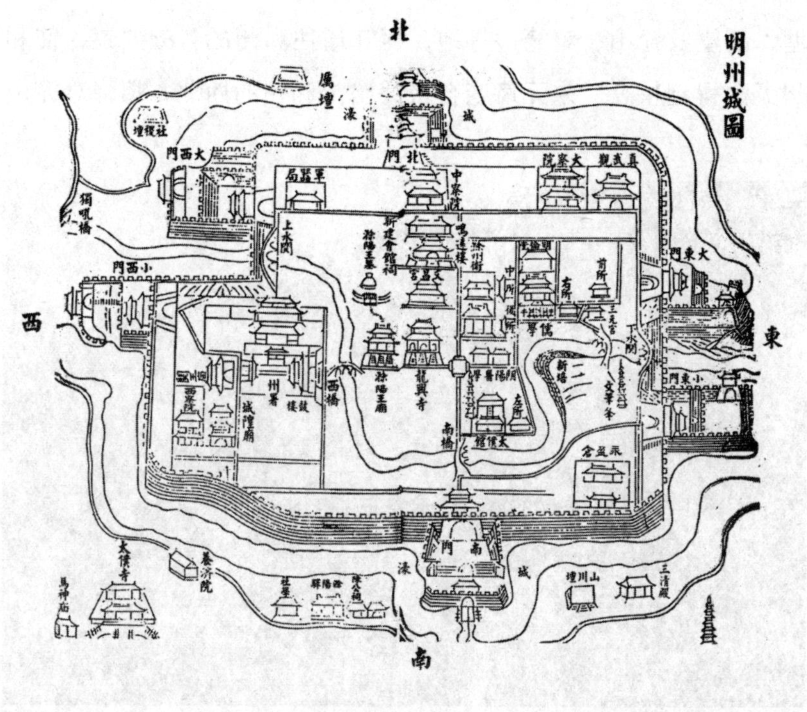

明滁州城图。其中有滁阳王墓和滁阳王庙。

妇人不许擅有。”第二天即令放还满城男女，让其父母子女家人一一团聚。此举深得民心，和州百姓拍手称快。

这一年二月间，刘福通在砀山县夹河镇将韩山童的孤儿韩林儿，迎到亳州，立为皇帝，国号大宋，年号龙凤，以杜道尊、盛文郁二人为左右丞相，自己与罗文素为平章政事。刘福通通过韩林儿发布郭子兴为都元帅，张天佑与朱元璋为左右副元帅。元朝廷一面调重兵对付刘福通，一面也派了太子秃坚、副枢密使绊住马、民兵元帅陈野先，带了十万大军，攻打和州。朱元璋只带一万军队，坚守三个月。他不时用奇兵出击，元军连吃败仗，士卒伤亡颇多，到夏天只好解围而去。秃坚、绊住马、陈野先又派兵屯驻附近的新塘、高望及青山、鸡笼山等地，扼守通往和州的各处要道，使和州无法得到粮食。朱元璋亲自带兵出击和州的西北，招降鸡笼山

明故宫午门遗址

的元军。附近的元军攻打和州，又被李善长率众击败。不久，元军渡江南撤，和州终于转危为安。

不久孙德崖因濠州缺粮，竟率大军来和州就食。孙德崖纵兵掳掠，占着和州四乡民家，带领亲兵说要进城住些时日。孙军人多势众，朱元璋阻拦不住，也无法推脱，正在苦恼发愁。平时嫉妒朱元璋战功的人，却向郭子兴进谗言，说朱元璋投降了孙德崖。郭子兴听得消息，忙从滁州赶来。

郭子兴为人虽刚直，但耳朵软，怕听闲话。开头有人报告说朱元璋多取妇女，强要三军财物，已然冒火；及至听说与孙德崖合伙，越发怒气冲天，连夜赶进城来。朱元璋来不及迎接，只得赔着小心，好歹先消去丈人的怒气，再说形势紧张，“孙德崖在此，上回在濠梁大帅与他结仇，我是破了他家屋顶救出大帅的。目前他的人多，大帅得当心，安排一个万全之策”。郭兴子兴听了，疑虑消除。

第二天，天还未亮，孙德崖派人来说:“你

陶安

丈人来了，我得走了。”朱元璋情知不妙，连忙去告知郭子兴，这边又来劝孙德崖：“何必这样匆忙呢？”孙德崖说：“你丈人太不是东西，和他相处不了。”

朱元璋看他的神色，似乎还算平和，赶紧劝道：“两军一城，一支队伍的人马全部出走，怕下面会发生摩擦，应该让部队先走。元帅你亲自殿后，万一出事好处理。”孙德崖答应了。朱元璋放下心，出来替孙军送行，越送越远。正要回来，后军传过话来，说城里两军打了起来，死了许多人。朱元璋着急，连忙喊随从耿炳文、吴桢，飞马奔回。孙军抽刀拦住去路，将朱元璋三面围住。朱元璋一路上见了许多将官，都是旧友，大家诉说，都以为城内火并，朱元璋一定知情。朱元璋有口难辩，趁其不备，勒马就逃。孙军数十人紧追不舍，枪箭齐下。朱元璋侥幸衣内披了连环甲，伤得并不太重。逃了十几里，还是被孙军擒获，披上枷锁。有人主张杀了他，但顾虑城里孙德崖的死活，未敢妄动，于是立时派人飞马进城，见孙德崖正和郭子兴对面喝酒呢，很有些英雄惜别的味道。郭子兴听说朱元璋被俘，情愿走马换将。但两下里都有顾忌，谁也不肯先放人，最后只好取其折衷：郭子兴先派徐达到孙军作人质，换回朱元璋；朱元璋回到城里再放回孙德崖，徐达最后被放还。

郭子兴困住孙德崖，原想杀掉，以报上次濠州被辱之仇，但因为要换回朱元璋，竟然又把他放了。郭子兴心中觉得窝囊，忧闷成疾，竟致一病不起，三月间不治而死，一家人将其归葬滁州。郭子兴是朱元璋和淮西集团的源头，如果说淮西集团是奔腾不息的淮河，郭子兴就是桐柏山上的淮源井；如果说淮西集团是一本厚重的大书，郭子兴就是书前的引言。朱元璋对他的历史贡献是一直记在心里的。建立明朝后，他追封郭子兴为滁阳王，并在滁州的滁阳王墓前敕建滁阳王庙专门祭祀。

军中不可一日无帅，大家公推张天佑到亳都的小明王朝廷面议，并带回韩林儿的委任状：委任郭子兴之子郭天叙为都元帅，张天佑为右副元帅，朱元璋为左副元帅，军中文告都用龙凤年号。朱元璋心里不愿意接受，说："接受人家封号，就得听人家指挥。大丈夫宁能受制于人耶？"郭天叙、张天佑都不说话，朱元璋转而一想，韩林儿现在势盛可倚藉，眼下自己难以独立，就用他的旗号来掩护自己吧。于是接受封号，郭天叙是统帅，朱元璋仅排第三位。此后几年，朱元璋都是奉龙凤为正朔，以号令军中。

和州东南靠近长江，城子小，要维持几万军队的吃穿用度，实在力不从心，加上元兵几次围攻，粮用更加匮乏。朱元璋把眼光投向了江南岸的太平（今安徽当涂）。太平南靠芜湖，东北达集庆，东倚丹阳湖。湖周围的丹阳镇、高淳、宣城都是产粮区。占领太平，既可解决部队给养，又可进逼集庆，然后以集庆为中心，妥为筹划，四面拓展，不愁霸业不成。朱元璋把自己的打算告诉李善长，李善长说："这当然是有眼光的选择。但浩浩长江，波涛汹涌，没有水军船只，大军只能望洋兴叹。"

正在一筹莫展之时，恰好就有巢湖水军头领李普胜（又名李国胜，外号李扒头）派代表前来联络，请求出兵救援。

原来天下大乱以后，在巢湖一带的豪门望族俞家——俞廷玉、俞通海、俞通源、俞通渊父子，廖永安、廖永忠兄弟，赵仲中、赵庸兄弟，纠集地方武装，推举李扒头作头领，双刀赵（普胜）坐第二把交椅，屯泊巢湖，连结水砦，有千多条大小船只万多人的水军。因和庐州红巾军左君弼结下仇怨，吃了多次败仗，势单力孤奈何不得，又咽不下这口气，特派人来讨求救兵。

天赐良机，朱元璋大喜过望，亲到巢湖联络，鼓动三寸不烂之舌，苦劝与其死守挨打，不如结伙渡江，向江南发展势力。巢湖水军无路可走，只得表示同意。此时元中丞蛮子海牙扼铜城闸、马场河诸隘，巢湖水师不得出。正在无计可施，却赶上五月梅雨季节，大雨竟淅淅沥沥地下了二十天，河坑地凹处都给淹平了，河道广阔。巢湖水师不费吹灰之力，避开了元军防守，大小船只悉

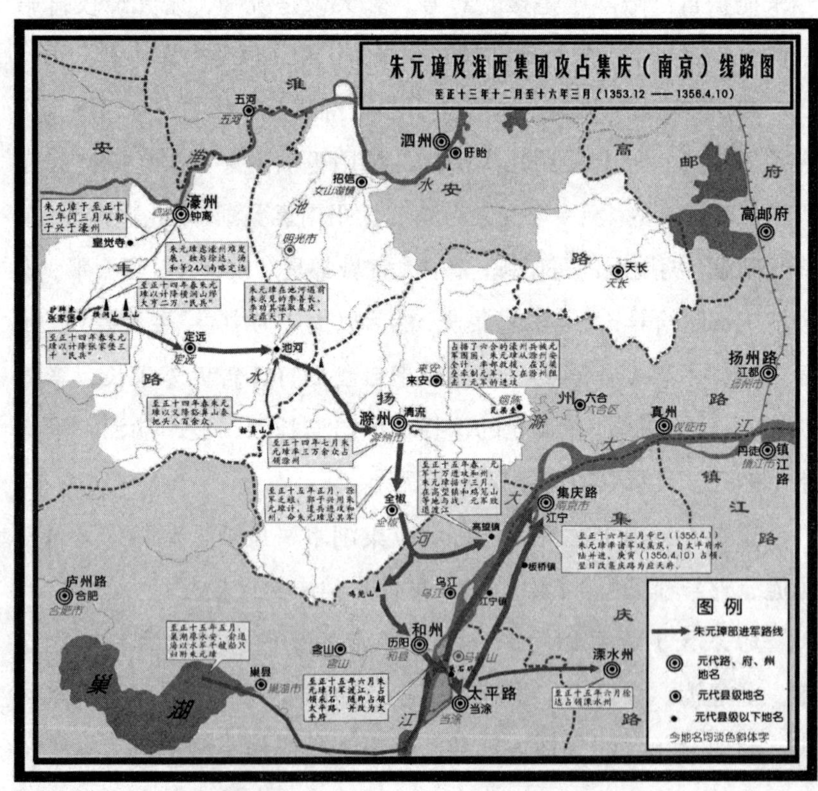

朱元璋及淮西集团攻占集庆（南京）线路图（刘思祥绘图）

数到达和州集结。

六月初一，水陆大军乘风渡江，直达采石，常遇春一马当先，奋戈杀向元军，诸军鼓勇续进，元兵望风披靡，沿江堡垒，不战而降。朱元璋带领士卒登岸，占领采石。

李普胜、赵普胜与朱元璋同日渡江，占领采石后，李普胜后悔归附朱元璋。他借口庆贺渡江之捷，在船上摆下酒席，邀请朱元璋赴宴，想借机杀害朱元璋。李普胜的部下觉得不妥，告诉了朱元璋。朱元璋借口生病，没有赴宴。过几天，朱元璋在船上为李普胜摆酒庆功，趁机把他灌醉，捆住手脚丢到江里喂鱼去了。赵普胜不服，逃归徐寿辉。

朱元璋手下长期缺粮，见到粮食、财物就抢，大家都想回和州享用。元璋与徐达等人商议："渡江幸捷，若舍而归，江东非吾有也。"于是下令将船缆砍断，把大小船只悉数放诸江流，自断退路。诸将慌乱叫苦，朱元璋传令全体将士："前有州曰太平，子女玉帛，无所不有，若破此一州，从其所取，然后方放汝归。"饱餐之后，大军马不停蹄直趋太平，军士个个奋勇当先，一鼓作气攻下太平。守城的元平章完者不花与佥事张昶等弃城逃跑，万户纳哈出被俘，太平路总管靳义投水自杀。

众军兵正想大抢一通，却见街上到处是严禁掳掠的告示，违者斩首。朱元璋虽许以"女子玉帛从其所取"，但那是假的。他早已叫李善长写好禁约，一待攻下城池，即派人四处张贴宣讲，并调一排执法队巡行街头，正在抢劫的军士不得不罢手。有一小兵不信邪，立时被斩。太平路的百姓免遭大劫。朱元璋怕军士不服，军心不稳，遂叫当地大地主赶快献出一些金银财帛，分赏将士，总算稳住了军心。

攻下太平，又有当地地主儒士李习、陶安来投。元璋问“以何道教之？”陶安劝朱元璋力戒剽掠，东取集庆，可成霸业。与当年冯国用投效朱元璋时所谋略同。朱元璋深以为然，留作帅府令史，改太平路为太平府，以李习为知府，置太平兴国翼元帅府，朱元璋为大元帅，李善长为帅府都事，汪广洋为帅府令史，潘庭坚为帅府教授。同时，着令乡下老百姓为民兵，居民蓄积，悉数运进城来，以备长期固守。

其后，元军水师，在蛮子海牙的统率之下，会同阿鲁灰所带的陆军，与陈野先的民兵，大举反攻，形势逼人。朱元璋亲帅徐达、邓愈、汤和等大将拼死抵抗，并不惜财物，尽出库中所有，犒劳封赏有功将士；同时潜出一师，从敌人背后发起猛攻，前后夹击，元兵不知虚实，大败而溃，陈野先被俘。朱元璋劝其投降，宰白马乌牛，祭告天地，结为兄弟。第二天，陈野先全军归降，元将阿鲁灰引兵离去，朱元璋又与陈野先相约一同攻取集庆。

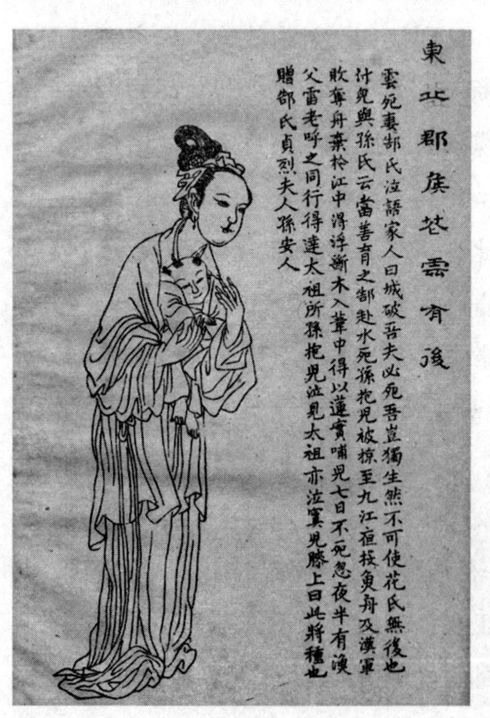

东北郡侯花云妻子

为防将士反叛，朱元

璋常以其家属作人质。对投降将领，朱元璋更是加倍防范。陈野先的妻子被留在太平，部下被张天佑领去攻打集庆，陈野先心里原本痛恨红巾军，不得已而投降朱元璋，用而见疑，心中更加有气。他暗地嘱咐部下：装装样子，出人不出力，并不真打，三两日自已脱身后就来攻打红巾军。这话给朱元璋心腹检校探知，朱元璋心里明白，却不告诉张天佑。大军来到集庆城下，元朝守将福寿力战拒守，张天佑只有少半人在打，大半人在看，焉有不败之理。

朱元璋索性放了陈野先，让他统领旧部与张天佑、郭天叙合军再攻集庆。陈野先早已与城内守将约定内外夹击，假邀郭天叙喝酒，就在席间把他杀了。张天佑被生擒，陈野先把他送给福寿也被即行处死。元军会师反攻，红巾军大败，死伤二万多人。陈野先率军追到溧阳，马乏掉队，当地民兵不明底细，以为他投效红巾军，设伏把他杀了，部队由其从子兆先接管。

朱元璋借刀杀人，除掉了心头之患郭张二人，郭家旧部全归元璋指挥，仍承秉小明王旨意。韩林儿任命朱元璋为都元帅。至此，朱元璋成为这支淮西起家的军队名实一致的统帅，时在至正十五年九月。在朱元璋统领郭家军后，郭天叙弟弟郭天爵被小明王任为中书右丞，眼看郭家基业落入他手，他不免背地里发些牢骚，《明史》载："已而太祖为平章政事。天爵失职怨望，久之谋不利于太祖，诛死，子兴遂绝后。"郭子兴还"有一女，为小张夫人出者，事太祖为惠妃，生蜀、谷、代三王。"《明史》上没有说郭惠妃嫁朱元璋的具体时间，从蜀王朱椿年龄判断，应是朱元璋占领南京若干年之后。郭惠妃还生有汝阳公主、永嘉公主，最后得以善终。

次年，即至正十六年（1356年）三月，朱元璋打下集庆路（今南京）。守城的元将福寿战死，康茂才投降。朱元璋进城，对老百姓秋毫无犯，宣布改集庆路为应天府，自称“天兴健康翼统军大元帅”，派人向小明王报捷。韩林儿任命他为“江南等处行中书省平章政事”。所谓“行中书省”，就是“中书省”的“行署”，代中书省行政的。李善长为左右司郎中，以下诸将都升元帅。这一年朱元璋29岁。从25岁投军仅仅4年时间，他就攻占集庆，成为独当一面的地方长官和指挥十万大军的红巾军统帅，为夺取全国胜利，建立大明王朝建立了基础。

皇陵石刻：石马及控马官

第三节　新王朝和新勋贵

一、南略北攻　建立大明

稳居应天后，朱元璋夙夜在公，南略北攻，到了至正二十八年（1368 年），终于改应天为南京，建立大明王朝。

至正十七年（1357 年），朱元璋先是派耿炳文克长兴，徐达克常州，自己则亲自率军攻取宁国。随后赵继祖克江阴、徐达克常熟，胡大海克徽州、常遇春克池州、缪大亨克扬州。至正十九年（1359 年），朱元璋陆续攻占浙东余下各地，常遇春克衢州、胡大海克处州。至此，朱元璋部控制江左、浙右各地，向西与陈友谅部相邻。

此时，尽管朱元璋拥有十万兵力，但是占有的地盘仍然很少，而且四面受敌。东面和南面是元军，东南是张士诚，西面是徐寿辉，虽然同是反元武装，但是张、徐二人同小明王却相互敌视。不过，北面小明王、刘福通率领的红巾军主力，大大牵制了元军，而且，张士诚、徐寿辉的力量还不足以兼并朱元璋。这样一来，朱元璋暂时面临着一个很好的发展机会。

至正二十年（1360 年），刘基被朱元璋请至应天（今南京），朱元璋委任他为谋臣。刘基针对当时形势，向朱元璋建策“避免两线作战、各个击破”，被采纳。完成了“高筑墙”的部署后，朱元璋便着手实行“广积粮”。为了解决粮食问题，朱元璋除了动员百姓进行生产外，还决定推行屯田法，大力开展军队屯田，任命元帅康茂才为都水营田使，负责兴修水利，又分派诸将在各地开垦种田。几年工夫，到处兴屯，府库充盈，军粮充足。在至正二十年（1360 年），朱元璋下令不再征收“寨粮”。所谓的“寨粮”，明人刘辰《国初事迹》云：“太祖亲征太平、建康、宣州、婺州，书押大榜，招安乡村百姓，岁纳粮草供给，谓之寨粮。”取消“寨粮”，就减轻了农民负担。为了积粮，朱元璋明令禁酒，但是其手下大将胡大海的儿子胡三舍与别人违法犯禁，私自酿酒获利，朱元璋知道后，下令杀了胡三舍。有人进谏说胡大海此时正在攻打绍兴，希望朱元璋可以看在胡大海的面子上放了胡三舍。朱元璋大怒，坚决严明军纪，自己动手将胡三舍杀掉。

在争取民心的同时，朱元璋还不断网罗人才，特别是知识分子，朱元璋在应天还专门修建了礼贤馆来接待他们。这些人在朱元璋统一全国的过程中起了重要作用。朱元璋十分尊重儒士，他曾在至正十八年（1358 年）召见儒生唐仲实，询问汉太祖高帝、汉世祖光武皇帝、唐太宗、宋太祖平定天下之道，这也表明朱元璋决心要开创一个新的皇朝。

朱元璋建立以应天为中心的根据地，在长江上游有陈友谅，下游有张士诚，东南邻方国珍，南邻陈友定。方国珍、陈友定的目标在于保土割据，张士诚则对元朝首鼠两端，没有多大雄心；陈友谅最强，是朱元璋占领应天后遇到的最危险的敌人。陈友谅本是徐寿辉手下大将倪文俊的部下。后来他杀死倪文俊，并于至正二十年（1360 年）挟持徐寿辉，攻占了太平、采石。朱元璋太平守将花云战死，其妻郜氏将 3 岁儿子花炜托付给侍女，自己投水而死。陈友谅以为应天唾手可得，就杀了徐寿辉，在采石称帝，国号汉，改元大义。

接着，陈友谅约张士诚东西夹击应天，平分朱元璋的领地，应天大震。朱元璋只好召集众将商量对策，一时众说纷纭。唯有刘基默不作声，朱元璋于是征求他的意见，刘基认为如今最危险的敌人莫过于陈友谅，必须集中力量消灭他。虽然陈友谅势力强大，但他杀君自立，部众离心，人民疲敝，故而不难战胜。朱元璋同意刘基的判断，于是设计诱敌深入，制造战机。朱元璋的部将康茂才和陈友谅是老朋友，于是修书一封，派人送到陈友谅营中，约他攻击应天，并说愿意在江东桥做内应。

六月二十三日早晨，陈友谅率舰队主力赶到应天郊外的江东桥，才发现桥是石桥而非木桥，方知受骗中计。但为时已晚，朱元璋的伏兵奋起攻击，陈友谅大败。朱元璋收太平，占领信州、安庆，陈友谅败逃九江。后来，陈友谅复夺安庆，第二年八月朱元璋又攻下安庆，于是率军直取陈友谅的老巢江州，陈友谅逃往武昌， 朱元璋攻克江西和湖北东南部。

正在这时，中原红巾军发生分裂，力量削弱。至正二十三年（1363 年）二月，张士诚乘人之危，派部将吕珍进攻安丰，刘福通向朱元璋求救。待到朱元璋率军赶到安丰时，刘福通已被吕珍杀死， 朱元璋只救出小明王韩林儿，把他安排在滁州居住。就在朱元璋率主力营救小明王时，陈友谅认为反攻时机已到，于是率兵进攻洪都。 朱元璋的侄子朱文正率领将士坚守八十五天。至正二十三年（1363 年）七月，朱元璋统兵二十万，进发洪都，陈友谅获悉后，撤出围军，迎战朱元璋，双方在鄱阳湖展开决战。鄱阳湖水战从八月二十九日开始，至十月三日结束，进行了三十六天。朱元璋的军队充分发挥小船灵活的长处，火攻陈军，最终取胜，陈友谅被乱箭射死。

至正二十四年（1364年）元旦，朱元璋被百官推举为吴王，建百官司属，仍以龙凤纪年，以“皇帝圣旨，吴王令旨”的名义发布命令。因至正二十三年（1363年）张士诚早已自立为吴王，故历史上称张士诚为东吴，朱元璋为西吴。

至正二十四年（1364年）三月，朱元璋再次到武昌督兵攻城，陈理最终出城投降。在吞并了陈友谅后，朱元璋的下一个目标就是张士诚。

灭陈友谅后，东面的张士诚和方国珍便成为下一步要被消灭的对象。张士诚早年贩卖私盐为业。元末发动盐徒起义，于至正十四年（1354年）在高邮称诚王，建国号为周，建元天佑。至正十六年（1356年），建都平江。消灭陈友谅后，朱元璋于至正二十五年（1365年）十月进攻张士诚，一举攻下通州、兴化、盐城、泰州、高邮、淮安、徐州、宿州、安丰诸州县，将东吴的势力赶出江北地区。

至正二十六年（1366年）五月，朱元璋发表檄文声讨张士诚。同年十一月，杭州、湖州先后投降朱元璋，平江成为孤城。于是朱元璋以重兵包围平江，发动平江之战。在围城的同时，朱元璋派廖永忠去滁州接小明王韩林儿到应天来，但在瓜州渡江时，船却翻了，小明王沉于江底。接着，朱元璋宣布不再以龙凤纪年，称至正二十七年（1367年）为“吴元年”。

平江之战开始时，朱元璋筑墙围城，并造有三层的木塔楼，高过城墙，以弓弩、火铳向城内射击，还设襄阳炮日夜轰击。城内一片恐慌，张士诚几次突围都以失败告终。张士诚反复无常，贪图享受，对部下也十分放纵。平江被围困的最后一天，张士诚弟弟张士信在城头督战，仍不忘享乐，坐在银椅上饮酒，左右侍奉的人递桃子给他，结果桃子还没到口，恰好一炮打来，他的脑袋被打得粉碎。朱元璋曾多次派人劝降，都被张士诚拒绝。张士诚死守平江，粮尽后，以老鼠、枯草为食；箭尽后，以屋瓦为弹。至正二十七年（1367 年）九月初八，徐达率军攻入平江城，张士诚展开巷战抵抗，失败被俘后，自缢而死，东吴灭亡。

吴元年（1367 年），朱元璋命汤和为征南将军，讨伐割据浙东多年的方国珍。后命胡廷瑞为征南将军，何文辉为副将军，进攻福建。同年，方国珍投降。

吴元年（1367 年）十月甲子日，朱元璋命中书右丞相徐达为征虏大将军、平章常遇春为副将军，率军 25 万北进中原。北伐中发布《谕中原檄》，文告中提出“驱逐胡虏，恢复中华，立纲陈纪，救济斯民”的纲领，以此感召北方人民起来反元。朱元璋对北伐又作出了部署，提出先取山东，撤除蒙元的屏障；进兵河南，切断它的羽翼；夺取潼关，占据它的门槛；然后进兵大都，这时元朝势孤援绝，不战而取之；再派兵西进，山西、陕北、关中、甘肃可以席卷而下。北伐大军按计而行。徐达率兵先取山东，再西进，攻下汴梁，然后挥师潼关。朱元璋到汴梁坐镇指挥。

洪武元年（1368 年）正月，朱元璋于南京称帝，国号大明，年号洪武。

其后，朱元璋又继续派兵征讨北元。

先是，洪武元年（1368 年）七月，各路大军沿运河直达天津，二十七日进占通州。八月，明军进逼大都，元顺帝带领三宫后妃、皇太子等开建德门逃出大都，经居庸关逃奔上都。其他如扩廓帖木儿、李思齐等手握重兵、勇于内战的军阀，在明军攻来时，全部逃跑。蒙古在中原九十八年的统治结束，明朝取得了在长城以内地区的统治权，丢失四百年的幽云十六州也被收回。

元惠宗自洪武元年（1368 年）北逃上都后一直逗留在明朝的边境地区，并两次南侵以图夺回原来的大都复辟。洪武二年（1369 年）六月，元惠宗迁都应昌府，对明朝形成了实在的军事威胁。朱元璋鉴于北宋末年燕山一带在两年之内得而复失的前车之鉴，决定北征消灭北元。洪武三年（1370 年）正月，命右丞相徐达为征虏大将军，李文忠为左副将军，冯胜为右副将军，出兵进攻北元。明军此次北征，两路皆获大胜，元朝在近塞的残余势力遭到沉重的打击。

洪武五年（1372 年）正月至十一月，朱元璋对北元进行第二次征伐。又称岭北之战。此战结果，徐达的主力中路军大败，李文忠的东路军得失相当，仅冯胜的西路军获胜。第二次北征以失败告终。洪武十四年（1381 年）正月，北元平章乃儿不花等南侵明边境。朱元璋命魏国公徐达为征虏大将军、信国公汤和为左副将军、颍川侯傅友德为右副将军，率军北征。大军渡过胪朐河（今中蒙边境克鲁伦河），俘虏北元知院李宣及其部众。八月底，明军北征各部胜利班师。

洪武二十年（1387 年）正月，朱元璋命宋国公冯胜为征虏大将军，颍国公傅友德、永昌侯蓝玉为左右副将军，率师 20 万人北征北元太尉纳哈出。结果战胜纳哈出，明得其军民 24 万余人及羊、马、驴、驼、辎重无数，最后肃清了元朝在辽东的势力。六月底，傅友德带领新占领的辽地汉人军士驻守大宁，冯胜等胜利班师。辽东从此成为明朝势力范围，后来成为奴儿干都司的一部分。

明中都城黄釉琉璃瓦当

洪武二十一年（1388 年）三月，明朝侦察到天元帝脱古思帖木儿在捕鱼儿海（今中蒙边境之贝尔湖），决定急行军直扑元帝所在。四月十二日，蓝玉部明军到达捕鱼儿海南岸，探知脱古思帖木儿的营地就在捕鱼儿海东北 80 余里，于是发动突袭。包括脱古思帖木儿次子地保奴等 64 人、太子必里秃妃并公主等 119 人、吴王朵里只、代王达里麻、平章八兰等 2994 人，以及北元宝玺、图书、金银印章等等，都被俘获。

至此，北元基本瓦解。

在此期间，朱元璋还攻取了四川、云贵等地，统一全国。

二、群星璀璨　公侯云集

两河兵合尽红巾，岂有桃源可避秦。
马上短衣多楚客，城中高髻半淮人。
荷翻太液非前日，花落蕃禧又暮春。
莫上高楼望西北，远山犹学捧心颦。

怀（淮）西女人好大脚（绘图：姬朝晖）

这是元末明初诗人贝琼《秋思三首》中的一首，写的是朱元璋占领集庆后，应天城中的情形：来来往往的军队全是红巾军，马上的将军大多是安徽人，官员中有一半是淮西的。安徽地域中长江以北历史上大多为楚国属地，历史上吴、楚是对立的两国，征战不断，最后吴亡楚胜。应天是传统的吴国地域，作为吴国的遗民（包括贝琼），他们对“楚客”“淮人”未必有好感。这种没有好感的心态，不时能显现。传说朱元璋称帝后的一个元宵节，带着随从出宫观灯猜谜，走过几条街后，突然发现一个走马灯上，绘有一幅漫画：一个中年妇女，赤着一双大脚，怀里抱着一个西瓜。朱元璋驻足细想，怀里抱着西瓜，应是“怀西”，暗喻“淮西”，女人赤着大脚，是讽刺“淮西女人好大脚”，明显是说马皇后的啊！这就更没有好感了。为什么没有好感？除掉“我是这片故土的主人，你们是外来的客人”这种心态之外，“楚客”“淮人”们意气飞扬、专横跋扈应是其中的重要原因。

这个时候，淮西集团初具雏形。从至正十六年（1356 年）四月到洪武元年（1368 年）的十多年中，淮西臣将跟随朱元璋运筹帷幄、攻守杀伐，成就大明王朝，建立盖世功勋，成为开国功臣，形成了雄踞明初政坛的政治军事集团。其中的重要人物有李善长、徐达、常遇春、汤和、冯胜、李文忠、邓愈、沐英、廖永忠、俞通海父兄、傅友德、胡惟庸、蓝玉等。

朱元璋当上了大明王朝的开国皇帝后，李善长等追随他打天下的人就成了大明朝的开国功臣。当初大伙跟着朱元璋拼了性命打天下，如今得到天下了，当然就要一起坐天下。皇帝只能由朱元璋一个人当，但多年追随的功臣们自然要封官晋爵，在大明王朝里面分到一份好处。

这些年来，随着朱元璋势力的不断扩大，跟随着他的那些兄弟们，也都在攻城略地中得到很多好处，同时一步步升迁，有了一定的地位。但王朝建立后，元朝人被赶跑了，整个天下都归了大明，这些建立大明的人地位和名分就要再升一格，论功行赏，就要来个英雄排座次了。汉、唐这些王朝也是这么做的。

别看朱元璋农民起家，但因为有李善长等人多年的参谋，加上喜爱读书，他对历朝典章还是清楚的。洪武元年，也就是公元 1368 年，除了他自己登基称帝，还册封了马皇后和太子朱标。这时候功臣们虽然还都没有被论功封赏，但是每个人的官位都已经有了。比如李善长这时候已经被任命为左丞相，徐达是右丞相，位列文武百官之首。汤和、邓愈为御史台的左、右御史大夫。刘基是御史中丞。随后，又以李善长兼太子少师，徐达兼太子少傅，常遇春兼太子少保。不过这些官位只是他们的职务，还不算是论功封赏。在中国历史上，历朝历代打下江山来，那些开国功臣都要由皇帝论功封赏，成为当时的贵族。

朱元璋当然也不例外，只是他没有在建立新朝的同时就封赏功臣，而是拖了几年，直到洪武三年，也就是公元1370年，朱元璋才把除大儿子太子朱标之外的其他儿子们封为藩王，并且对那些开国的功臣也分别给予了封赏。

中国传统爵位一共有五个等级：公、侯、伯、子、男。这五个等级依次排列，公的级别最高，男的等级最低，但是都属于封爵，得到这些封爵的都是勋臣贵族。朱元璋对开国功臣的封赏，主要是依照他们功劳的大小，分别授予公、侯、伯三个级别的勋臣。为什么说主要是封了三个级别的功臣呢！因为在明朝初年，也曾经有过子爵和男爵的封赏，不过都是开国死难的功臣，是追封的，算是特例，后来也就不再有了。另外也有死后追封为王的，比如徐达死后追封为中山王，常遇春死后追封为开平王，李文忠死后追封为岐阳王。

明朝制度规定：公，正一品，封给为国家立下大功的人；侯，正一品，封给功劳仅次于封公之人的功臣；伯，也是正一品，按说是应该封给功劳仅次于封侯之人的功臣，可是还有一个特殊情况，一般来说，武臣立下大功，封公、侯，文臣立下大功，封伯。

洪武三年十一月，朱元璋大封功臣，一次封授了六个公、二十八个侯、两个伯。

六个封公的功臣是李善长，韩国公；徐达，魏国公；常遇春因为这时候已经病逝，所以封了他的儿子常茂为郑国公；李文忠封为曹国公；冯胜封为宋国公；邓愈封为卫国公。他们全都是淮西籍的渡江旧人。

二十八个封侯的功臣是中山侯汤和，颍川侯傅友德、德庆侯廖永忠、营阳侯杨璟、豫章侯胡美、江阴侯吴良、长兴侯耿炳文、淮安侯华云龙、东平侯韩政、广德侯华高、济宁侯顾时、靖海侯吴祯、南雄侯赵庸、巩昌侯郭兴、临江侯陈德、六安侯王志、汝南侯梅思祖、延安侯唐胜宗、吉安侯陆仲亨、平凉侯费聚、河南侯陆聚、荥阳侯郑遇春、宜春侯黄彬、永嘉侯朱亮祖、江夏侯周德兴、南安侯俞通源、蕲春侯康铎、宣宁侯曹良臣。二十八侯中，汤和是朱元璋同村发小，朱元璋参军还是他写信相劝的结果。傅友德祖籍宿州，廖永忠是巢湖人，杨璟合肥人，吴良定远人，耿炳文濠州人，华云龙定远人，韩政睢州人，华高和州人，顾时濠州人，吴祯是吴良的弟弟，定远人，郭兴濠州人，陈德濠州人，王志六安人，唐胜宗濠州人，陆仲亨濠州人，费聚五河人，朱亮祖六安人，周德兴也是朱元璋小时候的同村伙伴，朱元璋投军之前还跑到村里找他商量过，也是濠州人，俞通源祖籍濠州，后迁巢湖。二十八侯中，有二十多个淮西人，而且濠州人最多。所以贝琼诗中说“城中高髻半淮人”，那是绝对没有错的。

两个伯是忠勤伯汪广洋、诚意伯刘基。功臣当中，只有他们不是淮西旧人。汪广洋是高邮人，刘基是浙东青田人。

一时间，淮西人士可谓群星璀璨，公侯云集。从明代史料中可以看出，这些人的经历有很多相同，利益也多趋一致，有着地域文化的亲缘性，自然而然地成为一个广义的利益集团。当然，这个利益集团，很多时候，也是维护朱元璋和明王朝利益的。

此后，朱元璋又陆续分封了一批公、侯、伯。终洪武之朝，封公者计十一人，除上述六国公，另有信国公汤和、凉国公蓝玉、梁国公胡显、开国公常昇，也都是淮西老将，只有颍国公傅友德是出生于砀山的淮北人，是唯一被封为国公的非淮西籍功臣。但他离淮西也不远，常年的征战，使得他与淮西联系非常紧密。封侯者计五十七人，仍以淮西籍居多。只有封伯者六人皆非淮西籍。而所封的侯、伯，其中有些只是恩赐给战败对手的一种名誉性封爵，如归德侯陈理、归义侯明昇、承恩侯陈普才、归仁伯陈友富、怀恩伯陈友直、崇礼侯买的里八剌等，实际上他们并没有什么实权和地位。此外，朱元璋还通过联姻方式来笼络淮西将臣。他娉开平王常遇春之女为皇太子妃，广西都指挥使谢成之女为晋王妃，卫国公邓愈之女为秦王妃，中书右丞相魏国公徐达之长女为燕王妃，宋国公冯胜之女为吴王妃，大都督佥事王弼之女为楚王妃，并将自己的大女儿临安公主下嫁给李善长的长子李祺为妻。昔日的淮西将臣，便由开国元勋变成新朝显贵，成为执掌明朝军政大权的最高统治阶层。

朱升也是当时大儒，向朱元璋提出过“高筑墙，广积粮，缓称王”的良策，有的史料说当时朱元璋也想封朱升为伯，但朱升不愿意接受。这位朱先生实在是一位高人，他深知“狡兔死，走狗烹；飞鸟尽，良弓藏”，历朝历代开国功臣大多数没有什么好下场，所以不愿意接受封爵，这样做，还显得他挺谦让。更聪明的是，他自己不受封，却向朱元璋提出了一个要求，让朱元璋赐给他家里一道免死诏，为的是将来万一子孙有罪的时候可以免去一死。朱元璋觉得这个要求也不过分，就答应了。应该说，朱升是有大智慧有远见的人。但是，最无情是帝王家，后来朱升的儿子朱同官至礼部侍郎，果然被牵连到案件当中，史书中记述说他“坐死”，最终还是被朱元璋给杀掉了，看起来朱升深谋远虑讨来的那份免死诏最终也没有起到作用。

据《洪武圣政记·昭大分第三》记载，朱元璋宣布功臣的封赏后，诸臣入谢，朱元璋还专门解释说：“如左丞相李善长，虽无汗马之劳，然事朕最久，供给军食，未尝乏阙。右丞相徐达，朕起兵时即从征讨四方，摧坚抚顺，劳勚居多。此二人者，已列公爵，宜进封大国，以示褒嘉。余系据功定封……今日所定，若爵不称德，赏不酬劳，卿等宜廷论之，无有后言。”意思是说，你们有什么不满意早点说出来，别事后议论。

朱元璋说这番话不是没有原因的，这些功臣的实际情况也都不一样，徐达是带兵打仗的，出生入死，身先士卒，不仅在军中有威信，在开国功臣中也有威信，他当什么官，封什么爵，人们都不会有意见。李善长就不同了，论文不及宋濂，论武不如徐达，论谋不如刘基，所以当时就有人说他不配当丞相。朱元璋说：“你们知道什么？李善长那么早就来投奔我，这么多年在我身边，没有功劳也有苦劳。况且他是我同乡，这个事就这么定了。”话虽这么说，为了不引起上层间的矛盾，朱元璋还是把丑话说在前面，也算打一点儿预防针。

第一批封爵的除这三十六个公、侯、伯之外，得到封爵的还有在开国战争中牺牲的那些功臣，这些人统统都被称为“大明英烈”。朱元璋专门为他们建立了烈士纪念堂，比如为在南昌保卫战中牺牲的烈士建立了南昌功臣庙，为在鄱阳湖战役中牺牲的烈

明中都鼓楼东立面

士建立了康郎山功臣庙。

明朝制度规定，这些被封为公、侯、伯的功臣，不仅有名誉有地位，而且有实惠。

首先是经济待遇。那时候官员们都是年薪制，一般官员叫年俸，功臣的年薪就叫岁禄。这些功臣的年薪是多少呢？根据不同级别，待遇各不相同，那时候的年薪都是按粮食计算的，就是每年每人多少石粮食。

其次是政治待遇。这些功臣们享受独特的政治待遇，是拥有一种叫作“世券”的东西。“世券”是皇帝发给功臣们的一个证明，一般用铁铸造而成，上面刻着钦锡的爵位，并且写明承袭年代。铁券上面的字是金的，这就是老百姓们常说的“金书铁券。”因为明初的公、侯、伯都是世袭的，所以他们的政治特权称作“给世券”。

《明会典》卷二〇一有载："洪武二年，新制给赐功臣。面刻诰文，背镌免罪减禄之数，字嵌以金，为左右二面，合以字号。"这是给功臣本人的铁券，后来朱元璋又制作了功臣袭封的铁券，让功臣后世子孙保存以为凭证。朱元璋最初的想法是，"给世券"不仅是你这一代享受这样的一个爵位，你的后世子孙也可以代代继承这个爵位。这样一来，这些功臣就可以世世代代享受这样的年俸待遇和政治待遇了。

明朝岁禄最高的是亲王。《明史·诸王传序》说："皇子封亲王，授金册金宝，岁禄万石，府置官属。"朱元璋分封的亲王，岁禄高的可达五万石。

功臣岁禄就少多了，其中最高的是徐达，五千石，是岁禄最高的亲王的十分之一。徐达是朱元璋小时候的伙伴，在明朝建国中立下首功。朱元璋称吴王的时候就封他为信国公，洪武三年大

明南京鼓楼

明中都鼓楼基座五行（水）字砖

明中都蟠龙石础

封功臣时，又改封为魏国公，岁禄第二多的是韩国公李善长，四千石。常遇春因为早逝，没有能够活到洪武三年大封功臣的时候，但是常遇春功劳太大了，朱元璋就把他追封为开平王。他的儿子常茂被封为郑国公，因为是儿子继承爵位，所以岁禄就没有那么多了，只有两千石。而宋国公冯胜、卫国公邓愈反倒多了一点，岁禄都是三千石。

侯的岁禄正常情况下应该是一千五百石，但是有些侯在封爵时有这样那样的问题，就减去了岁禄，有的只有几百石了。

功臣中岁禄最少的是刘基，分封之初只有二百四十石，汪广洋比他还要多一点，是三百六十石。不过刘基的后人后来借了他的光，不断加薪，最终岁禄达到了七百石。

刘基的岁禄只有二百四十石，跟他的功劳比起来，实在不多。可是明朝实行低薪制，官员们的俸禄普遍都不高。明朝官员们的俸禄，一品官员的俸禄在朱元璋时代只有八十石，到了九品，俸禄就只有十几石了。后来虽然涨了点年薪，可是也不多，一品大官的俸禄不过一百多石。俸禄虽然不高，可是当时的人们都争着想当官，因为当官不但有固定的俸禄和灰色收入，更重要的是有与老百姓不同的政治待遇。功臣们当然就更不一样了，他们的待遇，不要说老百姓，普通的官员也是无法比拟。

优厚的待遇，让淮西功臣及其子孙们拥有了无限荣耀，他们应该是感恩戴德的。但现实中，他们和他们身边的人，往往更多炫耀自己的文治武功，让天下人侧目！到了后来，因为地位的变迁，各自家庭人丁繁衍，生活享乐增多等原因，这些淮西人形成的利益集团，欲望也随之增多，免不了要和朱元璋发生矛盾。不过，实事求是地说，为了建立和巩固大明王朝，他们的确都是出生入死，流血挥汗，功勋卓著。回顾他们每个人的奋斗史，都是可歌可泣，彪炳史册。

第二章 ‖ 淮西二十四将中的两位“公”臣

淮西二十四将是朱元璋起家的基本队伍，是他最早的依靠力量，有徐达、汤和、吴良、吴祯、花云、陈德、顾时、费聚、耿再成、耿炳文、唐胜宗、陆仲亨、华云龙、郑遇春、郭兴、郭英、胡海、张龙、陈桓、谢成、李新、张赫、张铨、周德兴等。这里面除掉早年牺牲的花云等少数人外，绝大多数都被封公封侯，是淮西集团的核心力量。徐达、汤和是其中最杰出的人物，他们都是生前封公，死后追赠为王的。在淮西集团中，是得以善终的。

第一节　决胜千里之外的魏国公徐达

一、主动请求替代朱元璋做人质

在淮西集团中，徐达是朱元璋最钟爱的人，也是最为仁厚忠勇。徐达，字天德，至顺三年（1332 年）生于濠州钟离永丰乡（今安徽凤阳东北）。儿时，是朱元璋的伙伴，长大以后，他身材魁梧，高大强健，性格坚毅，遇事爱动脑筋。至正十三年（1353 年）六月，朱元璋回到家乡招募兵士，徐达听到消息，毅然仗剑从军，投奔到朱元璋麾下。这一年他二十二岁。第二年，朱元璋带着他和汤和等淮西二十四将南下攻打定远。这些人都是淮西集团最早的、也是骨干的力量。徐达因为攻打和州立功，被擢升为镇抚，是铁杆二十四将中被最早提拔者。

就在徐达被任命为镇抚之后不久，郭子兴和孙德崖在和州内讧，郭子兴在城内抓住了孙德崖，郭子兴的部下在城外抓住了朱元璋。徐达在城里听说朱元璋被孙部下拘押，生死未卜，就毅然请求替代朱元璋作为人质，以平息这场事件。徐达换回朱元璋后，经朱元璋调解，孙德崖也被释放，这场危机才算平定下来。所以，徐达和朱元璋是生死之交。

朱元璋占据应天后，东有张士诚，西有陈友谅、徐寿辉，南有方国珍、陈友定。他们虽然同树反元旗帜，但各有矛盾。朱元

苏州盘门瓮城

璋处于四面包围之中。其中，陈友谅、张士诚二人势力最强。他们压在朱元璋的东西两边，让朱元璋难以舒畅地喘一口气。朱元璋审时度势，决定先打开东面的门户。

东面门户是镇江，由张士诚占据，朱元璋任命徐达为大将军，挥戈东下，袭取镇江。

至正十六年（1356 年）三月，徐达等率军进攻镇江，当天就打败守城元军，杀其守将定定、段武。徐达率军从仁和门入城，部队纪律严明，号令整肃，老百姓照常生活，就像没打过仗一样，因此很得老百姓的拥护。附近地方听到消息，都翘首盼望他们早日到来。

镇江一役，徐达以战功升任统军元帅，朱元璋令其镇守镇江。他兢兢业业，恪尽职守，一方面安抚百姓，督课农桑，一方面分兵

徐达祖墓。位于凤阳县大庙镇徐拐子村。

回击，攻下金坛、丹阳等地，以巩固镇江这个最东边的前哨阵地，防止张士诚的西侵。

同年七月，朱元璋在应天自称吴国公，设立了自己的行政机构，同时设立了自己的军事管理机构江南行枢密院，任命徐达为同佥枢密院事。身为江南行枢密院同佥、镇江统军之帅的徐达，在打退张士诚军一次次的进攻之后，乘胜进围常州。然而，张士诚在多次进攻镇江失利后，即调重兵镇守常州，徐达久攻不下，向朱元璋请求派兵增援，朱元璋立即调兵三万前去。而张士诚再派其弟张士德率数万人前来助战。徐达考虑到敌众我寡，不宜力战。于是他在离常州城十八里的一处地方设下埋伏，布下奇兵等待张士德到来。不出所料，张士德依恃人多势众，鼓噪向前。张军一到，徐达亲自率主力正面进攻。张士德挥众迎战，两军刚一交锋，徐达

明朝年间徐府所在地。如今地里还能捡到很多瓦砾。

即令部下骁将王均用率领骑兵发动攻击。王均用铁骑在张军队列中横冲直撞，左砍右杀，张军阵脚大乱，纷纷后撤。这时，早已埋伏两旁的奇兵突然跃起，杀向敌阵，张士德军大败，他本人也成了徐达的俘虏，被押送应天。

常州被徐达攻克后，朱元璋在常州设立常州枢密院，任命徐达为佥枢密院事，汤和为枢密院同佥，统兵镇守该城。

接着，徐达等乘胜移师进攻宁国，得军士十余万，战马二千匹，继而又攻拔宜兴、常熟、江阴马驮沙（今江苏靖江）等地，宜兴到靖江一线尽为朱元璋所有。

经过两年多时间的努力经营，以应天为中心的朱元璋江南政权已经逐步稳定，大体控制了今江苏、安徽南部和浙江西北部地区。徐达作为朱元璋手下的主要战将立下了赫赫战功。

二、围困武昌半年

朱元璋审时度势，决定对东面张士诚采取守势，集中力量，先灭陈友谅，再除张士诚。

徐达会同院判俞通海的水师一起进攻池州，大破其江防营栅，正在攻打太平的赵普胜由陆路逃走。徐达克池州，擒其守将洪钧等人，并缴获其全部战船。徐达因功拜奉国上将军，同知枢密院事。接着，徐达麾兵乘胜攻安庆。八月，进攻安庆受挫，转而进攻江北之地。下无为州，夜袭浮山寨，破赵普胜部将于青山，并乘胜追击，一鼓作气攻克潜山。之后，徐达回到池州，对安庆形成了水路夹攻的形势。赵普胜是陈友谅军中大将，智勇双全，据守安庆，诸将攻之不克。于是徐达用离间之计，使陈友谅杀赵普

当年徐府门前的石狮

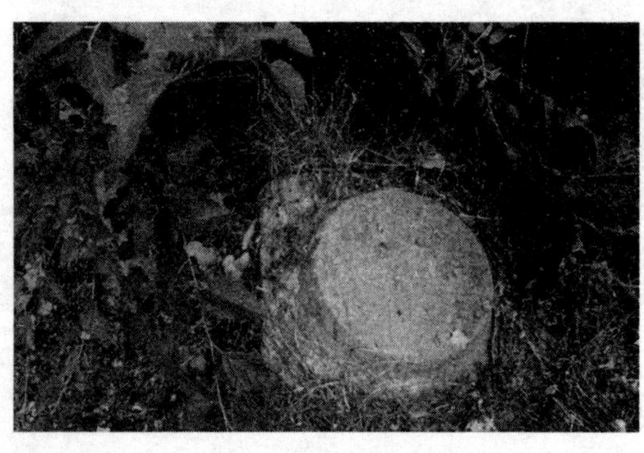

徐府的石础

胜。赵普胜死后，枞阳水寨无人能守，徐达攻下枞阳水寨。

元至正二十年（1360年）正月，陈友谅率大军进犯池州。朱元璋派常遇春率兵增援，并遣使告徐达：陈友谅旦夕将至。徐达即会常遇春，一面诱敌进兵，一面选精兵万余埋伏在九华山下，断其后路。当陈友谅军至城下，只听城内鼓声骤响，一霎时城外伏兵四起，城内精兵冲出，内外夹击，陈友谅军大乱，斩首万余，生擒三千，徐达军大胜。战后，在如何处理三千名俘虏的问题上，徐达和常遇春发生了意见分歧。常遇春认为这些俘虏都是劲敌，应该通通杀掉，以免后患。徐达不同意。但当时他和常遇春官阶高低差不多，互不隶属，无权制止。他只好一边好言劝阻，一边赶紧派人报告朱元璋。朱元璋听到消息，立即遣使诏谕："现在战争刚刚开始，不能滥杀俘虏。所获三千士卒，马上释放。"然而，当诏谕传来，常遇春已杀死俘虏十分之九。朱元璋对此十分恼怒，对常遇春严厉斥责，除命令把余下的三百人放还外，还悔恨自己没有任命大将统军的失误。为此，他首次正式下令由徐达节制诸将，自此徐达成为朱元璋部下地位量高的将领。

陈友谅在池州遭到惨败，一心想集重兵报复。可是，在龙江一战，又中了朱元璋的计谋，落荒而逃。在龙湾之战中，徐达率军防守南门，立功最多。接着，徐达率军乘胜追击，在慈湖烧掠陈友谅所乘战船，又追到采石，大败陈友谅残军。陈友谅日夜不得安宁，一口气逃回江州（今江西九江）。徐达等连下太平、池州、安庆。

龙湾之战使双方的力量对比发生了明显的变化，在这之后朱元璋的军事力量已经能和陈友谅相抗衡了。于是，到了至正二十一年（1361）八月，朱元璋决计西征陈友谅。在朱元璋乘坐的"龙骧巨舰"的前头，竖起一杆大旗，上面赫然写着"吊民伐罪，纳顺招降"八个大字。徐达为先锋，引军先发，诸军乘风溯流而上，陈友谅沿江各垒守将望风逃遁。大军进至安庆，守敌固守不战。徐达等用陆军佯攻，疑惑敌人，派廖永忠、张志雄等水军掩袭其水寨，尽获其水军舰只。然后，徐达等督兵攻城，因城池坚固，从早到晚攻打一整天也没能攻克。于是，徐达等撤安庆之围，长途奔袭陈友谅的老巢江州。当大军行至湖口，正碰上陈友谅巡江水军，徐达等一鼓作气，将其尽数俘获，乘胜直抵江州城下。陈友谅闻讯大惊，以为神兵自天而降，顿时手足无措，不知如何应战。翌日晨，陈友谅仓促弃城，偕妻子西逃武昌。徐达等一举攻拔江州，缴获战马二千匹、粮食数十万石。徐达乘胜追击陈友谅，直逼武昌城下。

借着徐达凌厉的攻势，朱元璋趁机在江州附近地区展开进攻，进拔南康（今江西星子），相继攻下蕲州，黄州（今湖北黄冈）、兴国（今湖北阳新）、广济、黄梅等地，陈友谅各地守将纷纷投降。在这种情况下，徐达能否围困陈友谅于武昌，对保证下游攻势，彻底粉碎陈友谅在鄂东赣北地区的统治具有战略意义。徐达了解到陈友谅西出沔阳（今湖北仙桃），控制上游，然后再东出决战的企图，先行抢占沌口（今湖北武汉西南沌口镇），扎营以阻扼敌军西进。九月二十二日，徐达在武昌展开攻势，他派遣右丞薛蹂儿率兵焚烧武昌城外沿江舟楫，第二天又亲率大军攻城。陈友谅听到消息，赶忙登上黄鹤楼观察动态，然后下令紧闭城门，坚守不战。徐达挥师攻城，因攻城器械不足，于是焚烧城外房屋撤围退兵。

徐达针对陈友谅龟缩城内、坚守不战的情况，在武昌城外布下围困阵势。先派三百只快船巡哨鄂州（今湖北鄂城）至青滩一带江面，防止敌军乘船东走；然后自率大军驻屯襄阳、沔阳一带，以阻击陈友谅沿汉水西上；其后将大船驶往三江口（今湖北黄冈西），防止陈友谅东下。这样，就形成了三面围困武昌之势。徐达凭借这个阵势，围困陈友谅于武昌历时半年之久，为朱元璋在鄂皖赣边界地带扩展势力创造了极好的时机。徐达也因功被升任为行中书省右丞。

三、生擒张士诚

至正二十二年（1362 年）三月，驻军洪都（今江西南昌）的原陈友谅降将祝宗、康泰举兵叛乱，徐达带领围困武昌的军队攻打他们。四月，由于徐达驰援安丰，陈友谅乘虚而入，攻陷吉安（今江西吉安）、无为等地，并集中兵力猛攻洪都。六月，洪都被围已两个多月，形势吃紧。朱元璋急召徐达自庐州来会师，并以舟师20万屯湖口（今江西湖口）、九江口和南湖嘴以扼其归路，陈友谅听说朱元璋大军将至，于是撤围从鄱阳湖东面撤退，双方遭遇于康郎山（今江西余干西北，鄱阳湖南部水域）。徐达身先士卒，率兵力战，大败陈友谅军前锋，斩杀1500多人，并缴获大战船一艘。搏斗中，徐达所乘之舟着火，但他临危不惧，一面扑火，一面指挥战斗。

当天晚上，朱元璋为防止东线张士诚利用鄱阳湖大战之机乘机进攻，命令徐达撤出战斗，回守应天。徐达走后，朱元璋指挥将帅士卒继续与陈友谅在鄱阳湖上血战，终于击毙陈友谅，全歼陈军主力，取得鄱阳湖大战的胜利。

徐达回到应天后，严格训练部队，加强东线守备力量。缉查奸细，修缮城池，张士诚无缝可钻，未敢贸然进犯。后来朱元璋称赞徐达说：“我让徐达回守应天最为放心，无论遇到什么问题，他都能妥善处理。”可见朱元璋对徐达有多么信任。

西线的强敌陈友谅被消灭之后，从汉水以南、赣州以西、韶州以北、辰州以东的广大地区都归朱元璋所有。紧接着就是朱元璋集中兵力，展开对张士诚的攻击。

朱元璋攻打张士诚的军事攻势分三步走：一是先取淮东，翦除其羽翼，攻克淮河水域的通州、兴化、盐城、泰州、高邮、淮安、宿州、安丰诸县，逼迫张士诚的势力收缩到长江以南。二是扫荡浙西，切断其肘臂，形成合围平江（今江苏苏州）的态势，攻克湖州、嘉兴、杭州等城镇。三是合围平江，消灭张士诚。

元至正二十六年（1366 年），朱元璋任命徐达为大将军，常遇春为副将军，统率二十万大军攻打张士诚。张士诚以平江（今江苏苏州市）为中心，以湖州（今浙江湖州市）、杭州（今浙江杭州市）为其羽翼，抗拒徐达、常遇春的进攻。徐达认为，湖、杭两州系张士诚的左右臂，左右臂被斩断，平江唾手可得，遂向朱元璋建议先攻湖、杭。湖州守军兵分三路来拒徐达，徐达亦分兵三路迎战，并派骁将王国定断敌归路。敌军力战不支，退入城中固守。此时，张士诚派吕珍等率兵六万来援，兵屯旧馆（今浙江吴兴东），牵制徐达。徐达认为，敌羽翼未除又生羽翼，如不除掉援兵，湖、杭二州亦难攻克。于是，决定暂停攻城，先派兵夜袭敌援兵营地，切断吕珍军队粮道。旧馆援兵因粮饷不继，降者甚众。旧馆被拔除，不久湖、杭二州亦相继被攻克。张士诚的左右臂被砍断，平江已成为孤城。

徐达统率大军进逼平江。他屯兵于葑门外，其余常遇春、郭兴、华云龙诸将分段屯驻，修筑长围。又架设起三层的大木塔，居高临下监视城中动静，名为“敌楼”，其上设置有弓弩火铳。又用“襄阳炮”日夜轰击城中。

九月，平江城中粮尽，军民以枯草老鼠为食。张士诚身陷绝境仍不投降。徐达下令全军强攻破城，城下战鼓擂动，火炮齐鸣，二十万大军杀声震天，将士人人奋勇争先。徐达督军首先攻破葑门，常遇春攻破阊门水寨，直逼城下。张士诚令枢密唐杰上城督战拒敌。唐杰抵挡不住，缴械投降。参政谢节、潘元绍在城门扎营，此时看到大势已去，也相继投降。

将及黄昏时分，张士诚军全线崩溃。徐达指挥全军从四面八方架起云梯，蚁附登城，冲入城内，与敌军展开激烈的巷战。

暮色苍茫，平江城中的喊杀声已经微弱，降将李伯升奉徐达之命，前去劝谕张士诚。他匆匆进入宫来，张士诚已悬梁自缢。李伯升让随从赶忙将其解救下来，幸亏气息未绝，许久才缓过气来，但却闭目不语。徐达闻报，命将张士诚押送应天，听候朱元璋处理。最后，张士诚还是在看守之地自缢而亡。

四、攻占大都

至正二十七年（1367 年）十一月，朱元璋发出著名的《奉天讨元北伐檄文》：

> 自古帝王临御天下，皆中国居内以制夷狄，夷狄居外以奉中国，未闻以夷狄居中国而制天下也。自宋祚倾移，元以北夷入主中国，四海以内，罔不臣服，此岂人力，实乃天授。彼时君明臣良，足以纲维天下，然达人志士，尚有冠履倒置之叹。自是以后，元之臣子，不遵祖训，废坏纲常，有如大德废长立幼，泰定以臣弑君，天历以弟鸩兄，至于弟收兄妻，子征父妾，上下相习，恬不为怪，其于父子君臣夫妇长幼之伦，渎乱甚矣。夫人君者斯民之宗主，朝廷者天下之根本，礼仪者御世之大防，其所为如彼，岂可为训于天下后世哉！
>
> ……
>
> 当此之时，天运循环，中原气盛，亿兆之中，当降生圣人，驱除胡虏，恢复中华，立纲陈纪，救济斯民。今一纪于兹，未闻有治世安民者，徒使尔等战战兢兢，处于朝秦暮楚之地，诚

可矜闵。

……

予本淮右布衣，因天下大乱，为众所推，率师渡江，居金陵形式之地，得长江天堑之险，今十有三年。西抵巴蜀，东连沧海，南控闽越，湖、湘、汉、沔，两淮、徐、邳，皆入版图，奄及南方，尽为我有。民稍安，食稍足，兵稍精，控弦执矢，目视我中原之民，久无所主，深用疚心。予恭承天命，罔敢自安，方欲遣兵北逐胡虏，拯生民于涂炭，复汉官之威仪……故兹告谕，想宜知悉。

他随即命徐达为征虏大将军，常遇春为副将军，率领二十五万大军进行北伐。

十一月初，徐达军至下邳（今江苏睢宁西北），命张兴祖率一部军先由徐州北上，攻取济宁和东平（今属山东）。这时，王宣、王信父子降而复叛，并往莒州（今山东莒县）募兵，企图阻止张兴祖北上。徐达立即进兵沂州，王宣被杀，王信逃往山西。附近峄州（今山东峄县）、曹州、海州（今江苏东海）、沭阳（今江苏沭阳）、日照（今山东日照）、赣榆（今江苏赣榆）、沂水（今山东沂水）等地元军闻风而降。

十二月初，张兴祖至东平，逼走元将冯德，追至东阿、安山（今山东东平西），迫使元将陈璧、杜天佑、蒋兴等各率所部归降，进而围攻济宁，元守将陈秉直接逃走。十二月上旬，徐达带领士兵至济南，元将多尔济投降，密州（今山东费县北）、蒲台（今山东滨州）、邹平（今山东邹平）的元将，亦先后请降。

至正二十八年(1368年)三月，徐达在基本上占领山东之后，从济宁进攻汴梁（今河南开封），同时派一部分军队经河南永城、归德（今河南商丘）趋许昌，并命邓愈率襄阳、安陆、江陵之兵北攻河南南阳，策应北征主力作战。三月底，徐达进抵陈桥（开封市东北），元汴梁守将李克彝夜驱军民西遁，元将左君弼率所部投降。徐达进入汴梁后，立即率步骑经中湾（今河南封丘西南）西攻洛阳。

四月上旬，徐达军自虎牢关进至洛阳塔儿湾，元将托音率五万元军在洛水以北列阵，被常遇春强行突破，退至陕州（今河南陕县）。驻守洛阳的元梁王阿哩衮见大势已去，率官民出降。徐达继续挥兵略取嵩(今河南省嵩县)、陕、陈(今河南太康)、汝(今河南临汝)诸州，并命冯国胜率所部进攻潼关。由汴梁退守潼关的元将李思齐和张思道，听说明军又逼近潼关，急忙率领部队西逃。明军向西连续攻克陇（今陕西陇县）、秦（今甘肃天水）、巩昌（今甘肃陇西）、兰州等地，进逼临洮，李思齐末路穷途，只好投降。徐达命薛显进攻西宁(今青海西宁)，亲率主力进攻庆阳。

五月初，徐达连续攻下安定（今甘肃定西）、会州（今甘肃会宁）、靖宁（今甘肃靖宁）、隆德（今甘肃隆德），经萧关前往平凉(今甘肃平凉)。一方面分兵进驻战略要地延安及泾州(今甘肃泾州)，另一方面派张涣率骑兵侦察庆阳的动静。徐达下令四面包围庆阳城，张良臣恃险顽抗，并向塞外的扩廓求救。扩廓为救庆阳，兵分三路牵制明军，一路攻大同欲下太原，一路攻凤翔，一路攻泾州。七月中旬，扩廓部将哈布南下攻原州（今甘肃镇原），致使战局为之大变。徐达见扩廓兵势甚猛，暂取守势，命徐礼守驿马关（今陕西庆阳西南）、叶石真守彭原（今陕西庆阳南）、韦正守郤州（今陕西邻县）、傅友德、薛显守灵州（今宁夏灵武），控扼各处要害。不久，哈布攻下泾州，致使徐达大军腹背受敌，幸得冯胜自驿马关引兵来救，才将哈布击退。八月上旬，张良臣在庆阳粮饷已尽，外援无望，其部将开城投降。数日后，扩廓派往大同和凤翔方面的军队，亦被明军击溃。

洪武元年七月二十七日（1368年），徐达攻克通州。八月二日，包围大都，然而大都无人守卫，元朝灭亡。

元朝灭亡后，徐达继续领兵攻打蒙古残余势力。洪武三年（1370年）正月，徐达受命为征虏大将军，兵分两路。李文忠率东路军出居庸关，北追元惠宗；徐达与冯胜、邓愈、汤和率西路军出潼关，往安定西击扩廓。在出征前，朱元璋又命华云龙、金朝兴、汪兴祖等先期进攻云州，以吸引敌人注意力，并策应徐达、李文忠作战。经过几个月的苦战，徐达所部大获全胜。

元顺帝

到了十一月，徐达等班师回朝，朱元璋亲自到龙江迎接北伐将士。随后，大封功臣，徐达因功被授开国辅运推诚宣力武臣，特进光禄大夫、左柱国、太傅、中书右丞相参军国事，封魏国公，岁禄五千石，子孙世袭。

徐达墓

第二节　纠结大半生的信国公汤和

一、醉酒胡说“坐屋脊”

汤和，字鼎臣，元朝泰定三年（1326 年）出生在濠州钟离孤庄村。他和朱元璋不仅是同乡，而且在一个村里长大。他家境贫苦，父母早亡，是姨妈把他带大的。《明史》上说他：“幼有奇志，嬉戏尝习骑射，部勒群儿。及长，身长七尺，倜傥多计略。郭子兴初起，和帅壮士十余人归之，以功授千户。从太祖攻大洪山，克滁州，授管军总管。从取和州。时诸将多太祖等夷（平辈），莫肯为下。和长太祖三岁，独奉约束甚谨，太祖甚悦之。从定太平，获马三百。从击陈野先，流矢中左股，拔矢复斗，卒与诸将破擒野先。别下溧水、句容，从定集庆。从徐达取镇江，进统军元帅。徇奔牛、吕城，降陈保二。取金坛、常州，以和为枢密院同佥守之。”

《明史》上说的取常州，是朱元璋占领应天后不久的一场拉锯战。汤和、徐达要拿下张士诚据守的常州，张士诚则要拼全力收回被夺去的镇江。双方各有攻守，战阵变幻莫测。徐达、汤和在这里足足围了八个月，直到城内弹尽粮绝，守将吕珍深夜逃遁，才被攻克。朱元璋得到捷报，命汤和以行枢密院同佥的身份镇守常州。这是至正十七年（1357 年）三月，汤和 32 岁。行枢密院同佥当时是朱元璋手下统领水陆军马的最高军事长官，同时授予这个职务的，还有徐达。可见，这个时候，朱元璋对于汤和是非常器重和厚爱的。

朱元璋派一位最高军事长官来守常州，正说明了它在两个政权中的形势和地位是如何重要。它是朱元璋的东部门户，又是与张士诚彼此控扼的咽喉。镇守在这个地方，汤和当然不敢有丝毫懈怠。

张士诚不断地派遣各种各样的间谍来常州窥探虚实，汤和严密侦稽防范，使对方不能得手，张士诚还遣人送来了大批的珠宝玉器和好几个美女，到常州诱降，被汤和严词拒绝。软的不行，就派部队硬攻，几次战斗打下来，张士诚也没得到什么便宜，却落得千余兵士被杀被俘。常州城像一座山牢牢地钉在那里，阻断了张士诚西进的道路，屏障着朱元璋的东部门户。

胜利而不发昏，居功而不自傲，是一个大英雄应该具备的品质，但汤和显然还不具备。这个谨慎小心的人，在常州居然犯了居功自傲的毛病。为了节约粮食，保障军需供给，朱元璋多次下令禁止造酒和饮酒，为了执行此令还杀了大将胡大海的儿子。但汤和却有恃无恐，贪杯如故。但他身为主帅，并没有过于放肆，也

汤和雕像

没有贻误战机。有一次，他为件不大的事情请示朱元璋，没有得到允准，心里越想越别扭，就不由自主地豪饮一场。举杯消愁愁更愁，他一杯二杯三四杯，只喝得酩酊大醉，那满嘴的胡话也就出来了。《明史·汤和传》载，汤和此时说："吾镇此城，如坐屋脊，左顾则左，右顾则右。"

酒醒之后，汤和部将告诉了他醉酒时说过的话，汤和不禁打一个冷战，既惊又怕。这不是有二心吗？可是，说出的话就像泼出去的水一样，难以收回。汤和自此便以惶恐的心情，观察着事态的发展，甚至等待着祸患的降临。过了一段时间，他并没有看出什么异样来，该他办的事交下来了，该由他进军出讨的命令发下来了。在此之后他攻打江阴，占据无锡的新安、望亭等寨，斩

汤和墓

获了数以千计的军马，还得到了朱元璋的赞扬。汤和认为朱元璋也许看在老乡的份上，加上自己的战功，不予计较了。他像以前一样，严守城池，勇敢作战。一心想用显赫的战功抵销自己的过失。然而，汤和哪里晓得，朱元璋早就听到了他的“密论”，并且十分恼火。不仅没有把它当作醉话，恰恰相反，认为是酒后吐出的真言。如果说在此之前，朱元璋把汤和看作忠厚兄长，信任他，让他镇守常州，现在却是提防他了，这种提防，如影随形，一直存在朱元璋心中。这个影子，也一直伴随汤和，挥之不去，一直到死，他都时时纠结。朱元璋之所以还使用他，根本原因在于汤和很能干，一直有使用的价值，所以隐忍不发。

二、消灭方国珍

至正二十三年（1363 年），汤和随徐达在锡山与张士诚交战，打得守将莫天祐丢盔弃甲，仓皇逃窜，俘获五百余人，以功进中书省左丞。不久，张士诚遣弟张士信围攻长兴，又损兵折将，大败而归。张士信愤怒不已，便聚集数万军马，再次攻击长兴。汤和奉命

蚌埠博物馆藏汤和墓出土墓志铭

汤和墓碑

率军来援。张士信接战，汤和尽力攻击，相互厮杀了六七个时辰，仍不分胜负。正在此时，长兴守将耿炳文开城门出击，形成内外夹攻之势。张士信只好落荒而逃。从而，解救了长兴的危难。战毕，汤和回守常州。朱元璋念汤和功勋卓著，任命他为中书省平章政事。

至正二十五年（1365 年）正月，朱元璋自立为吴王，仍以龙凤纪年。七月，命汤和率军，长途跋涉，征讨江西永新的周安。周安，本为陈友谅的部将。陈友谅死后，周安投降朱元璋，仍守永新。当朱元璋派兵攻击江西安福的饶鼎臣时，周安心生疑惧，便联络附近山寨人马反叛。汤和挥师进攻，接连攻下了十七座山寨，扫清了外围，俘获了胡院判进而包围永新城。两军相持了三个多月。在汤和大军压境和屡次招谕下，周安始而投降，继而复拒。汤和对周安的反复无常十分气愤，在同年闰十月十四日，督兵急攻，生擒周安，永新自此定。汤和凯旋，仍回常州镇守。

至正二十六年（1366 年）八月，朱元璋命徐达为大将军，常遇春为副将军，率军二十万向平江进发。汤和随从徐达前往。

汤和在徐达的直接指挥下，率军进击太湖，转战至浙江旧馆，擒吕珍、朱暹和五太子（张士诚养子）等，乘胜攻取湖州（今浙江吴兴）。十一月徐达兵临平江城下，四面围困。汤和奉命率军驻扎在阊门，修筑工事，间或出击袭扰。在一次突袭阊门战斗中，汤和被飞炮击伤左臂，应诏回到应天治疗。朱元璋慰问有加。伤稍好一些，汤和又来到平江城外，投入了围困平江的战斗。吴元年（1367 年）九月，朱元璋发布总攻命令，汤和配合常遇春，破阊门新寨，率军渡桥，抵达城下。其余诸部也挥师急进。城破，张士诚被俘。战后庆功行赏，汤和被升任为左御史大夫兼太子谕德。

汤和墓墓道两边石像生

方国珍出身于盐贩世家，至正八年（1348年）就聚众起事。元军征讨，屡降屡叛。经过若干年的苦心经营，占有庆元（今浙江宁波）、温州（今浙江温州）、台州（今浙江临海）等富庶之地，拥有战舰千艘，控制着丰富的食盐资源。对元朝时而恭顺，时而抗拒，他的目的在于抬高身价，保住方氏基业。后来，他看到朱元璋的军力日益强大，便派使者去见朱元璋，表示愿意奉送庆元、温、台三郡，还把儿子方关作为人质，以示诚意。朱元璋热情地接待了使者，送回了方关，授方国珍兄弟官职。

朱元璋的仁慈大度，让方国珍误解，发飘。他以为自己地处沿海，朱元璋还顾及不到这里，便写信给朱元璋，以年老有病不任政事和安全上的考虑，暂时不用龙凤年号。与此同时，又悄悄地向元朝输送粮食，接受元朝的封官。朱元璋得知之后，冷笑着说：“先不用管他，等我把苏州攻下之后，他想奉正朔也晚了。”

攻占平江后，朱元璋立即命汤和为征南将军，吴祯为副将军，统领常州、江阴、长兴等处的马步舟师，向东南进发，渡曹娥江，攻取余姚（今浙江余姚）、上虞（今浙江丰惠）等处，直驱庆元。另有朱亮祖攻台州，廖永忠沿海路包抄，与汤和会合，截断方国珍的退路，汤和军锐不可当，方国珍率部逃遁入海，又被廖永忠截击，汤和紧急追赶，围歼了大部分逃军，还俘获了他的两个大帅、二十五艘海船。方国珍无奈，只好派次子方关奉书投降。这次南征，从出师到告捷，前后不到三个月，得军士两万四千人，海船四万余艘。浙江地面完全平定。

汤和墓享堂

三、攻克福建、山西

陈友定在红巾军初起之时，结寨自保，报效元朝。从小军官逐步升迁，后来官至福建行省平章，镇守以延平（今福建延平）为中心的闽中八郡。朱元璋与陈友定屡次交战，各有胜负。陈友定曾率军攻打处州，胡深将其击败，陈友定率部逃走，胡深乘胜追击，又将其击败，进而攻占浦城、松溪，擒获陈友定部将张子玉。胡深因而请求发动广信、抚州、建昌三路的部队，攻取闽中八郡。朱元璋非常高兴说："张子玉是员骁将，他被俘后陈友定肯定胆破，趁这个时候攻打，没有攻不破的道理。"因此命令广信指挥朱亮祖由铅山、建昌出发，左丞王溥由杉关出发，会合胡深一起进军。

不久，朱亮祖等人攻克崇安，进攻建宁。陈友定将领阮德柔固守。胡深感觉到敌人的动静有点不对劲，想暂缓攻击，但朱亮祖说："军队已到达这里，怎么能暂缓呢？况且天道幽远，山泽之气变化无常，哪里是什么不祥的征兆呢？"此时阮德柔屯兵在锦江，逼近胡深部队后方，朱亮祖急于作战，胡深遂率兵还击，击破敌二栅。阮德柔率军力战，与陈友定前后夹击。战到天黑，胡深率军突围，战马失蹄而被俘，随后被杀，终年五十二岁。自从大将胡深陷伏被陈友定杀害之后，朱元璋平定福建的计划暂时搁置。

浙江平定后，汤和与副将军廖永忠一起前去讨伐陈友定。他们从明州出发，由海路顺风抵达福州的五虎门，驻军南台。汤和首先派人前去劝降，陈友定不予答复，于是将其包围，在城下将平章曲出打败，参政袁仁请求投降，汤和乘机率领军队进城，然后分兵出行巡察兴化、漳、泉及福宁诸州县。

明太祖洪武元年（1368 年）正月，汤和又攻占延平，擒获陈友定，将其押送京城。

刚刚登基做了皇帝的朱元璋亲自审问陈友定，陈友定斥责道：“不就是死嘛，你还说什么废话！”朱元璋一挥手，把他和儿子陈海一并杀了。福建遂告平定。

洪武元年四月，大将军徐达率领的北伐军攻占了汴梁，汤和奉命护卫皇帝朱元璋到汴梁视察。十月，他以偏将军身份跟随右副将军冯胜，从汴梁出发，西征秦晋，北上武即（今河南武陟），进克怀庆，俘获八百余人、马五十匹。乘胜至太行山碗子城，入山西境，占据泽州（今山西晋城）、潞州（今山西长治）。十一月，徐达从北平入山西，与汤和会兵太原。洪武二年（1369 年）二月，汤和随徐达攻取河中（今山西永济），渡黄河，入潼关，攻凤翔，跨越六盘山，围困庆阳（今甘肃庆阳）。元将张思道奔宁夏（今宁夏银川），留张良臣固守。汤和率师袭泾州（今甘肃泾川），张思道弃城逃走后被扩廓帖木儿拘留，张良臣闻讯以庆阳城投降，后张良臣又据城叛变，汤和随徐达再次猛攻。终于消灭了这支元朝劲旅。九月，汤和奉命回京。

洪武三年（1370 年）正月，因元将扩廓帖木儿拥兵塞上，构成了朱元璋收复北方州县的最大威胁。于是，再次拟定北征计划。汤和以右副将军随大将军徐达北上征讨扩廓帖木儿。汤和等至安定（今甘肃定西），扩廓帖木儿急忙从兰州撤军回救，在沈儿峪，两军相遇。此战扩廓帖木儿伤亡惨重，匆忙挈妻子等数人经宁夏逃奔和林。汤和又奉命率兵向东北进发，至山西北端的察罕脑儿，擒猛将虎陈，得马、牛、羊十余万。又从征大同、东胜（今内蒙东胜）、宣府（在今河北宣化）等处，均建立了功勋。同年十月末，奉命还京。

在军事上取得了决定性胜利之后，朱元璋于洪武三年（1370

年）十一月十一日，大封功臣。汤和授开国辅运推诚宣力武臣、荣禄大夫、柱国、封中山侯，食禄一千五百石。

四、自请解除兵权

汤和虽位列二十八侯之首，但与邓愈比较，封前都是御史大夫，征战功勋，两人也所差无几。而且，朱元璋从军，汤和还有邀请之功，但两人却有公、侯的悬殊差别。为什么会这样？《明太祖实录》卷58中记载的朱元璋《封侯诰敕》上说："汤和与我是一个村的，且结发相从，屡建功勋。但他最大的错处是嗜酒妄杀，不由法度。""嗜酒妄杀，不由法度"，此话说得含混，其意似指汤和酒后暴怒，乱杀无辜，违反了朱元璋的军纪和酒禁。其实不然，朱元璋耿耿于怀的，还是他"露其常州醉中语"。明末查继佐《罪惟录·汤和传》中也是这么说的。自从朱元璋听到汤和在常州的酒后谈吐之后，一直如鲠在喉，一直对他不放心。至此，他才找到了一个敲打的机会。这就是汤和不得封公的真实缘由。

汤和在这次大封活动里，一没有产生兴奋，二没有得到安慰，反而加重了无形的精神负担。本来，常州的酒后失言，曾使他痛悔不已。从至正十七年到现在，已经十四年了，他一心想以出生入死的勇敢精神、赫赫战功，抵消在常州这句话的过失。可是，大封功臣的事实使他猛醒：登上皇帝宝座的同乡兄弟，把那件事记了十四年，一刻也不曾忘记，更没有由于自己的功绩而表示丝毫的谅解。"嗜酒妄杀，不由法度"，这是何等严重的罪名呵！这岂不是被列入了不可信任的"另册"了吗？对朱元璋忠心耿耿的汤和怎么也想不通。然而，现实是无情的。满腹疑团的汤和还是得对朱元璋的封赏叩首谢恩；对指责的过失连称“死罪，死罪”。

汤和的心中更加纠结。这种纠结，让他在以后的岁月中更加小心翼翼，不敢再有半点闪失。同时，他也一直想着，什么时候能够“解套”！

洪武四年（1371年）正月，汤和接受了征西大将军的任命，以傅友德、周德兴、廖永忠等为副将，率师征讨四川的夏主明升。

夏兵扼住险要地段，汤和进攻没能成功。又遇江水暴涨，驻军大溪口，军队长久不能前进，而傅友德已率军从秦、陇深入，攻取汉中。廖永忠已在其前攻克瞿塘关，进入夔州。汤和这才率军跟随其后，进入重庆，降服明升。还军之后，傅友德、廖永忠受到朱元璋的赏赐，而汤和战功不及他们。

洪武五年（1372年），汤和以右副将军的身份，随大将军徐达北伐，遇敌于断头山，战败，指挥使章存道阵亡，朱元璋对此未予追究。汤和随即与李善长一起驻扎中都宫阙。又镇守北平，修筑彰德城，跟随徐达在定西将扩廓打败，平定宁夏，向北追击到察罕脑儿，擒获蒙古猛将虎陈，获马、牛、羊十多万头。后来在攻战东胜、大同、宣府的战役中，汤和都立有战功。

洪武九年（1376年），伯颜帖木儿屡次寇边，汤和以征西将军的身份驻防延安，伯颜帖木儿向明朝乞求和解，汤和遂率军返回。

洪武十一年（1378年）正月，朱元璋进封汤和为信国公，议军国事，食禄三千石，子孙世袭，除谋逆不赦外，其他死罪，本人可免二次，儿子免一次。这本来在洪武三年就可享受的政治地位和待遇，直到八年之后才勉强得到。汤和的公爵为什么来的这么艰难？《明太祖实录》卷117载：朱元璋在封信国公的赐诰中，第一次说出了其中的缘由，在洪武三年定功行赏之时，“尔汤和虽居旧将之行，惟守毗陵（常州），于忠少欠，虽未彰显，其情在心，然终未实为。朕念相从之久，泯前过而封见功，爵以中山侯。今者朕复念前功，尔东平越地，南下八闽，西擒察罕脑儿酋长，下巴蜀，颇有其功。今朕特释尔过，报昔勤劳，授以信国公之爵，永为子孙世禄。”一句醉话竟使朱元璋忌恨了二十年！汤和心中泣血，因常州的醉后失言而与朱元璋之间形成的鸿沟，今生今世肯定是无法填平了。

赐诰中朱元璋谆谆告诫汤和：“人臣无将，可谓忠矣；威福不专，可谓智矣。尔其慎守斯道，以训后世宜哉。”此时，汤和已经五十四岁，早已过了知天命的年纪。对于人生来说，提着脑袋奋斗了大半辈子，终于位及公爵，以后保持禄位比锐意进取就更为重要了。本来唯朱元璋之命是从的他，现在就更加俯首帖耳了。

洪武十四年（1381 年），汤和以左副将军的身份率军出塞，征讨乃儿不花，攻占敌人的灰山营，俘获平章别里哥、枢密使通而归。

洪武十八年（1385 年），思州蛮族叛乱，汤和以征虏将军随楚王征讨，俘获敌军四万人，擒获蛮族的首领而归。

洪武二十一年（1388 年），朱元璋年事已高，心中不愿诸将长期统领军队，只是还没有公开采取措施。汤和洞察出了朱元璋的本意，因此找机会对他说道：“臣年事已高，不能再指挥军队驰骋战场了，希望能返回故乡，为将来死去找一片容身之处。”朱元璋听后大为高兴，遂解除了汤和的兵权，开始在中都凤阳给汤和修建府第。

当时倭寇经常骚扰沿海一带，朱元璋把汤和召来，对他说：“你虽已年迈，再请你替朕一行吧！”汤和到实地巡视后，决定在江浙沿海一带筑城 59 座。

汤和是个做事十分认真的人，他在江浙沿海一带筑就的抗倭城池，都是坚持高标准建设的。这些城池不但在当时而且在后世两百多年的抗倭战争中，始终发挥着重要作用。正如《明史·汤和传》所指出的：“嘉靖间，东南苦倭寇，和所筑沿海城戍，皆坚致，久且不圮，浙人赖以自保，多歌思之。”不但是浙江，山东也是。嘉靖年间，大学问家王世贞在山东做官，曾到登、莱一带沿海巡视，很多老年人还指着一个个烽燧戍所告诉他：“这都是当年汤信公修筑的。没有汤公，我们恐怕都要被掳到海中去喂鱼了。”

根据《明史·地理志》和温州、平阳、苍南、金山等地方志的记载，汤和组织修建的很多卫、所现在依然存在，如原松江府境内金山卫、青村所、南汇嘴中后所等；嘉兴府境内乍浦所、澉浦所等；绍兴府境内的临山卫、三江所、沥海所、三山所等；宁波府（包括舟山）境内观海卫、定海卫、昌国卫、龙山所、霩衢所、大嵩所、舟山中中所、舟山中左所、石蒲前所、石蒲后所、钱仓所等；还有台州府境内的、温州府境内的卫所。这些卫所，至今还在海风中诉说着汤和当年殚精竭虑建设海防的功业。

第三章 ‖ 定远、滁州间投奔的“公”臣

朱元璋离开凤阳后，经过定远，来到滁州。一路上，有很多英雄豪杰来投奔。滁州是他占领的第一座城池，在这里，他的力量得到空前发展，以至于郭子兴来到后，都心生嫉妒。这一时期投奔的人物中，以李善长、冯国用和冯国胜兄弟、邓愈等最为杰出，成为淮西集团的重要力量。洪武三年第一次大封功臣时，他们就成为一等“公”臣，但邓愈早逝，李善长、冯国胜都没有得以善终。

第一节　功比萧何的韩国公李善长

一、定远的智慧人物

李善长字百室，生于元仁宗元祐元年（1314年），是定远人。小时候，李善长很聪明，读了不少书。父亲希望他能走科举做官的路。随着年龄增长、见闻增多，李善长发现，元朝统治者长期以来所坚持的仇视汉人、鄙薄儒生的民族偏见根深蒂固，他考中举人、进士的希望相当渺茫，即使考中了，在政治上也很难发迹，倒不如学一点文案书牍，找机会跟哪位蒙古老爷做幕僚，飞黄腾达

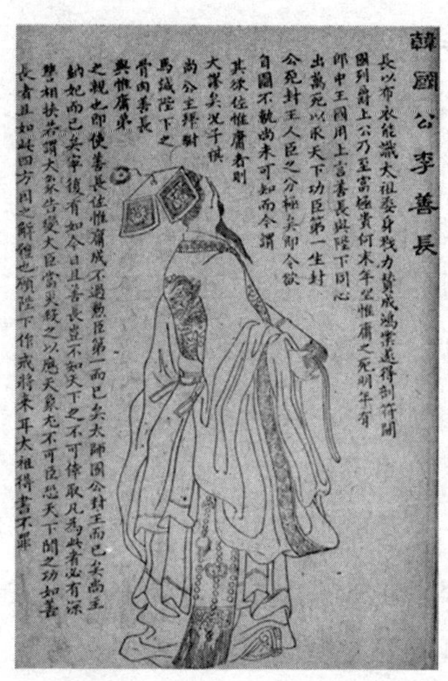

李善长

的可能性倒大一些。于是他努力钻研做吏员的学问。在诸子百家中，他最喜欢读法家的著作，这些书里面所讲的计谋权变、钩心斗角、审时度势，似乎比儒家的一套道德说教更有实用价值。遗憾的是，他空读了一肚子的法家理论，却没有一个蒙古老爷看上他，给他一个幕僚的位置。他祖籍徽州，家族有经商传统，成年后就弃文经商。在商场，他的计谋权变得到了充分的发挥，他北上濠州，南下滁州，西向庐州，很快发了财，娶定远富室王家的女儿为妻，成为有财有势的人。由于他善于运作，深谋远虑，渐渐成为乡间远近闻名的智慧人物。

定远县城李善长故居地黉门巷所在地，现为定远中学老校园

至正十三年（1353年），在朱元璋进攻滁州的路上，李善长主动“迎

谒”。这一年，朱元璋26岁，李善长40岁。朱元璋听说“迎谒”自己的是定远智慧人物李善长，不禁大喜。见面一揖之后，李善长先是一言不发，对着朱元璋的相貌审视很久，而后忽然兴奋地说道:“总算天有日,民有主了。”朱元璋的心一下被抓住了,忙问:“四方战斗，何时定乎？”李善长立刻讲述了出身微贱的汉高祖刘邦夺取天下的故事，《明史·李善长传》是这样记载的：“秦乱，汉高起布衣，豁达大度，知人善任，不嗜杀人，五载成帝业。今元纲既紊，天下土崩瓦解。公濠产，距沛不远，山川王气，公当受之。法其所为，天下不足定也。”朱元璋听了大喜。李善长的这一席话，不但鼓起了朱元璋的雄心，而且对他后来的事业产生了深远的影响。他以汉高祖自命，事事处处模仿刘邦的榜样。在他看来，李善长的到来，很可能就是萧何的转世。于是留李善长作“掌

中都城午门鸟瞰图

书记”，也就是秘书长，一切机密谋议都认真听取李善长的意见和建议。李善长原想做蒙古老爷的幕僚，现在成了朱元璋的幕僚。李善长对于朱元璋这个年轻将帅从此称“主公”，决定一心一意跟随他，建功立业。

英雄识英雄，惺惺惜惺惺，朱元璋还要李善长担负起协调诸将的责任，据雷礼《国朝列卿记·李善长行实》记载，朱元璋说：“方今天下大乱，群雄四起，没有像先生这样有智谋的人是不行的。我见群雄中管文案与参与谋议的人往往利用机会毁谤左右的将帅，搞得人心离散，以至于败亡。希望先生以此为戒，协调诸将，同心同德，共取大功。”

李善长连连点头：“主公所言极是！”

从此，李善长就成了朱元璋的臂膀和心腹，担负起军师和大总管的重任。

朱元璋大队人马继续前进，一举攻下滁州。李善长帮助朱元璋整饬军队，征兵筹饷，安抚民众，事事办得井井有条。不久，郭子兴率部来到滁州。四五万兵马拥挤在一个州城，粮饷的问题首先无法解决，加上一些将领嫉妒朱元璋，挑拨生事，郭子兴又想挖走李善长。李善长坚决不同意离开朱元璋，建议朱元璋要尽快离开滁州。于是才有了攻取和州，渡江下太平，接着占领集庆的大手笔。

二、协调诸将关系

李善长跟随朱元璋，时时告诫他要“不嗜杀，不劫掠百姓”。攻占太平的战斗还在进行，李善长就在船上紧急起草《戒戢将士榜》。待到攻城战斗一结束，士兵们正要出手来准备大发横财的时候，却见大街小巷贴满了榜文，说是敢有劫掠财物、杀害百姓者杀无赦！士兵们一个个吓得缩颈咋舌，不敢胡来。一个傻大胆不听约束，当众被砍了脑袋。混乱与纷扰立刻停顿下来，将士们才发现，规矩变了。这是自濠州投军以来，朱元璋第一次为他统帅的部队建立了严肃的军纪。这不仅得到普通百姓的拥护，而且受到地主士人的赞扬。江南"耆儒"陶安、李习等人即率领一帮地主士绅迎接叩见朱元璋，称颂"神武不杀，人心悦服"。朱元璋在太平建立了第一块根据地，改太平路为太平府，置太平兴国翼元帅，自称元帅，任李善长为帅府都事，专门制定各种规章仪制，帮助朱元璋进行军队的正规化建设。

至正十六年（1356 年），朱元璋攻占了江南重镇集庆路，实现了第一个战略目标。在那个时候，他已不能每战亲临指挥，各路独立作战的将领能否禁戒士卒，成了朱元璋与李善长担心的问题。

这年三月，东征镇江的将士们在徐达的统帅下整装待发，朱元璋出帐训话，首先要求严明军纪，接着便历数诸将纵兵杀戮抢劫的罪过，矛头直指徐达，随即道："把徐达拉出去砍了！"将士们一个个面无人色，一齐跪地磕头。这时，李善长出面求情，说："按军法，理当重处，但念在徐将军追随主公出生入死多年，眼下又是用将之时，请主公暂息雷霆之怒，给他一个戴罪立功的机会。"朱元璋也顺水推舟，转换口气："看在李参事面上，罪过权且记下。徐达归队！"

很明显，这是朱元璋、李善长合演的一出整顿军纪、震慑将领的双簧。见徐达归队，朱元璋又说：“我自起兵，未尝妄杀。今尔等当体吾心，借戢士卒，城下之日，毋焚掠杀戮。有犯令者，处以军法；纵者，罚无赦！”徐达吓得战战兢兢受命，将士们哪个还敢作声。朱元璋与李善长的双簧给徐达一个下马威，正是杀鸡给猴看，给出征各部队一点颜色瞧。徐达率领大队人马浩浩荡荡地出发了，真像是“人衔枚，马上勒”，威武整齐，当天就拿下了镇江。《太祖实录》云：城破之日，“号令严肃，城中晏然，民不知有兵”。镇江一战，为各路将领树立了良好的榜样。

“得道多助，失道寡助。”得道首在肃军纪，得民心。李善长入伍后所做的第一件大事，就是协调诸将关系，严明军纪，从严治军，为扫平群雄、推翻元政权建立了一支号令严明的军队。

中都城中轴线鸟瞰

三、找到征收租税依据

应天、镇江等江东地区，历来物产丰富，百姓富庶，占领这些地方之后，军队吃饭的问题很容易就解决了。但是，事业在发展，部队在扩充，战事越来越频繁，如何建立一套较为正常的后方补给制度，就成为李善长经常考虑的问题了。在战争环境下，最简单的方法，就是沿袭旧的制度而略加更张，其中首要的，就是要掌握原来的赋税征收情况。当朱元璋率部攻入应天城之后，就像萧何随刘邦进据咸阳一样，李善长首先封锁府库，把元朝的册籍档案拿到手，以便掌握集庆路管辖下的地亩户籍。以后，每攻下一个重要城池，他都要求将领照样去办。这就为他征兵筹饷、征收租税找到了依据。

由于元朝统治阶级的横征暴敛，加上战争的破坏，很多地方十室九空，土地荒芜，一片凋敝。至正十七年（1357年），缪大亨攻下淮南、江北等处行枢密院驻地扬州后，送来报告说，这里已经成了一片废墟，城破前，元朝守将张明鉴每天靠人肉充饥，而今搜索城内民户，只剩了十八家。自古繁华的扬州尚且如此，其他地方可想而知。李善长深深感到，要想攻城略地，取得推翻元朝的胜利，必须安顿民生、恢复生产，为军队提供充足的保障。他向朱元璋建议，攻下城池后，必须尽快恢复文官治理，担负起整顿秩序、招抚流亡、恢复生产的任务。

朱元璋很赞赏李善长的意见。每平定一个路府，他都广泛地访求当地知名的儒生，询问平定天下治理国家的道理和办法，有的儒生当即被任命为当地行政长官，有的则留在身边或交给李善长进行一番考察，然后相机委派。李善长多次代朱元璋申令，把发展生产、安定民生、保证军需供应放在首要地位，并且以此为考课奖惩的重要标准。在李善长的指导和督查下，地方官一般都为政清廉，办事认真。他们或者放赋贷粮，或者供给耕牛种子，招募流亡百姓各回本土从事耕作，对于各地小股农民武装则予以吸收改编，使社会生产秩序渐渐稳定下来。

李善长还向朱元璋建议，要废除元朝苛政，减轻刑罚，宽减赋役。朱元璋下令释放监狱里所有轻重罪犯，规定当月二十日拂晓之前，所有触犯刑律的官吏军民，一律免罪释放。次年三月，又派提刑按察司佥事分巡郡县，询查案犯的罪状，规定原来判处笞刑的释放，判处杖刑的减半处刑，重罪囚犯处以杖七十的刑罚，贪污受赃的不再追征赃物；司法官吏没有按规定期限处理刑事案件的，重者从轻处分，轻者免予处分；武将出征犯有过失的，也都赦罪。有的官员对朱元璋这一规定表示不同意见，认为刑法太宽，“人不惧法，法纵无以为治”。李善长说：“百姓自兵乱以来，初离创伤，今归于主公，正当抚绥之。况且，有些人是一时误犯。治新国要用轻典，刑得其当，则民自无冤抑。”

民以食为天，任何统治者要想百姓安宁，必须首先保证百姓能吃饱饭。在行省政府中，李善长建议建立营田司，专门负责水利工程的疏浚整修，委派能干之人主持其事，这对防止水涝灾害、保证农业的丰产丰收起了很大的作用。

天下纷争，百姓困苦。军队能自力更生生产粮食，百姓就会少很多负担。李善长建议推行军屯制度，使部队且耕且战，争取做到粮食的自给半自给，以减轻百姓的负担。为了引起各地驻军将领的高度重视，至正二十二年（1362 年），李善长对各军屯情况进行了一次全面检查，向朱元璋作了汇报。朱元璋于次年开春重申了屯田之令，严厉批评了一些将士敷衍塞责，表扬了康茂才，其在龙江屯田得谷一万五千余石，除自给军食外，尚余七千余石。他命令：各将士按分定地域，及时垦荒种植，使兵食充足，国有所依。至正二十五年（1365 年），荆、襄平定，邓愈率兵驻守，与元将扩廓帖木耳相持。在这里他披荆斩棘，进行了大规模的屯种，不但解决了军食供应，而且吸引了元兵慕义来归，瓦解了扩廓所部的军心。屯田积谷是历代战乱中解决军食求得军队自身生存发展的好办法，朱元璋的最后胜利，也得力于这个措施的推行。

中都国子学水井“学井”

在新归附的地区，李善长建议设立了管理军民万户府，从老百姓中选拔武勇壮丁，编为军户，农时耕种，闲时练武，一方面负责地方治安，一方面配合正规部队作战，既增强了军事实力，又省去了政府的军事供给，把兵与农很好地结合了起来。

四、盐税、茶税和理财筹饷

盐税、茶税历代都是国家的重要收入，李善长于至正二十一年（1361 年）建议制定盐法、茶法。盐法规定，严禁私盐，设官盐局实行专卖。令商人贩运，取税二十分之一，后来一度增加到十分取一。茶法也是为解决财政困难所采取的一种专卖政策，规定商人到产茶地区买茶，必须向政府缴钱买贩茶凭据——茶引，每引茶百斤，纳钱二百；不到一引，叫做奇零，给的凭据叫由贴。没有引、没有由贴或茶数与引由不符，就是私茶，准人告发或逮送官府。政府在宁安府和溧水州设茶局批验所，专门稽察私茶。凡私茶出境或关隘放私的，与私盐同罪，一律处死。产茶郡县设专官负责，所有茶商的姓名、引数都有登记，茶卖完后，茶引按期如数缴回，否则作贩私论处。所以作这样严格的规定，因为李善长看到江浙安徽一带茶商很活跃，他们与北方少数民族贸易获利很大，是财政的一个重要来源。与商人争利，在当时的环境中是十分必要的。

在制定盐法、茶法的同时，李善长还参照唐宋等朝，制定了钱法，就是政府设局铸钱。元代交易本来用钞（纸币），起初用金银丝作钞本，发行有限额，还可以转兑金银，所以信誉很好。后来，为了解决财政危机，就大量印造，钞票越来越贬值。随着元末农民大起义的爆发，军需供应浩繁，就日夜赶印，船装车载，舳舻相接，弄得到处都是钞票，钞票就成了一堆废纸。政府又转而铸钱，但钱质薄，易于损坏，同样无法流通，民间只好退回到以物易物的原始交易方法。这既阻碍了江南商品经济的发展，也影响了政府的财政收入。在社会粗粗安顿，生产渐渐恢复以后，李善长就想通过发行铜钱，促进货物流通，增辟财源。在征得朱元璋的同意后，他在应天设立了宝源局，铸“大中通宝”铜钱，以四百文为一贯，四十文为一两，四文为一钱，当年铸钱四百三十一万，与历代钱币通用。这个办法，一定程度上繁荣了经济，政府也得了利，但却苦了老百姓，因为江浙地带并不产铜，铸钱原料就责令民间分摊，逼得百姓们只好把家里的各种铜器砸毁来纳贡，实际是加了一层掠夺。

筹饷理财之外，粮食草秣军械器仗的供应运输也是一项浩大的工程。历史经验表明，这个问题解决得好坏，直接关系到战局的成败。在秦末的群雄角逐中，刘邦所以能够蹶而复起，就多亏了据守关中的萧何源源不绝地补给兵源和粮饷。朱元璋占领应天以后，仗越打越多，越打越大。为了保证战争的胜利，几个关键性的战役，他都亲临前线指挥，应天大后方的一切就交给李善长全权处理。除去日常政务之外，最重要的就是保证前方的军需供应。李善长的工作每次都做得很出色。他做事明肃敏捷，裁决如流。遇到危急情况，他总是镇定自若，使属下的文臣武将紧张而有秩序的工作，避免引起全城士兵和百姓的惶恐和慌乱。他想尽办法保持运道的畅通，前方的部队打到哪里，他就组织调动各方面的力量把粮草器仗及时地供应到哪里。鄱阳湖大战，与陈友谅的强大部队相持四十多天，朱元璋把能拿上去的精锐都拿上去了，李善长也把能动员的船只车辆人伕都动员起来，把各种物资通过水陆两个渠道源源不绝地送往前线。与此同时，他还与徐达一起，加强应天城的布防，密切注视张士诚部的一举一动，尽可能地不给它以可乘之机。张士诚的未敢妄动，与李善长、徐达的严谨、声威有着很大的关系。这就为朱元璋和前方将士免除了后顾之忧，为战争的决胜起了后方保证作用。

五、大明第一相

李善长的工作，多是默默无闻的，没有叱咤风云和惊天动地，所以并不为一般人所注目和理解，但朱元璋的感受却是很深的，所以把他一直排在手下第一位。雷礼《国朝列卿记·李善长行实》记载：洪武三年（1370 年），朱元璋在大封功臣时说：“朕起自草莽间，提三尺剑，率众数千，在群雄的夹缝中奋斗，此时善长就来谒军门，倾心协谋，一齐渡过大江，定居南京。一二年间，集兵数十万，东征西伐，善长留守国中，转运粮储，供给器杖，从未缺乏。又治理后方，和睦军民，使上下相安。这是上天将此人授朕。彼之功劳，朕独知之。当年萧何有馈饷之功，千载之下，人人传颂。与善长相比，萧何未必过也。”朱元璋把李善长的功劳，看得比萧何还大，在淮西集团中，李善长的确是第一功臣。

吴元年（1367 年）底，徐达、常遇春率领的北伐军攻克济南和山东大部分地区，一路向北挺进；汤和、朱亮祖已迫降方国珍，并配合胡廷瑞的江西部队夹击福建陈友定，整个形势如风卷残云。朱元璋梦寐以求、文臣武将们望眼欲穿的好时光就要来临。这一段时间，李善长更加忙碌，也特别兴奋。大明要开国了，登基典礼正在抓紧办，各种礼服、卤簿仪仗正在赶制，宫殿装饰一新，这一切他都亲自过问，每个细节都不放过，为了表示对皇帝的忠心，他还亲自书写了“天下太平，皇帝万岁”几个大字，作为仪仗的前导旗帜。同年十二月十日，李善长率文武百官奉表劝进，根据历史的成例，进位者总要做做样子，要三辞三让，然后装作迫不得已的样子才能登基。朱元璋当然也不例外，在至正二十八年（1368 年）正月初四登上了皇帝宝座。

这一天，南京城久雪初霁，人们沉浸在无比喜悦之中。在李善长的引导下，朱元璋身穿华贵的衮服，由仪仗护卫簇拥着，来到钟山南面的天坛祭告皇天上帝，李善长率百官及都城士绅拜贺舞蹈，三呼万岁。礼成，回驾太庙，追封四代祖父母为皇帝皇后，再到社稷坛行祭，最后，朱元璋回到奉天殿，正式登上御座，南面称孤。

即位后，朱元璋搬进新宫，在奉天殿处理朝政，封马氏为皇后，长子朱标为皇太子。接下来便是进封功臣，善长名列第一，封为银青荣禄大夫、上柱国、录军国重事、中书左丞相、宣国公，成为大明开国的第一位丞相。洪武四年，李善长因病辞官归居，朱元璋赐临濠地若干顷，设置守坟户 150 家，赐给佃户 1500 家，仪仗士 20 家。一年后，李善长病愈，朱元璋命他督工中都城建设，留在濠州数年。今天依然能见到的沧桑雄浑的明中都皇故城，也凝结着李善长的智慧。

第二节　善谋勇武双封“公”的冯氏兄弟

一、温文尔雅两兄弟

淮西集团诸将中，冯国用、冯国胜兄弟，是淮西二十四将之后，最早投奔朱元璋的人。

冯国用生于元朝至治三年（1323 年），幼时喜欢读书，并精通兵法。红巾军起义发生后，冯国用与弟冯国胜组织武装，召集数百人据守山寨自保。朱元璋率军至定远妙山时，冯国用兄弟二人率部前来归附，朱元璋见冯国用、冯国胜儒冠儒服，温文尔雅，对他甚为信任。朱元璋曾向他询问平定天下的大计。冯国用答道：“金陵为虎踞龙盘之地，世代帝王的都城。可先夺金陵作为根本。然后四出征伐，倡导仁义，广收人心，不要贪图子女玉帛。这样，天下就不难平定。”朱元璋听后十分高兴，当即留他在自己身边当谋士。

以后的岁月，冯国用、冯国胜率兵跟随朱元璋攻克滁州、和州，在三叉河、板门寨、鸡笼山的战斗中，都立下了战功。至正十五年（1355 年）六月，冯国用、冯国胜参与采石渡江之战，与诸将率军攻破元朝中丞蛮子海牙的水寨，又击败陈野先，将其生擒，尽降其部众三万余人。

当陈野先被推到帐前时，朱元璋命国用等为他释缚，好言劝慰。陈野先答应以全军归顺。于是杀乌牛、白马祭告天地，朱元璋与陈野先歃血为盟，结为兄弟。陈野先答应回营整兵，以待合军进攻集庆。

陈野先出帐后，冯国用对朱元璋说：“陈野先獐头鼠目，目光游移，不可轻信。”朱元璋听了，默然无语。第二天，陈野先报称部曲多宗投降，并说：“我蒙主帅不杀之恩，愿率旧部自效，往取集庆。”朱元璋并没有反对，冯国用暗中对朱元璋说：“陈野先迟早还会背叛，还不如不派他为好。”朱元璋把陈野先的妻子留在太平作人质，仍派他与部下张天祐、郭天叙一起领兵攻打集庆。九月间，他们将集庆团团围住。陈野先表面上和郭天叙、张天祐合军，实际则早与城中元将福寿约好，要对红巾军来个两面夹攻。一天，陈野先邀请郭天叙饮酒，席间设下伏兵，把郭天叙杀了。接着，又抓获张天祐，献给福寿。陈野先的反叛使红巾军死伤了两万多人。陈也先的部下总管赵继祖见此情状，立即跃马而遁。陈野先单骑追逐，当追赶到溧阳时，当地元朝民兵头领雁门人孟万户不明底细，只听说陈野先投降了红巾军，就设埋伏把陈野先刺杀了。陈野先的降而复叛，使朱元璋部队受到相当大的损失。冯国用善于观察，对于陈野先为人的判断是准确的。他的分析意见经事实证明是正确的，这使他在朱元璋眼里变得更加重要。

陈野先死后，其余众由他的侄子陈兆先率领，屯踞在方山，与结寨于采石的元中丞蛮子海牙形成掎角之势，以便上扼集庆，下窥太平。至正十六年（1356年）春，蛮子海牙率几万舟师由采石矶进攻太平府。朱元璋派冯国用、常遇春、廖永忠、耿炳文等率水军迎战。冯国用和诸将一起在二月二十五日攻克了水寨。

二、坚定自信的冯国用

破了蛮子海牙水寨，重占采石矶，江上已无后顾之忧，朱元璋就加紧准备夺取集庆路。此时，屯踞于方山的陈兆先率兵四万，来战朱元璋。冯国用率一支精锐首先迎战。接战之后，冯国用身先士卒，勇猛非常，陈兆先有些支撑不住，在他且战且退之际，后面忽然闪出一支队伍，原来冯国胜早已埋伏在那里了。他们将陈兆先团团围住，最后陈兆先只好下马受擒，他的部下三万六千多人也一起投降。

一下俘获这么多的士兵，对朱元璋说来，确实是一个不小的胜利，但要这三万多人为己所用则是相当的困难。因为这些人降又复叛，杀过朱元璋的战将和弟兄。战俘营中情绪波动，一个个战战兢兢，担心可能会遭到报复。朱元璋虽然设法营造宽松气氛，多次派人劝慰，但紧张的情绪却难以缓解。于是，朱元璋让冯国用挑选，在三万多名降卒中挑选了五百名壮士，作为自己的亲兵，并让他们当晚担任自己的宿卫。

在冯国用的记忆中，这个夜晚似乎比他的一生都长。帐外风吹动草叶的声音他都能听到。朱元璋处理完公文就宽衣就寝了。表面上显得十分轻松和安闲，原来的宿卫亲兵已经按照命令撤退了，新选的五百壮士按规定位置持枪排列在帐中，在灯光摇曳下，可以看到他们紧张的神色。这时只见满身披挂的冯国用一人走进来，像一座山峰一样立定在朱元璋的卧榻前。

卧榻之侧，岂容他人酣睡。但卧榻之上，朱元璋酣睡正香，很快发出了鼾声。大帐内没有发生任何事情，静得能听到五百零二个人的喘息声。所有人的心情都是复杂的，心态都是微妙的。披甲执戈的冯国用，既敬佩朱元璋的胆识，又做好了流尽最后一滴

冯国用、冯胜兄弟的冯府旧址（位于定远县范岗乡宋集村）

血的准备。随着朱元璋的鼾声响起，士兵们开始放松了。他们当兵是为了吃饭和发展，有朱元璋这样宽宏和坦荡的主公，何愁大业不成！有冯国用这样的将军，雄武豪迈，敢于一人抗拒五百人，跟着他，什么样的敌人打不败？

天亮了，五百亲兵都成了冯国用的心腹。三万降卒自然也就成了朱元璋的得力部众。

至正十六年（1356年）三月，朱元璋水陆并进再次攻打集庆。五百亲兵自愿跟随冯国用作前锋。当冯国用这支人马奔驰到蒋山，像尖刀般插进敌阵时，元兵顿时大乱。元将福寿在建康城外筑栅为垒，屯兵固守。冯国用率队强攻，不是敢死队，胜似敢死队。徐达、常遇春等也领兵赶到。元将福寿督兵拼死命抵抗，冯国用所率亲兵最先投入巷战。三月初十，朱元璋攻克集庆，元将福寿战死，水寨元帅康茂才等率部投降。朱元璋改集庆路为应天府，设官分职，建立政权。

冯国用

接下来，冯国用与诸将齐心合力，接连攻取镇江、丹阳、宁国、泰兴、宜兴，又随朱元璋征讨金华，进攻绍兴，累功升至亲军都指挥使。在征战期间，冯国用曾经营救过大将徐达。

至正十九年（1359年）四月十五日，在参与绍兴之役时，冯国用因暴病死于军中，年仅三十六岁，朱元璋为之痛哭，在鸡笼山筑坛来祭奠他。后绘像于功臣庙，位列第八。

洪武三年（1370年），朱元璋追封冯国用为郢国公 。

崇祯十七年（1644年），南明弘光帝追补开国名臣赠谥，冯国用获谥“武翼”。在淮西诸将中，他因为英年早逝，从未有受到过朱元璋的猜忌，也没有受到过“狡兔死，走狗烹；飞鸟尽，良弓藏”的失落煎熬。

冯国用的死使朱元璋十分悲痛。为了报答这位儒雅将军的忠诚和功勋，他想让冯国用的儿子冯诚袭职，但冯诚年纪太小，无法当此重任。爱屋及乌，朱元璋就把对冯国用的怀念之情推及其弟冯胜。此时冯胜已积功为元帅，遵命袭兄职，典亲军。这个职务是朱元璋禁卫军的最高统帅，是既有里子，也有面子的。

三、朱元璋罚他徒步走回军营

冯胜初名国胜，又名宗异，后来因为避讳朱元璋的字“国瑞”，而改名叫冯胜。《明史》等都没有记录他出生在哪一年，只是说他出生时黑气满室，经日不散。及长，雄勇多智略，与兄国用俱喜读书，通兵法，元末结寨自保。

至正二十年（1360年）陈友谅攻占太平，杀死主子徐寿辉，自称汉王，建国号大汉，改元大义，以采石五通庙为行宫，举行即位仪式，五月，向应天主动发起进攻。朱元璋命陈友谅的旧相

嘉峪关冯胜雕像

识康茂才假作降书，设下圈套，等待陈友谅上钩。冯胜这时受命与常遇春一起，率领帐前五翼军三万人，埋伏在石灰山侧，和徐达率领埋伏在南门外的部队相呼应，朱元璋亲自督兵出战，至卢龙山驻扎。陈友谅率几十万人马联舟东下，驰进狭隘的大胜港后，兵力施展不开。朱元璋的伏兵四起，冯胜等率兵奋战，陈友谅部被杀、落水淹死者不计其数，俘虏就有两万多。冯胜在这次伏击中和徐达、常遇春等诸将一起，立了大功。

陈友谅带领其将张定边等逃到采石。朱元璋部将张德胜追赶，与陈友谅大战，不幸被杀。冯胜带领帐前五翼军又追赶前来，陈友谅派出绰号叫“黑旋风”的部将率领一支皂旗军迎战冯胜。冯胜杀败“黑旋风”的皂旗军，紧追不舍。陈友谅仓皇逃往江州。太平府又回到朱元璋的手中。

至正二十一年（1361 年）八月，冯胜又率队从征陈友谅，和廖永安、张志雄等一起，奋勇当先，打破安庆水寨，然后溯江而上，师次湖口，正遇上陈友谅水师在江面巡逻。在朱元璋指挥下，冯胜等分舟两路，夹击陈友谅的江州大本营，获其舟百余艘，陈友谅穷蹙，半夜弃城逃遁武昌。朱元璋部队进了江州，获粮数十万斤，得马二千多匹。冯胜因战功晋封为亲军都护。

接着，冯胜又参加了安丰解围战。朱元璋以冯胜在安丰的战功，把他从亲军都护升迁为同知枢密院事。其后，冯胜参加了朱元璋和陈友谅两军主力决战的鄱阳湖大战。攻取武昌等一系列战斗中，也都有冯胜率领亲兵军士，冲锋陷阵的身影。

至正二十五年（1365 年）十月，同知枢密院冯胜跟随中书左相国徐达、平章常遇春，水陆并进，攻取张士诚淮东等地。冯胜领兵攻克海安坝，为徐达大军进取泰州，扫平了道路。通州、兴化、盐城等张士诚江北之地，被迅速攻克，但在进攻高邮时，冯胜却遭遇了终生难忘的耻辱！

冯胜

高邮位于江苏中部，西临高邮湖，与安徽天长接境，大运河穿境而过，物阜民丰，是个富庶之地。当初，张士诚、李伯升等人曾以十八根扁担攻入高邮城，击退元军大队人马。从此，他东据三吴，拥地千里。所以，张士诚建都平江之前，高邮为其大本营所在，建都平江后，仍着力经营高邮防务，以为江北重镇。泰州陷落后，高邮守将俞同佥在这时加强防务。朱元璋对这次战役很重视，不但详细研究各种战报，而且亲赴江阴，了解张士诚水师动向。十一月初八日，高邮之战打响，张士诚则率军南攻宜兴，调动徐达往宜兴救援。朱元璋便指令冯胜担任高邮方面的指挥。十二月二十日，徐达击退宜兴之敌，自宜兴还攻高邮，遭到张士诚的将领俞同佥死命抵抗。至正二十六年（1366 年）春，朱元璋命冯胜限期拿下高邮，守将俞同佥开门诈降，冯胜急于取胜，就令指挥康泰等先入城。俞同佥见康泰所领数百兵进了城门，立即收起吊桥，而后将几百人全部杀死。朱元璋得报，大为震惊，立即召冯胜回京，打了他几十军棍，之后，还罚令冯胜徒步走回高邮军营。

冯胜自随朱元璋作战以来，能征惯战，横扫千军，多年来鞍马劳顿，冲锋陷阵，在所不辞。想不到此番高邮一战，久攻不下，折兵数百，还遭到这种处罚，实在羞愧万分。回到高邮军营后，冯胜怒令部下竭力攻城，徐达也挥师四门齐上，高邮一鼓而下。守将俞同佥被擒，冯胜亲自砍了他的脑袋。攻陷高邮后，淮安、徐州、宿州等也接连被攻下。

接着，冯胜又率部攻取安丰，守将吕珍率部南逃。冯胜乘胜追击，在湖州城东、旧馆围住吕珍。徐达与常遇春、汤和等领军分别筑营于东阡镇南的姑嫂桥附近，连筑十垒，以绝旧馆之援。冯胜率部猛攻，吕珍兵败被擒。同年十一月，冯胜率降将吕珍、王晟等将士兵临湖州城下。湖州守将李伯升、张天骐、陈旺等投降。朱元璋部队除了湖州一路而外，另有李文忠率师同时向杭州进攻。杭州守将潘元明、绍兴守将李思忠、嘉兴守将宋兴等纷纷投降。这样，就造成西南北三面包围平江的形势。

在攻取平江的攻坚战中，冯胜所部攻破葑门，葑门守将朱平章投降。张士诚令妻子眷属登齐云楼自焚，他自杀未成，后被俘身死。朱元璋大军凯旋后，论功行赏。冯胜的功劳仅次于常遇春。升迁为右都督。

四、北伐征战获胜多

吴元年（1367 年）十月，北伐开始了。冯胜在徐达手下担任参将。由于朱元璋担心常遇春逞勇轻敌，特别对其加以约束告诫，以常遇春作为先锋，和参将冯胜分成左右翼，统率精锐协同进击。另外，右丞薛显，参将傅友德也各领一军，独当一面，徐达则居中运筹指挥，策励诸将。

冯胜在攻取山东诸州郡中大显身手。山东的黄军元帅王宣，接到徐达的谕降书信，假意遣使犒军，奉表应天府，实际上是用缓兵之计。王宣之子王信，密往莒、密等地募兵，企图袭击北伐军，朱元璋派了唐臣做使臣，从应天赶到沂州，欲

永国公薛显

授王宣、王信官职，令随军北征。唐臣到客馆后被王信劫持，后改装逃脱，潜回徐达军中报告情况。冯胜便率队急攻沂州。他开坝放水，灌入城中，王宣不能抵御，就开城门迎降。接着，北伐军攻克峄州、莒州、海州以及沭阳、日照、赣榆诸县。冯胜等为前锋，所向披靡，下东平，降东阿，拔济南，陷济宁，取莱阳。各路守将不是闻风遁去，便是解甲投降，山东战场捷报频传。

至正二十八年（1368 年）正月，朱元璋称帝。冯胜以都督兼太子右詹事。冯胜跟随徐达领军溯黄河而上，汴梁不战而降，再进军洛水，河南平定。

冯胜马不停蹄，夺下陕州，直趋潼关。潼关守将元太尉李思齐拥十万精兵，闻风丧胆，先三日由野鱼口西奔临洮。

山东、河南相继平定，明军又堵住了元朝关中军队的出路。大都已陷入三面包围之中。为了不失时机地向大都挺进，朱元璋在洪武元年（1368 年）五月，亲自到汴梁（今河南开封）大会诸将，对军事局势再作一番研讨。在此期间，冯胜还汴梁，谒见朱元璋。朱元璋授冯胜以征虏右副将军，一度留守汴梁。不久，冯胜又随大将军徐达征战山西，由武陟（今河南武陟）取怀庆（今河南沁阳），越过太行山，攻克碗子城（今山西晋城县南），取泽州（今山西晋城）、潞州（今山西长治），擒元右丞贾成于猗氏（今山西临猗）。接着，又率军攻取平阳（今山南临汾），下绛州（今山西新绛），擒元左丞田保保等，俘获将士五百多人而归。朱元璋得报大喜，诏命右副将军冯胜居于常遇春之次，而偏将军汤和、杨璟等，则位于冯胜之下。

洪武二年（1369 年）三月，冯胜带兵攻克凤翔，夺取巩昌（今甘肃陇西)。四月,统领天策卫、羽林卫、骁骑卫、雄武卫、金吾卫、豹韬卫等精锐部队,逼向临洮李思齐的十万人马。李思齐在凤翔时就收到朱元璋的劝降书,已有降意。到了临洮,他的养子赵琦又私窃宝货等避匿山谷间,李思齐感到势穷力竭,只好投降冯胜,随大将军徐达继续向西挺进。冯胜跟着徐达,一路平定陕西。

冯胜跟随徐达征战多年,屡为前锋,英勇挫敌,确实立下了许多功劳。可是,在洪武二年(1369年)九月论功受赏时,朱元璋对冯胜的赏赐金币,比赏赐给大将军徐达的一半还不及。原来,在陕西平定之时,徐达率领大队人马奏凯班师,冯胜受命驻守庆阳,总制军事。冯胜以为关陇陕西已定,将节制各军之事过于轻视,于是引兵南还。扩廓帖木儿探知这个消息,就乘虚袭击包围兰州,明兰州守将指挥张温,向巩昌求援,巩昌守将于光带兵行至马兰滩,遇伏被擒。冯胜闻变回师救援兰州,扩廓帖木儿虽卷旗而去,但明军损失惨重。部队遭挫,冯胜是负有责任的。朱元璋对于冯胜的这次失职行为,怒加切责。因为考虑到冯胜在北伐西征中屡建战功,才免予治罪,至于赏赐当然要减去不少。冒失、轻敌,是冯胜的老毛病。高邮的教训,他似乎一直记忆不深。

扩廓帖木儿又名王保保,为察罕帖木儿之甥,作为其养子,在察罕死后,袭职总兵,后拜太尉、中书右丞相,封为河南王。在李思齐及张良弼兄弟军事力量丧失之后,只有扩廓帖木儿仍拥有实力,不时出兵攻掠,边境守将昼夜提防,十分紧张。因此,朱元璋在洪武三年(1370年)正月,命徐达为大将军,冯胜、汤和为右副将军,李文忠、邓愈为左副将军,再次统兵征讨。这次进兵,分为两路:徐达、冯胜等自潼关出西安,捣定西,目标是取扩廓帖木儿，李文忠一路由居庸关出师进入沙漠，追击元朝嗣主。兵分两路，为的是使元军彼此不得应援。冯胜随徐达出西安，扫定西，破扩廓帖木儿兵，获得元军兵甲马匹数万。

洪武三年（1370 年）十一月，朱元璋大封功臣。冯胜因功得授开国辅运推诚宣力武臣，特进荣禄大夫，右柱国，同参军国事，封为宋国公，食禄三千石。其兄冯国用追封为郢国公。当时颁布的诰词中说："冯胜、冯国用弟兄亲同骨肉，十余年间，除肘腋之患，立手足之功，平定中原，佐成统一，其功甚伟。"

第三节 英年早逝的卫国公邓愈

一、少年英豪

南京市雨花台区邓府山北麓是一片静谧的山岗，绿树成荫，对着明孝陵的方向，有一座古陵墓，有保存较好的墓冢和神道碑，神道上石马、马倌、石虎、石羊、文臣和武将各一对，这是明朝开国元勋邓愈的陵墓。

相比汤和等人，邓愈是朱元璋占据滁州后投奔的。但他在大明王朝建立的过程中，所建立的功勋丝毫也不逊于汤和，洪武三年大封功臣，邓愈是六公之一，爵位高于汤和。他短暂的一生，充满了传奇色彩。

至元三年（1337 年）二月十五，邓愈出生在虹县龙须里（今泗县大路口乡大营村）。父亲为他取名邓友德。他的父亲邓顺兴，重气节，讲信义，元末时被乡人推为团练，率领人马，保境安民。

儿时的邓友德天生魁梧，聪慧好学，勇武过人，怀有平定天下的志向。红巾军起义爆发后，邓顺兴也起兵反抗当时的黑暗统治。至正十三年（1353年），邓顺兴在和元军作战的过程中，中箭身亡。邓友德的哥哥邓友隆接掌兵权。不久，邓友隆病逝，于是16岁的邓友德继掌兵权，亲率人马与元军作战。

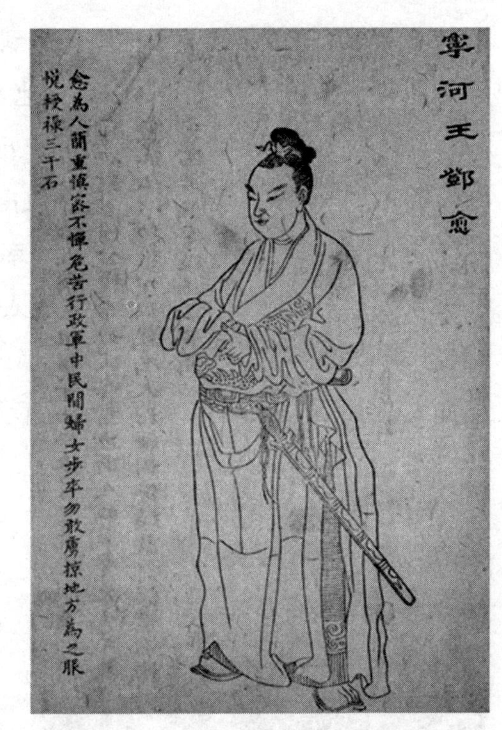

邓愈

邓友德每次作战都亲自上阵，带头冲在士兵前面，军队之中人人都佩服他的勇猛。泗州、灵璧、盱眙等地人民闻风归附，求其保护。至正十五年（1355年）春，前一年投奔朱元璋且与邓友德有着深厚同乡之谊的胡大海，赶到虹县来看他。各自诉说了离别后的情况、目前的处境，以及今后的打算。胡大海介绍了他在朱元璋麾下的境遇和战功，极力称赞朱元璋胸怀大志，有大家风范，尤其对有才华的文士武将，都能以上宾之礼相待，并说他自己投奔朱元璋也不到半年多，就已经被任命为先锋官了。胡大海极力劝说邓友德也率部投奔朱元璋。

邓友德就这样带着自己的兵马来到滁州，投奔了朱元璋。朱元璋喜其少年老成，英勇豪迈，任命他为管军总管，赐名邓愈。

朱元璋为了统一江南，在至正十五年（1355）农历六月，命令邓愈和常遇春领兵渡江南下，先后攻占牛渚矶、太平府、溧阳、溧水、句容、芜湖。元朝大将蛮子海牙率领水师集结于采石矶，准备进攻太平，邓愈率领士兵偷袭，攻入敌军大寨，俘虏了对方的精锐兵将；又用两只小船，装满杂木，杂木内藏火药，灌以油脂，小船冲入元军水师之中，火势猛烈，元军大败，死伤无数。

邓愈等将领乘胜率水军进攻集庆。元朝南台御史福寿督兵死守，邓愈等人浴血奋战，终于攻破集庆，杀死福寿。后来邓愈又和徐达占领镇江。

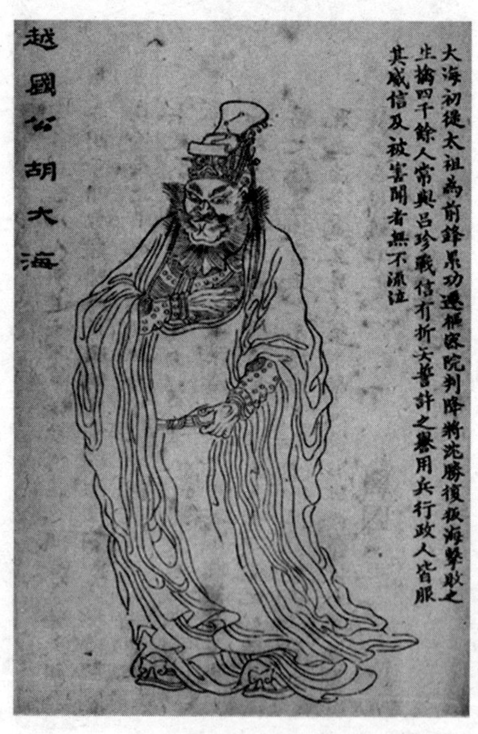

胡大海

在镇江之战后，朱元璋令部下兵分几路攻城略地。年方19岁的邓愈被任命为南攻广德路（今安徽广德）的主帅。

至正十六年（1356年）六月六日，邓愈与邵成、华高、华云龙等率师出发，一路所向披靡，如期攻取广德路。捷报传至应天，朱元璋非常满意，令改广德路为广兴府，并命邓愈为广兴府的镇守，不久，又升迁邓愈为广兴翼元帅，成为当地的最高军事长官。

至正十七年（1357 年），又因邓愈军功卓著，朱元璋提升邓愈为枢密院院判。同年七月，朱元璋命邓愈为征南将军，以胡大海为副将，攻取旌德、绩溪、休宁，并乘胜向江南重镇徽州进发。

二、转战江西

徽州（府治位于今安徽歙县），是皖南的一座重要城镇，有元将八思尔不花驻守。邓愈奉朱元璋之命，率师西行，移镇宣城。接着与胡大海一起，统兵南下，进取徽州。这是徐达、常遇春率军进攻常熟相并重的另一路兵马，邓愈、胡大海两将率兵至绩溪，守将不战而降。接下来转而攻打休宁，两将骁勇善战，一鼓登城。于是就乘胜攻向徽州。守将元帅八思尔不花以及万户吴纳等，出城迎战，邓愈和胡大海奋勇杀敌，锐不可当，战不多时，八思尔不花、吴纳等被邓愈、胡大海击败。邓愈此时斗志更旺，督兵猛攻徽州城。八思尔不花眼看城将不保，乘夜逃遁。邓愈率军入城。邓愈在取绩溪、破宁国（今安徽宣城）的时候，受封为枢密院副判官。攻克徽州，勇立战功后，朱元璋将他又晋升为枢密院判官，镇守徽州。

至正十八年（1358 年）三月中，邓愈、胡大海和李文忠部合力攻取建德路。三月二十四日，捷报传至应天，朱元璋命改建德府（后改名严州府），设德兴翼元帅府。

次年，邓愈奉命统率偏师，配合主力攻打杭州，当邓愈进军途中，恰遇张士诚十八兄弟之一，身为司徒的李伯升率领的号称十万的援军。邓愈身先士卒，冲入其阵，左右斩杀，敌军溃散，各自奔逃。从而为主力军攻打杭州创造了条件。

江西当时主要是徐寿辉、陈友谅的势力。这时，陈友谅部队力量要比朱元璋部队强，而且拥有江西、湖广之地，疆土最广，野心也最大，见朱元璋取了应天，陈友谅就和张士诚相约，东西夹击朱元璋。当陈友谅率领水军大队人马，浩浩荡荡东下攻应天之时，朱元璋一面用计在沿江设伏兵，由徐达、常遇春、冯胜等率重兵击败陈友谅几十万大军，一面调邓愈、胡大海军绕陈友谅大军的后路，捣其老巢。

邓、胡两员大将，像两把尖刀，直插江西。至正二十年（1360年）胡大海受命进攻陈友谅老巢的门户广信（今江西上饶北），与此同时，邓愈前驱直向饶州（今江西波阳）。邓愈知道浮梁（今江西景德镇）守将于光是徐寿辉部的旧将，此时任陈友谅部的浮梁院判，且和陈友谅有隙，就派人前去说降。于光从使者那里听到邓愈劝降的意见，认为是向陈友谅倒戈的好时机，就会同浮梁的左丞余椿一起，击走陈友谅部将辛同知，取下饶州，以城来降。邓愈由于熟悉敌方各部间的关系，善于利用矛盾，不费一兵一卒，遣使劝降，轻取饶州。朱元璋得报以后，命邓愈统兵移师饶州，并担任饶州镇守。这是邓愈转战江西的第一步。

邓愈以饶州为基地，积极扩大在江西的战果。八月，朱元璋部的雄峰翼分院元帅王思诚攻克鄱阳的利阳镇。邓愈就在三洞源和王思诚的部队一起议取浮梁。由于邓愈率师合力攻击，浮梁守将侯邦佐坚守一些日子后，终因势孤无援而弃城逃出浮梁。这时，于光受命带兵攻打乐安州（今江西乐安），击败陈友谅部的总管萧明，擒其万户彭寿等六十余人。接着，邓愈指挥获胜之师攻克余干（今江西余干），余干守将是本地人吴宏，任江西行省参政，见陈友谅建都之地的江州这时已经被朱元璋大军攻下，吴宏知大势已去，就全城降附。邓愈又乘势挥兵攻取建昌（今江西永修）。这是邓愈转战江西的第二步。

邓愈转战江西的第三步，就是攻取抚州。抚州守将邓克明，新淦人，姿横乡里，与其弟邓志明一起聚众而据本县的修德、饮风、太平、玉筒四个乡，然后攻陷抚州的乐安、崇仁、宜黄等县，自称元帅。陈友谅发兵掠新淦，邓克明、邓志明率队归附陈友谅。陈友谅命邓克明为右丞，邓志明知州事。接着，邓克明又掠取永丰、宁都、石城、汀州、宁化等县，兵据抚州。至正二十一年（1361 年）冬，已归朱元璋部的饶州守将吴宏等率兵来攻打抚城。吴宏派人前去抚州先劝降邓克明，邓克明见邓愈驻兵在临川的平塘，无法向新淦方面逃跑，于是假意表示愿意投降。当邓克明派使者去向邓愈送降书的时侯，同时又暗遣飞骑去讨救兵。邓愈看清了邓克明假降以求援师的伪诈之情，连忙披甲驰骑，率部下急行二百里，不失时机地及时赶到抚州城。潜夜奔袭，一举破了抚州城。邓克明见城池已破，惊恐不已，平塘和抚州城相隔二百里之遥，想不到邓愈部队竟会如此神速，连夜赶到。于是守军溃散，邓克明单骑奔逃，不久被擒。

邓愈俘获邓克明后，将他遣还新淦（今江西新干），命其收聚原有部曲。不久，邓愈将邓克明遣送到九江去见朱元璋，不料遣使疏忽，邓克明半路脱逃而归向新淦，仍在地方上大肆劫掠。邓克明之弟邓志明后在朱元璋部队大都督朱文正征伐赣州时，据麻岭、沙坑、牛陂为寨，拒不投降。邓愈率部将山寨攻破，终于邓氏兄弟二人被执伏诛。邓愈攻入抚州城后，号令严肃，秋毫无犯，百姓称赞不已。

三、洪都城马失前蹄

胡廷瑞身为陈友谅的江西丞相，镇守洪都。至正二十一年（1361年）末，他见江州已被朱元璋攻破，觉得前途无望，便派部将郑仁杰到朱元璋军门纳款输诚，但请求在投降后勿撤离其旧部。朱元璋初有难色，刘基在后，暗暗用脚踢朱元璋所坐胡床，朱元璋悟而许之。胡廷瑞得信，即于至正二十二年（1362年）正月遣其甥康泰带了降书到九江请降。这时，江西的余干、建昌、吉安、南康诸县都已相继为朱元璋部所得。邓愈和诸将一起，四出征战，拔浮梁、乐平，并攻克安庆，赣皖一带，十得七八。朱元璋率军东还，道出洪都，胡廷瑞率其甥康泰以及部将祝宗等，出城迎谒。朱元璋对胡廷瑞慰劳有加，并令胡廷瑞等同归应天，留邓愈以江西参政驻守洪都，叶琛任知府。胡廷瑞为避朱元璋字国瑞讳而改名胡美。在临行时，他密告朱元璋，说祝宗、康泰二人的投降并不那么可靠。朱元璋就命祝宗、康泰二人先不回应天，而归于徐达节制，从征武昌。

不料，朱元璋才回应天，祝宗、康泰就率部从出征武昌的部队中脱离出来，当船队在女儿港驻屯时，祝宗、康泰突然回师，深夜偷袭洪都新城门。当叛军袭入时，知府叶琛仓促应战，被叛军杀害。邓愈连忙上马备战，仓促间无法应敌，只得带了数十骑出城，跟从的数十人大多遇害，邓愈和养子等人落荒而逃。路上连踣三马，差点儿被叛军所获。最后换了养子所乘的马，奔回应天。邓愈自从投附到朱元璋部队以后，英勇作战，所向多克，攻城略地，屡立功绩，想不到这时因祝宗、康泰二降将复叛而丢了南昌，甚至险些和叶琛一样丧命敌手，真是非常沮丧。但邓愈也未想到朱元璋见了他这副狼狈相之后，竟然没有加罪于他。自然，邓愈作为年青骁将，很是自重，暗暗下了决心：今后再不能让丢城失职的事情发生了。

赵德胜

洪都得而复失的消息传到徐达军中，徐达当时率军进政武昌，刚到湖广沌口，闻变后立即回师，复攻洪都。祝宗、康泰等叛将料难拒守，祝宗逃至新淦，被邓志明的守军杀死，康泰走广信，因是胡美的外甥，特地宽宥了。洪都复定以后，朱元璋大喜，说道：“洪都控引荆、越，系西南之藩屏，得洪都，等于去掉陈友谅一臂，守洪都城非得用骨肉重臣不可。”至正二十二年（1362 年）五月二日，朱元璋命侄儿朱文正为大都督，统率赵德胜、薛显两位元帅，和邓愈一起，镇守洪都。

四、协力守孤城

陈友谅在至正二十三年（1363 年）四月，亲率特大战舰“高梢子”船，船高数丈，外饰丹漆，上下共有三级，级置走马棚，带兵号称六十万，围攻洪都城。洪都城原在赣江岸边，朱元璋得城之后，曾下令将城后移。陈友谅巨舰驶至，不能再逼近了，就以兵围城，其气甚盛。洪都主帅朱文正急忙派邓愈带队守卫最紧要的抚州门，赵德胜守卫官步、士步、桥步三门，薛显守卫章江、新城二门，牛海龙等守卫琉璃、澹台二门，朱文正身为大都督，自率精锐部队二千人，居中节制，往来策应。邓愈的抚州门在当时最是首当其冲，陈友谅亲自督兵猛扑抚州门，兵士都带有笠帽大的盾牌，一面抵御矢石，一面奋勇攻城。不多时，只听得轰隆巨响，抚州门坍坏了三十余丈。陈友谅部下竭力攻开缺口，兵卒蜂拥而至，忽然城里铳石迭发，火光乱窜，兵卒稍被击中，不是焦头，便是烂额，那盾牌因为是竹制的，着火后容易燃烧，反而失去了抵御的作用。邓愈趁陈友谅兵稍有退却之时，即一面命令士兵用火铳继续抗击，一面随竖木栅。那三十余丈缺口的木栅尚未竖完，敌兵又来，双方展开肉搏战。邓愈舍命死战，危急之时，朱文正督诸将

洪武大明宝钞铜版

来援，且战且筑，奋战了整夜，城缺处方才修筑完毕。牛海龙等多名将领战死。

五月八日，陈友谅又攻洪都的新城门，薛显领精兵开门突战，斩其平章刘震昭，杀退来敌。六月十四日，陈友谅增修攻城战具，想要破栅而由水关攻入城中。朱文正派壮士用长槊从栅内往外刺杀敌兵。陈友谅又攻官步、士步二门，守将赵德胜奋力抵御，不幸中流矢而死。洪都被围已久，内外阻绝，朱文正一面遣人偷越水关，到应天向朱元璋告急，一面令士卒前往敌营诈约以降，延缓时日。

当时，朱元璋军的徐达、常遇春部队正在围攻庐州，朱元璋得洪都告急消息后，认为不能因为庐州而失洪都，就急命徐达、常

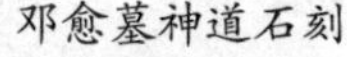
邓愈墓神道石刻

遇春部回师。七月六日，朱元璋亲督诸将在龙江会师，带领水军二十万前往解救洪都之围。陈友谅围攻洪都，八十五天没有克取，得知朱元璋二十万大军已经溯江而上，就撤洪都之围而东向鄱阳湖。由于邓愈坚守抚州门，奋力死战，在城破三十丈的危急情况下仍拼命搏击，终于和朱文正等一起守卫住了江西重要据点——洪都。在论功之时，朱元璋认为邓愈的坚守之功，是应当和克敌制胜完全同样看待的。

朱元璋军和陈友谅军双方大战于鄱阳湖时，邓愈虽未直接参战，但在陈友谅部企图从南昌夺粮以济军急之际，邓愈和朱文正一起严加截击，致陈友谅军于困难境地。其功亦不可没。

在歼灭陈友谅之后，邓愈又奉命随常遇春南下，在平定了沙坑、麻岭、牛陂诸寨以及攻取了吉安之后，进围赣州。攻取赣州和周围郡县后，邓愈被提升为江西行省右丞，其年仅二十八岁。

五、班师途中将星陨

吴元年（1367 年）十月，朱元璋沿袭前朝旧制置御史台，命邓愈为右御史大夫。御史台，在朱元璋心目中，有着相当重要的位置。他曾说："国家新立三大府，总天下政。中书，政本也；都督府，专兵；御史台，察百官。"还引用《诗经》："刚亦不吐，柔亦不茹。"告诫邓愈等"今居文职，宜亲近儒生"。其时，左御史大夫为汤和，经常率兵出战，而御史台的日常事务，全由邓愈管理。不久，邓愈又兼任太子谕德。从而成为新立朝廷的一位重要长官了。

与此同时，朱元璋的北伐雄师在徐达等将帅的率领下，浩浩荡荡，向北进伐；征南将士也先后踏上征途。两个月之后，北伐南征将士的捷报频频传来，使朱元璋为之鼓舞。从而，改变了原来暂不攻击湖广、河南交界处的打算。于是，在洪武元年（1368年）正月二十九日，邓愈为征戍将军，直趋湖广，统领襄阳、安陆、景陵等处兵马，攻取南阳（今河南南阳）未依附郡县。

平定中原后，朱元璋命邓愈为征戍将军正总兵，平定江淮等地未归附的州县。不到两年，唐州、南阳、均州（湖北丹江口）、商州、房州（今湖北房县）等地均归附明朝。

洪武三年（1370年），朱元璋又任命邓愈为征虏左副将军，协同徐达远征甘肃。邓愈率兵奋战北元残军王保保部，斩首2000级，俘获王爷公爵以下百余人，士兵8万多人，骆驼、马匹、辎重不计其数。同年农历八月，进克河州（今甘肃临夏）、乌斯藏（今西藏中、西部）诸部，招降吐蕃（今川、青、藏交界地区），追击北元豫王至西黄河，在黑松林斩杀元大将阿撒秃，大军深入甘肃西北数千里。因此，河州以西皆属明朝版图。

这年十一月，邓愈班师还京，因功赐宅第于南京洪武正街，赐虹县城南良田500顷，佃户73家，守坟户150户，仪仗户19家；官职授为开国辅运推诚宣力武臣、特进荣禄大夫、右柱国，爵位封为卫国公，参与军国大事。每年的俸禄三千石，并授与子孙世袭的凭证。

洪武四年（1371年），邓愈在明攻灭夏蜀之战中，坐镇襄阳（今属湖北），筹措运输粮草，供应从征各部。其后，他或率军出征，或巡视各地，或巡练兵马，均尽职尽责，深受朱元璋的称赞。

明洪武十年（1377年），吐蕃残部抢劫乌斯藏贡使。同年农历四月，邓愈任征西将军，和副将军沐英前去征讨吐蕃反抗势力。邓愈、沐英领兵至甘肃、青藏，分三路前进，进攻川藏，深入吐蕃腹地，追杀敌人至昆仑山，俘虏斩首万人，获马、牛、羊20余万匹，招降诸国，开辟疆土数千里。朱元璋见到捷报后，降旨嘉奖邓愈，赐红蟒暖袍一件，玉带一围。

邓愈班师回朝，在回师途中生病。十一月初九日，明军到达寿春的时候，一代名将辞世。

朱元璋闻讯大哭，停止上朝三天，亲迎灵柩祭奠，并追封邓愈为宁河王，谥号武顺，肖像挂在太庙中享祭。朱元璋还亲自选择墓地，将邓愈安葬在南京雨花台邓府山，墓前置六对石翁仲、石马，山上遍地松柏，禁止砍柴打猎。这就是我们今天还能看见的邓愈墓。

邓愈墓牌坊

朱元璋命人将邓愈的功绩写入《洪武功臣录》，并亲自作赋道：“友德随我二十二年，东征西讨，尝尽辛苦，镇守八州，有功无过。天生元辅兮辅我定乎九州，溯其功勋德业兮实无人以可侔，垂凛凛于尺幅兮直与河岳而长流。”

虽然是早逝，但在淮西群英中，倒也是得以善终的一个。

第四章 ‖ 义子中成长起来的公侯

朱元璋行军打仗，有一个秘诀，那就是使用义子监军、领兵。这些人，也是淮西集团的重要力量。早年在滁州，他收养过很多义子，何文辉、沐英这样的孤儿就不说了，连他的侄子、外甥等都有收为义子的。众多的义子中，封侯的很多，但封公的只有李文忠。沐英没有封公，但却独当一面，镇守云南边陲多年。后来，他的子孙后代一直镇守云南。在淮西集团中，这些人也是光彩夺目的。

第一节　位列功臣第三的曹国公李文忠

一、外甥成义子

李文忠，字思本，小名保儿，江苏盱眙（今安徽明光）人，出生于元至元五年（1339 年），这一年，朱元璋 12 岁。他的祖上世代居住在泗州盱眙县，后来李文忠的父亲李贞搬家到濠州（今凤阳县）的东乡。李贞生性友善，娶朱元璋的二姐朱氏（明朝建立后，追封为曹国长公主）为妻。朱元璋幼时，亲戚都比较贫寒，唯有李贞家还能吃得饱饭，经常接济朱元璋，所以朱元璋对李贞一家格外亲厚。

李文忠十二岁那年，家乡遭到特大旱灾，祸不单行，瘟疫又流行起来，他家所在村子的二百多口，十有八九死去，李文忠的母亲也病死了。李文忠的父亲李贞捐出了自己的钱财，杀掉牛和猪，给乡亲们吃，和村民一起守望相助。不久，乱兵入境，李贞只好领着保儿到淮东避难。

至正十二年（1352 年）农历十一月，李贞听说保儿的舅舅朱元璋领兵滁州，就去投奔。时值兵荒马乱，李文忠父子风餐露宿，几次濒临死亡。经过一个月的辗转，终于在农历十二月到达滁州。李文忠见到舅舅朱元璋，想到死去的妈妈，扑在舅舅的怀里大哭。朱元璋悲喜交集，安慰李文忠说：“外甥看到舅，如同看到娘。你已经到了舅舅这里，今后生活就肯定会有依靠的。”朱元璋把保儿收为义子，改名叫朱文忠。

朱元璋教朱文忠读书和习武，请学者范祖乾、胡翰做他的老师。朱文忠很有悟性，读书、习武进步都很快。四五年下来，他不但在武艺方面打下了坚实的基础，在学问上也大有长进，既通晓经义，也能吟诗作赋。

胡大海威慑婺州

二、降服叛将

至正十七年（1357年），19岁的朱文忠以舍人的身份，率领朱元璋的亲军随军支援池州，第一次作战就立了功，击败在池州的赵普胜的兵，又攻下青阳、石埭、太平、旌德四个县。至正十八年，朱文忠会同邓愈、胡大海由徽州进入浙江，从元朝军队手中夺得建德，他升为亲军都指挥，镇守建德，收降苗帅杨完者的旧部三万多人。

不久，邓愈移军江西，朱文忠与胡大海攻占诸暨。张士诚侵扰严州，朱文忠率军于东边的城门抵御，另派将领出小北门，抄小路袭击敌人后路，两军夹击，大破张士诚。过了一个月，张士诚再次进攻，朱文忠又在大浪滩打败敌军，乘胜攻克分水。张士诚派遣将领占据三溪，朱文忠又率军将其击败。斩首陆元帅，焚烧敌垒。张士诚从此不敢再窥视严州。朱文忠的官职升为同佥行枢密院事。

至正二十二年（1362年），苗兵在金华发动叛变，杀害了胡大海。朱文忠派遣将领将苗兵的将领打走，并亲自安抚其部众。处州苗军也发动叛乱，杀害耿再成。朱文忠派遣将领驻屯缙云，谋取处州。后来，朱文忠被授为浙东行省左丞，总制严、衢、信、处诸州军事。同年，张士诚手下的十万军队猛攻诸全，守将谢再兴告急，朱文忠派遣同佥胡德济前去救援。谢再兴再次请求增兵，朱文忠因兵少派不出援兵。正巧此时朱元璋命邵荣讨伐处州乱军，朱文忠便故意宣称徐右丞、邵平章将率大军即日援助诸全。张士诚军获悉，十分恐惧，企图趁夜逃跑。夜半时分，胡德济与谢再兴率领敢死队开门突袭，大败张士诚军，从而保全了诸全。

诸全保卫战胜利不久，发生了一件令朱文忠意想不到的事：诸全守将谢再兴叛变投奔到绍兴张士诚部下去了。先前，谢再兴心腹石总管、縻万户二人，常将军中所得的违禁之物带到张士诚管辖的扬州去变卖，从中牟利。朱元璋知悉后大怒，将石总管、縻万户二人抓到后问罪斩杀，还把二人首级悬于谢再兴的官厅之上。另外，朱元璋还作主将谢再兴的次女嫁给徐达，并将谢再兴叫回听候宣谕，同时派遣参军李梦庚前往诸全节制军马。谢再兴回去后还得听从李的调遣，因此谢再兴大为不满，口出怨言："要我女儿嫁人，不同我商量。又要我听人节制，还有什么权势！"于是，在至正二十三年四月，谢再兴与诸全知府栾凤合谋，执拿朱元璋派来的参军李梦庚、元帅王玉、陈刚，以诸全军马赴绍兴投降张士诚。朱文忠面对的局势又严峻起来。

这年九月，张士诚自称吴王，派谢再兴率兵进攻朱文忠管辖范围内的东阳。朱文忠与处州总制胡深领兵迎战于义乌。朱文忠亲自带领精悍千骑，冲突敌阵，使谢再兴部大败而去。朱文忠和胡深很合得来，在击败谢再兴叛军来犯以后，两人合计，诸全是浙东的屏藩，谢再兴熟悉诸全的防务，现已投张士诚，日后必来攻夺诸全。倘若诸全一失，衢州必不能守。为坚守诸全，二人决定移师在离城五十里的五指山险要处，快筑新城，分兵戍守，以成犄角。朱元璋当初听闻谢再兴叛变之事，急忙派使者驰告朱文忠，要他积极考虑诸全的保卫策略。朱文忠遂别筑一新城离诸全五十里，工程竣工之后，张士诚派遣司徒李伯升领兵十六万，奄至城下，因为新城筑得牢固，没有被攻破，朱文忠、胡深等率兵出战，大败李伯升。

至正二十五年二月，张士信不忘诸全之败，集结人马二十万，遣李伯升挟叛将谢再兴再来进攻诸全的新城。张士信的二十万兵马，摆开阵势延亘十余里，造起庐舍，建起仓廪，意为必拔之计。新城守将胡德济坚壁拒守。朱文忠闻报，率朱亮祖等急驰往救。

在出发之前，大雾弥漫，朱文忠集合诸将，仰天誓曰："国家之事在此一举，我绝不敢贪生而死于三军之后。"诸将用命，全军奋发。朱文忠命徐大兴、汤克明等将带领左军，派严德、王德等率右军，自己统领中军直冲敌阵主营。正在这时，处州胡琛的援军也已赶到，一起奋力搏杀。朱文忠乘大雾稍退之时，带领几十铁骑，从高往下冲去，他提鞍横槊，突进敌阵主营。敌军见是朱文忠亲自冲杀，便调集精悍骑军将他团团包围。朱文忠身处重围，毫不畏惧，反而越杀越勇，只见他持槊左冲右突，逢敌便杀，亲手击杀多名敌人，所向披靡。见此情景，全军振奋，皆英勇杀敌，大获全胜。

至正二十六年秋天，朱元璋的大军讨伐张士诚，朱文忠受命进攻杭州以牵制敌军。朱文忠率朱亮祖等攻克桐庐、新城、富阳，然后进攻余杭。余杭守将谢五，是谢再兴的弟弟，朱文忠给他写信招降，答应不杀他。谢五与谢再兴之子五人出城投降。诸将请求处以死刑，朱文忠不同意。但后来，朱元璋还是下令处死了他们。然后直趋杭州，杭州守将潘元明也投降，朱文忠整肃军队进入杭州。潘元明以歌妓相迎，朱文忠便指挥军队离去，驻扎在高楼，并下令："擅入民居者死。"

一名士兵借用百姓炊锅，被斩首示众，杭州城中因而井然有序。朱文忠获军三万，粮食二十万，被朱元璋就地加封为荣禄大夫、浙江行省平章事，并恢复他李氏之姓，朱文忠改回为李文忠。

至正二十七年（1367年），朱元璋改元，以这一年为吴元年。朱元璋派水军和陆军进攻福建，李文忠另外率军驻扎浦城，进逼福建。返师之后，余寇金子隆等聚众抢劫，李文忠再次讨伐，将其擒获，于是平定建州、延州、汀州。战役过程中，沿途发现不少战火中的弃儿，李文忠命军中都收养起来。作为一位叱咤风云的武将，李文忠身上一直拥有怜贫救孤的侠义情怀。

三、俘获元嗣主嫡长子

在北伐中原的同时，朱元璋派中书省平章胡美为征南将军，江西行省左丞何文辉为副将军，由江西取福建。当时，取福建兵分三路：胡美、何文辉率步骑从江西度杉关，是为正面阵势；汤和、廖永忠由明州（今浙江宁波）以舟师取福州（今福建福州），这是奇兵突起；李文忠由浦城（今福建浦城）攻建宁（今福建建瓯）为疑兵。这三路兵马各有各的作用：正面进攻使敌人以主力应战；奇兵突起使敌方不测所以。李文忠统领军队作疑兵，目的在于分收敌人的兵力。

李文忠挥师急进，章溢的儿子章存道率乡兵随师同往。乡兵熟悉闽中的地理险易，李文忠率部将缪美、镇抚谭济等，领兵三万，攻打浦城。浦城守将胡璃是陈友定部下一名豪悍的将领，屡出死战。缪美、谭济攻了几次，都未能取胜。李文忠再派遣万户武德前往挑战，胡璃几次得胜后，稍有麻痹，对武德不以为然。缪美、武德趁胡璃闭关酣酒而卧之时，冒着夜雨，闯关而入。胡璃慌忙迎战，虽力大勇悍，手刃数十人，但天时大寒，血凝刀刃，终于战败而死。

攻取浦城之后，李文忠并不轻易冒进。军屯浦城，以待汤和舟师消息。这时，胡美、何文辉部队进展顺利，攻克光泽、邵武（今福建光泽、邵武），下建阳（今福建建阳），直逼建宁。汤和、廖永忠督师扬帆出海，不几天即至福州五虎门，驻师南台。后来，水陆两路分别挺进，克建宁后，两军相距不过百里。延平大震，陈友定督师出战，又败于汤和。汤和奉命招降陈友定，遭到拒绝。陈友定派儿子宗海出守将乐（今福建将乐），延平被围。手下部众多有逾城而遁的。李文忠和胡美、廖永忠等率部四面攻战，陈友定无法抵御，饮药将绝时，被疾雷震醒。宗海自将乐赶来救援，也一起被俘。南征告捷。

比起南征，李文忠在北伐中建功尤为显著。李文忠在洪武二年（1369年）春，作为偏将军，随从右副将军常遇春出塞，率步骑九万，从北平出发，在锦州，杀败敌军江文清，在全宁（今辽宁翁牛特旗）又赶跑了元将也速。接着，李文忠配合常遇春进攻大兴州（今河北滦平县西南），将千骑分八面埋伏，出奇兵攻破城池。守将连夜逃遁，被全部擒获。常遇春克捷后，元帝北逃，又通奔数百里，俘获元宗王庆生、平章鼎住等将士万人，战车万辆，马三千匹，牛五万头，还有其他许多战利品。

蓟北既平，部队回师。常遇春准备率部回庆阳，协攻张良臣，不料到了柳河川，暴疾而亡，年仅四十。朱元璋命李文忠代常遇春之职，趋会徐达部队，助攻庆阳。同年八月，李文忠领军至太原，巡卒来报，元将脱列伯等围攻大同，情况危急。李文忠对此不能不顾，对左丞赵惟庸说："我等受命以来，于国有利的事，理当决断而行。将在外，君命有所不受。如今大同被围困告急，不能坐而不救。"部众皆以为然，就出兵雁门，至马邑，猝遇元平章刘帖木儿，率数千游骑前来，李文忠率师迎头痛击，杀败敌骑，擒刘帖木儿，进军白杨门。

当时天色将晚，狂雪纷飞，李文忠虽已择地安营，只见漫山皆白，他不敢放心休息，引数骑巡察四周。觉得山前山后雪地上似有行人踪迹，于是策马回营，命令部下立即移营，前行五里，找到有河之处，才阻水扎寨。诸将有对此感到纳闷的，李文忠说道："我看前山雪径，很可能有伏兵出没，今移营于此，仍须鞍马以待，静候号令。如有妄自行动，军法具在，不得容情！"元兵果然半夜来劫，李文忠下令营中，只准守，不准战。这样坚壁不动，待到天明，敌兵大批赶到。敌帅脱列伯料知营中有备，正欲麾兵退却，李文忠先发二营挑战，戒饬不得稍退。二营兵与敌相搏死战，李文忠怡然自若，并不全师出击。直到敌军确已疲惫不堪，才指挥精兵分两路驰入敌阵。敌军惊慌失措，四处逃遁。元兵大败，统帅脱列伯被俘，另俘斩元兵计有万余人。李文忠率兵穷追至莽哥仓而还。后来，元顺帝组织了几次反攻，都损兵折将，遭到失败。他没有力量再南下，打消了重回大都的念头。

洪武三年（1370年），元顺帝死去，皇嗣爱猷识里达腊继立。朱元璋再下令北伐，仍命李文忠为左副将军随徐达出师，分头并进。李文忠率军十万，兵出居庸关，降服了兴和（今河北张北），进兵察罕脑儿（今内蒙商都），擒元平章竹贞。紧接着，乘胜捣开平（今内蒙正蓝旗东北）。元平章上都罕等，无法抵挡，只得献上开平图籍，到军前乞降。李文忠趁爱猷识里达腊刚刚继立，立足未稳，领军兼程倍道往赴应昌（今辽宁克什克腾旗西北）。元嗣主接警报，率部拼命北逃。李文忠紧追不已，俘获其嫡长子买的里八刺，以及后妃宫人和诸王将相官属数百人。应昌城破之后，李文忠率军径入城内，搜得宋、元玉玺、金室十宝，玉册二，镇圭、大圭和玉斧等物，并驼马牛羊无算。

李文忠又挥师追赶元嗣主，直抵北庆州（今辽宁林西以北），未及而还。道出兴州（今辽宁铁岭南），遇元国公江文清，战不数合，将江文清擒住，降兵有三万七千人。李文忠率兵至红罗山，又降杨思祖的部众一万六千多人。当即遣使告捷，并押解买的里八刺等直到京师。朱元璋和群臣商量，杨宪提出献俘太庙，朱元璋说："古时有献俘的礼仪，现在对元朝不适宜。元主中国百年，我等父母均为元朝之民，后主不肖，乃致灭亡，怎能将他子孙献俘太庙？"于是，将买的里八刺封为崇礼侯。

徐达、李文忠等振师回京，至龙江，朱元璋亲自出郊劳军，还都欢宴。洪武三年（1370年）十一月，朱元璋亲御奉天殿受朝贺，大封功臣，三十一岁的李文忠，被授予开国辅运推诚宣力武臣，特进荣禄大夫、右柱国、大部督府左都督，封曹国公，同知军国事，食禄三千石，赐诰命铁券。在论功行赏时，朱元璋称赞李文忠"威震沙漠，俊功益著"，认为李文忠"逐前元太子，获其皇孙，妃嫔，重宝，悉归朝廷，此功最大"。

四、受惊吓一病不起

洪武五年（1372年）正月，朱元璋又发兵北征。徐达为征虏大将军，李文忠为左副将军，冯胜为征西将军，率师十五万，分三道进攻。徐达出雁门为中路，扬言趋和林，而实际上诱敌来袭而击破之；冯胜由西路出金州、兰州，取甘肃，以疑敌军。李文忠部由东道北征，率都督何文辉等，出居庸关，趋和林。

李文忠兵至口温河，元军遁去。进至胪朐河（外蒙古乌兰巴托东南），留部将韩政等守住辎重，李文忠自率骑兵，每人带二十天的粮食，倍道急进，疾驰至土剌河（今外蒙古乌兰巴托西南）。元太师蛮子、哈剌章，领军来拒，列阵阿鲁浑河岸，军容甚盛。李文忠督兵以战，元军麾众直上，围裹拢来。元兵越来越多，宣宁侯曹良臣，指挥使周显、常荣、张耀等，陆续战死。李文忠也马中流矢，下马持短兵器格斗。偏将刘义以身蔽李文忠，直前奋击。指挥李荣将自己所乘坐骑让给李文忠后，又夺得敌骑冲杀。李文忠得马，复据鞍横槊，当先突围。士兵们都拼死搏斗，将元军杀退，虏获万计。追到称海，元兵又大集来围，李文忠据险自固，多张疑

李文忠墓

兵。敌恐中伏，皆引去。李文忠也椎牛飨士而还，不料迷失道路，至桑哥儿麻，军中乏水，乘骑刨地，泉涌出而得水。回京师后论功，因为这次战役敌我双方胜负相当，曹良臣、周显等将战死，李文忠未受赏。尽管如此，阿鲁浑河之战令李文忠一生难忘。

洪武六年（1373 年）朱元璋命李文忠在北平、山西一带练兵备边。其后多次北征，杀敌甚多。洪武十六年（1383 年）朱元璋授命李文忠兼领国子监事。当时在国子监就读的多为勋贵武臣子弟，他们对朱元璋委任的前几任祭酒（校长），并不放在眼里，不服管教以致教育成效不显著，非得有威望重臣坐镇才行，于是有这个任命。四十多岁的李文忠，前程辉煌，却不料竟会祸起萧墙。

李文忠曾对朱元璋提过很多建议，朱元璋以前都采纳，但随着统治地位确定，李文忠的不少建议和劝告，朱元璋听了就觉得不再顺耳，甚至迁怒于李文忠身旁的儒士食客。李文忠曾劝告朱

李文忠墓地保护碑

元璋对部将要少加诛戮，还说朱元璋身边宦官过多，天子不可多近刑人，宜加裁减。胡惟庸案发后，有人告发胡私通日本，朱元璋一度想兴师远征，李文忠又出来阻谏。这许多事都不称朱元璋的意，“积忤旨”，致使朱元璋勃然大怒，认为一定是李文忠身边的儒生门客出了坏主意，不但对李文忠严加训斥，还下令把李文忠身边的门客都杀了。对朱元璋的为人深有所知的李文忠，经不起这场惊吓，终于一病不起了。

李文忠是在洪武十六年（1383 年）十二月病倒的，第二年春病情加重。朱元璋先派太子前去看望，接着又亲自临视，“抚悼良久”。朱元璋探视后的第二天，李文忠就去世了，年仅四十六岁。

洪武十九年，李文忠之子李景隆袭封曹国公。朱元璋诰书中说：“前朕姊之子李文忠，朕命居群将之列，功至公位，呜呼，非智非谦，几累社稷，身不免而自终。”要李景隆“慎鉴前辙”，吸取其父教训，“戒前人之失，戒慎之，毋泛言，毋徇势”。至于朱元璋对李文忠不满的具体原因，由于朱棣登上皇帝宝座后对文字的反复清洗，现在是无法看到了。

李文忠逝后，朱元璋追封他为歧阳王，谥武靖，并亲自作文致祭。配享太庙、肖像功臣庙，李文忠都是排在徐达、常遇春之后而位列第三。对于李文忠的早逝，朱元璋的感情是复杂的。

第二节　家族传世久远的西平侯沐英

一、十二从军征

洪武二十五年（1392年）六月下旬的一天，从遥远的昆明送来一份快报传到朱元璋手中，这位沉浸在太子朱标早逝悲伤中的老皇帝，看完快报，不禁老泪纵横，当即辍朝。原来，镇守云南的大将西平侯沐英在六月十七日去世了。沐英是在昆明得知皇太子朱标的死讯，感念自幼总角相交的手足深情，悲痛欲绝，以至呕血不止，而溘然长逝的。终年仅四十八岁。朱元璋派遣官吏前往致祭。祭词中有"使我无西南之忧者，英之功也"之句。灵柩至送京师应天，朱元璋派中官临祭，追封沐英为黔宁王，谥号昭靖，配享太庙。

沐英像。原供奉于太华寺的《沐氏十二世遗像》中的一幅，现藏云南博物馆。（沐英后人沐广飞提供）

沐英，字文英，定远

（今安徽定远）人。生于元顺帝至正五年（1345年），其家穷苦，父亲早逝，随母度日。

江淮地区红巾军起义爆发时，沐英7岁。他跟随母亲到处躲避兵乱，可是不久母亲就死在逃难的路上。第二年，8岁的沐英流浪到濠州城，被朱元璋发现并收留，朱元璋与马氏夫妇此时膝下无子，就认沐英为义子。沐英改姓朱，叫朱英，在朱元璋夫妇身边生活。朱元璋夫妇待他就像自己的亲儿子一样，不仅教他识字读书，还教他如何带兵打仗。朱英在战乱、兵营、征途中度过了童年。

至正十五年（1355年）九月，朱元璋的长子朱标在太平陈迪家出生，生母即是马氏。当时，郭子兴已死，朱元璋成为郭部起义军的实际首领，起义军强渡大江，攻拔采石、太平，又击败陈野先，准备进攻集庆。正是羽书旁午、戎务倥偬之时，朱元璋喜得贵子，却无暇消受这天伦之乐。他一方面要筹划对集庆的进攻，一方面还要部署打破蛮子海牙对大江的封锁，沟通太平与大江对岸和州的联系。朱英就和朱文正、李文忠、何文辉等一起承担起陪伴朱标的任务。朱英一边习文课武，一边细心地照料小弟弟，他把对朱氏夫妇的感激之情都倾注到小弟弟朱标身上，对小朱标照顾得细致入微。后来他们这对异姓兄弟逐渐培养起了深厚的感情。有时，朱英不小心做了错事，朱元璋很生气，正要发火，小朱标看见了，赶紧把马氏找来劝解，朱元璋也只好收起雷霆之怒。当然，朱元璋看到他们兄弟之间的情谊深厚，心里也是很高兴的。他们这种手足深情，久而弥笃。

朱元璋第三次进攻集庆（今江苏省南京市）时，朱英年仅十二，就随军出征，侍奉朱元璋，不辞辛劳。随着年龄增大，朱英逐渐长成了勇敢俊秀的青年，朱元璋和马氏都很喜欢他，朱元璋外出带兵打仗，朱英就守卫在朱元璋的军帐内。他总是兢兢业业，夙夜不懈，为保卫朱元璋的安全尽心尽力。

沐英像。故宫博物院藏（沐英后裔沐广飞提供）

十八岁时，朱英开始担当军事重任。这一年，对朱元璋来说是多事之秋。浙东前线发生几起反叛事件，先是金华苗兵作乱，苗帅蒋英、刘震等谋杀大将胡大海；其后处州苗帅李祐之，贺仁德谋杀处州守将耿再成。这两处叛乱虽被李文忠、邵荣等平定，但叛将裹胁大批兵士投降张士诚，这对朱元璋的整个作战部署影响很大。其后不久，南昌又发生了祝宗、康泰叛乱事件，朱元璋不得不把在湖广前线围困陈友谅的主力徐达部调来镇压。这时朱元璋的兵力部署大有捉襟见肘之感。此前，朱元璋任命朱英为帐前都尉，掌管侍卫工作。为了加强东线防御力量，确保应天的安全，朱英被派往镇江，守卫应天的东大门。与此同时，朱文正被派往南昌，全面负责江西前线的防守重任。在守卫镇江的这段时间里，朱英和守卫常州的汤和，守卫江阴的吴良、吴祯兄弟协力同心，共同抵御张士诚军的进攻，使朱元璋得以全力经营西线战事，消灭陈友谅集团。

二、恢复沐姓

至正二十七年（1367 年），朱元璋派水军和陆军取福建，朱英领兵自西进攻，攻破江西、福建交界处的分水关，第二年二月，占领崇安（属今福建省武夷山市），又攻破闵溪十八寨，俘虏陈友定部将冯谷保。朱元璋命他恢复沐姓，同时，授予沐英统管闽北、闽西军务的重任，调任建宁卫指挥，并命他移师镇守建宁（今福建三明建宁县），节制邵武、延平、汀州三卫（皆属福建）。这一年，沐英 23 岁。

沐英复姓以后，由于他和朱元璋的特殊关系，其地位仍然和其他军事指挥官不同。他在建宁卫指挥任上干了不过三年，即于洪武三年（1370 年）擢授镇国将军，升任大都督府佥事，被调回大都督府处理所辖事务。一年后，又升任大都督府同知，成为明朝军队最高指挥机关的决策人物之一，进官阶为荣禄大夫，这在当时也是一种特殊的恩宠。沐英任职大都督府期间，正值明军四处征讨，各地文书像雪片一样涌到大都督府来，沐英年轻精干，反应敏捷，精力充沛，面对着案上堆积如山的文案卷宗，他一件件地认真阅读处理，夜以继日，速度既快，效率又高，而且事事处理得当。大都督府里的办事人员都很佩服他的工作能力和玩命精神。高皇后马氏也多次在朱元璋面前夸赞沐英有才干，朱元璋经过抽检沐英处理过的文稿，也由衷赞赏。

洪武九年（1376 年）十二月，沐英奉朱元璋之命，乘坐驿站车到陕西各地了解民间疾苦，并享有遇事先行处理然后奏报的特权。沐英此行似带有了解陕甘川藏一带情况的使命，以便谋划进攻吐蕃的军事行动。当时，朱元璋已经统一了除云南和辽东金山以外的全国领土，乌斯藏（今西藏大部分地区）宗教领袖喃加巴藏卜及公哥监藏巴藏卜、答力麻八剌等多次派遣使者朝见，表示拥戴新王朝，并愿与明王朝友好相处。朱元璋出于封建帝王“天下独尊”的心理，对此非常高兴，赐赉甚厚。以后，乌斯藏不断遣使入贡，但贡使在川藏一带屡被吐蕃阻截，贡使被杀害，贡品被抢掠。乌斯藏设法派遣使者把贡道梗阻的情况报告明王朝。朱元璋听到这一消息，自然十分恼火，故而派遣沐英前去考察，筹划打击吐蕃，恢复贡道的军事行动。

第二年四月，沐英以征西副将军的身份，随从征西将军邓愈西征吐蕃。他们率京畿及西北卫所兵十万，分三道向吐蕃发动进攻。沐英率西北卫所兵西渡黄河，直抵昆仑山（今积石山）下。进军途中，正值阴雨天气，大雨滂沱，一连下了十几天。四月的积石山区，气温还很低，寒冷的阴雨给这次军事行动带来很大的不便。粮饷不能及时运来，不少士卒病倒在路途中。沐英不畏困难，与士卒同甘共苦，没有吃的，他和大家一起忍饥受饿，还把自己所带的干粮拿出来分给大家吃。生病的士兵，他亲自敷药调汤，协助军医治疗。因此，虽然环境险恶，困难很多，但是大家同心协力，共度难关，士兵们士气高昂，皆愿效力疆场。沐英率军四处出击，转战千余里，穷追至昆仑山，大破吐蕃兵，俘虏士卒以万计，缴获战马五千匹，牛羊十万余头。班师凯旋途中，征西将军邓愈病死，沐英带领大军还应天。朱元璋论功行赏，进封沐英为西平侯，赐号开国辅运推诚宣力武臣，阶荣禄大夫，勋柱国，食禄二千五百石，授以铁券，使子孙世袭。

不久，沐英奉命再度经营陕甘川藏一带防务。洪武十一年（1378年）七月，他组织民工修筑岷州城（今甘肃岷县），作为捍御西北的军事重镇，以阻止西番的侵扰。同时又设置了岷州、碾北（今青海乐都）二卫，以加强西北边陲的防御能力。同年十一月，因西番各部屡为边患，沐英奉命为征西将军，率都督蓝玉、王弼等将京师及河南、陕西、山西兵征讨西番。沐英率军日夜兼程赶往河州（今甘肃临夏东北），在土门峡（今甘肃临夏西南）大败西番兵，俘虏万户乞迭迦等。其后，洮州十八族酋长舒朵儿、只都、乌都儿三副使（即元朝所授枢密院副使）及瘿嗉子、阿昌、失纳等据朵甘、纳邻七站之地反叛朝廷，朱元璋命沐英移师进讨。

沐英率都督蓝玉、王弼等掩袭洮州旧城，番酋三副使等望风

茶马古道图

沐英墓在南京将军山。位于定远县定城镇定西村的沐英墓应为其衣冠冢或是其祖墓。

逃遁，沐英挥师追击，俘获番酋阿昌、失纳等，斩杀甚众。乘胜攻占洮州。占领洮州旧城后，沐英仔细考察洮州一带山川地势，在东笼山南川修筑新城，留兵戍守，并设置洮州卫（今甘肃卓尼新城镇）。

征讨西番的战争取得胜利以后，沐英又被调往北部前线，两度参加讨伐北元的战争，均立下了赫赫战功。

三、进军云南

洪武十四年（1381 年）九月，沐英从北部边疆调往西南，以征南右将军的身份随颍川侯傅友德率师进攻云南。当时，明王朝已基本完成全国统一大业，唯有云南一隅尚在元梁王统治之下，依然服从逃往漠北的元朝残余势力的号令。除此以外，云南还有在政治上隶属于元朝，但享有内部主权的白族土酋段氏家族控制着大理一带地区。当时的梁王把匝剌瓦尔密与土酋段明之间不断发生战争。朱元璋原打算和平解决云南问题，先后派遣使者王祎、吴云前去说降，均为梁王所杀。于是，朱元璋决心用武力平定云南。征南大军集兵三十万，分两路进发：一路由四川永宁（今四川叙永）进攻乌撒（今云南威宁），另一路即沐英跟随傅友德大军由辰州（今湖南沅陵）、沅州（今湖南芷江）一带直趋贵州，从东面威胁云南，作为主力。

东路主力军一路进展顺利，攻下普定（今贵州安顺）、普安（今贵州音安西），留下少数兵驻守，然后兵锋直指滇东南重镇曲靖（今云南曲靖）。同时，分派少数部队抢渡可渡河（今贵州境内六冲河），奇袭七星关，攻占毕节，以沟通与北路军郭英等将领的联系。元梁王把匝剌瓦尔密得知明军攻下普定的消息，急遣司徒平章达里麻率领精兵十余万，屯驻曲靖，以阻挡明军进攻，屏障昆明的安全。于是，明军平定云南的一场关键性战役在以曲靖为中心的地区展开了。

曲靖大战之前，沐英分析了双方的作战态势及心理，对傅友德说："云南兵驻屯在曲靖，企图以逸待劳，一举将我军消灭在白石江畔。然而，他们自认为我军深入疲劳，而且按正常的行军速度计算，也不会马上赶到。因此他们必然懈怠，防备必然松弛。如果我军兼程前进，出其不意，攻其不备，采取兵书所说'批亢捣虚'的战术，必取胜无疑。我军攻下曲靖以后，乘胜前进，其余地方可传檄而定。"傅友德认为他的分析有理有据，深表赞同。于是连夜召集将士商议，全面部署，激励士兵树立必胜信念。然后率

沐英墓残存的石雕，雕刻精美。

领大军翻越崇山峻岭，穿过莽原林海，直奔曲靖。

第二天拂晓，当大军赶到曲靖城外数里的地方时，忽然大雾四起，弥漫山野，数步之外不见人影，这种天气给他们的军事行动带来了很大的便利。沐英率领先头部队，利用大雾作掩护，神不知鬼不觉地赶到白石江边，依水列阵。不久大雾消散，明军已经隔江列好阵势。达里麻做梦也没有料到明军竟从天而降，已经抵达曲靖城外，不禁大惊失色，仓皇间不知如何措置。元军工兵也个个惊慌，尚未交手先已气馁三分。白石江宽仅里许，水浅的地方仅没过膝盖。众将士纷纷请求渡江决战，傅友德也想马上渡江一决雌雄。

沐英审时度势，决定以巧取胜，他对傅友德说："我军远程赶来，列阵对峙，当然利于速战。然而我们现在就渡江决战，恐怕伤亡太大，而且，若敌军利用我们半渡之机发动猛攻，胜败就难以预料。不如采用明修栈道、暗度陈仓的办法，引诱敌军上钩。"傅友德接受了沐英的建议，立即集结部队赶到江边，擂鼓鸣金，佯作渡江之势，达里麻见状，赶紧派遣精锐部队列阵江岸，准备阻击渡江明军。这时，沐英另派数十名士卒从下游偷渡过江，绕到敌军背后，鸣鼓吹角，大张声势，又在山林间遍树旗帜以迷惑敌军。达里麻没料到背后会出现明军，十分惊惧，急忙回师抵御。敌军阵脚一乱，沐英拔出剑来，督促士兵赶快渡江。士卒中有数百名勇猛会水的，手持长刀、盾牌，一气渡过江去。他们用盾牌抵挡元军的刀箭，用长刀仰面上砍岸上的元兵。敌人前军抵挡不住，略一退却，数百名明军一涌上岸，以一当十，奋勇冲杀，后继明军纷纷跟上。元军士气低落，后退数里结阵而待。

明军很快全部渡过白石江，将士们个个勇气倍增。人人都想杀敌立功，威风凛凛地冲入敌阵，奋勇争先，挥刀冲杀，刀枪齐举，火炮交发，鼓噪之声震天动地。接战数个回合，双方未分胜负，沐英看到敌军士气不振，便亲率骑兵数百人直捣敌军中坚，杀死敌军数百人，左右横击，敌兵望风披靡。明军乘胜掩杀，生擒司徒平章达里麻，俘虏甲士二万余人、战马万余匹。敌军死者不可胜数，横尸十余里。

在这次进军云南的关键性战役中，沐英根据敌我双方的兵力构成及心理状态，审时度势，扬己所长，克彼所短，一举聚歼云南元军主力，为平定云南奠定了基础。

四、独自率兵镇守云南

曲靖大战结束后，沐英等好言劝谕元军俘虏，使其归顺朝廷，然后把他们全部释放，遣送回家。这些俘虏及其家属们对明军优待俘虏的政策十分感激，消息传出以后，远近的老百姓纷纷箪食壶浆，以迎王师。明军声威大振。紧接着，分兵两路向云南腹地进击：一路由沐英等率领，直趋昆明；一路由傅友德率领，进攻乌撒，以声援北路军郭英等部。

梁王把匝剌瓦尔密得知达里麻在曲靖惨败，元军主力全军覆灭，仓皇失措，从昆明逃入罗佐山。他的属下右丞驴儿从曲靖逃归，把曲靖大战达里麻失败被擒的经过详细报告给他，驴儿惊魂未定地说："事情已经发展到这种地步，我们该怎么办才好呢？"梁王只是摇头叹气，也想不出什么好的办法。他反复思量一下，眼前除了投降，就只有自杀"殉国"一条路可走了。于是，他连夜携带妻子与左丞达的、右丞驴儿一起逃到晋宁忽纳砦（今云南澄江晋城西北），驱赶其妻子跳入滇池自杀，他本人与达的、驴儿夜入路旁草舍，自缢而死。

同年十二月二十三日，沐英等帅大军到达昆明城外板桥（今昆明东大板桥），梁王右丞观音保率百官出城迎降。翌日，大军抵达金马山（昆明东），梁王太监也先帖木儿到军门前献上梁王印符、金宝，昆明城内老百姓焚香出迎。沐英等率大军列队入城，军容整肃，纪律严明，秋毫无犯，老百姓人心安定。世代盘踞云南，统治长达一个世纪之久的梁王家族被推翻了。

大理倚山面水，形势险要，易守难攻。土酋段氏统治这块地方，已有四百多年的历史。元宪宗蒙哥率大军征云南，占领大理后，仍然录用段氏管理当地事务，因此，大理地区虽然名义上属于元朝政府管辖，也设置了路府州县各级行政机构，但却处于半独立状态，实际上由段氏家族控制。大理城背倚点苍山，东临洱海，南北有龙首、龙尾二关。龙首关在大理北面，又称上关，龙尾关在大理南面，又称下关。两关控扼洱海，为大理屏障，均为南诏时代皮罗阁所筑。高山雄关，形势峻险。

段明之前的土酋是其父段宝，于洪武十四年（1381年）卒，段明继任总管。一年不到段明去世，其叔父段世接任总管。段世得悉沐英率大军前来征讨，便把部队集结于下关，扼关以守，企图依仗雄关天险，阻止明军对大理的进攻。沐英等率师到达品甸（今云南祥云），见段军已经集结列阵，为分散敌军兵力，派遣定远侯王弼率军顺洱海东岸北趋上关，以为犄角之势。沐英等麾军直抵下关，安营扎寨，赶造攻城器械。沐英见龙尾关形势险峻，强攻必然会带来很大伤亡，于是与蓝玉商定计谋，趁夜间天黑派遣都督胡海洋出石门关，抄小路渡河，绕到点苍山后面，借助树木攀登悬崖峭壁，直抵龙尾关背后的高山上，斩木为竿，遍竖旗帜，以迷惑段军视听，动摇其军心。

云南大理千寻塔，其上有黔国公沐英后裔题刻的“永镇山川”

翌日，天刚破晓，沐英率军抵达龙尾关前。仰见关后高山上明军旗帜布满山头，风过旗扬，气势雄壮。守关段军大出意料，惊慌失措。趁此机会，沐英身先士卒，拍马渡河。河水深过马腹，沐英抖缰勒马而前。战马嘶鸣，一吼而过，众将士紧随其后，一鼓作气，直抵关下。然后架起登城云梯，轮番猛攻。山上胡海洋部也大声呼喊着杀将下来。守关段军两面受攻，抵敌不住，沐英等很快攻破城堞，破关而入。土酋段世就擒。统治大理地区达四百多年之久的段氏家族覆亡，大理纳入明王朝的直接控制之下。

随后，沐英分兵进取鹤庆、丽江，攻拔石门关（今云南丽江石鼓附近），平定金齿（今云南保山）。摩些（今云南丽江一带）、和泥（今云南红河）、车里（今云南西双版纳）、平甸（今云南陇川）等地部族酋长，慑于明军的威势，相继前来归附。云南各地也纳入明王朝版图。2001 年 4 月下旬，我和作家刘萧去丽江，住在四方城，当晚听纳西古乐，宣科先生说纳西古乐实为中原宋、元音乐，当年是朱元璋的征滇大军带来的。包括丽江的古建筑，多为徽派风格，也是征滇大军带来的。把中原先进的文化带进云贵，是

沐英墓地倒在草丛中的石羊

沐英的更大功劳，也是淮西集团的历史贡献。

为确保云南的安定，加强明王朝对云南地区的控制，沐英等上奏朝廷，将乌撒、乌蒙、东川、芒部、建昌、会川（今云南会理南）、普定、普安等地分隶四川、贵州，并在云南各地设置府、州、县，宣慰司、长官司等行政机构，分设卫、所，部署军队镇守各地。

朱元璋对沐英等在云南各地的艰苦作战给予高度评价，他遣使慰谕沐英等，说："卿等南征诸夷，兵临普定，如风行草上，风去草仰，致有小疵。及入云南，擒首帅曲靖之西，败乌蛮可渡之北，席卷金马、碧鸡，摧坚敌于点苍山下。金齿不战，率土而降，雕题闻知，献生遣贡。檄从百夷之种，威来八佾之邦。将军劳至矣，欲劳饮用，奈山川险远，特出朕心是敕。"

洪武十六年（1383 年）三月，颍川侯傅友德、永昌侯蓝玉奉诏率征南大军班师回朝，西平侯沐英留镇云南。从此以后，沐英独自率兵镇守云南，直到他生命的最后一刻。

沐英死后，他的子孙世代镇守云南，直至其十三世孙沐天波跟随南明永历帝败入缅甸，于清顺治十八年（1661 年）为缅人所执杀，才结束了沐氏家族在云南的统治。《明史》称沐英"以英年膺腹心之寄""威震遐荒，剖符奕世，勋名与明相始终"。他的家族是明朝开国功臣中唯一的一个独霸一方、传世久远的家族。淮西集团群英中，能够和朱明王朝一直共生共荣的只有沐英和他的后人。

第五章 ‖ 渡江及其后融入的“公” “侯”

在和州渡江前夕，先是常遇春来投。接着朱元璋又只身到巢湖，说服廖氏兄弟和俞家父子，把他们纳入麾下。这些人都逐渐融入淮西集团，也成为了淮西集团的中坚力量。傅友德投效朱元璋是最晚的，也不是淮西人，但他出生的淮北离淮西不远，在地域上是有亲缘关系的。他不但融入了淮西集团，而且还先封侯，后晋公。只可惜，后来死得太惨烈。

当年常遇春存身的常山岭，现为南谯区章广镇常山村所在地。

第一节　为儿子荫封郑国公的常遇春

一、传说曾在滁州常山岭存身

常遇春，字伯仁，号燕衡，濠州怀远（今安徽怀远）人。此说存疑,《明书·常遇春世家》作定远人,待考。元文宗至顺元年(1330年），出身于贫苦农民之家。青少年时期，不甘心于老死田间，因而随人习练武术。家贫，无力支付学费，他就以多出力干些勤杂工换取学习机会。长大成人之后，常遇春体貌奇伟，身高臂长，力大过人，精于骑射，十八般兵器样样精通。

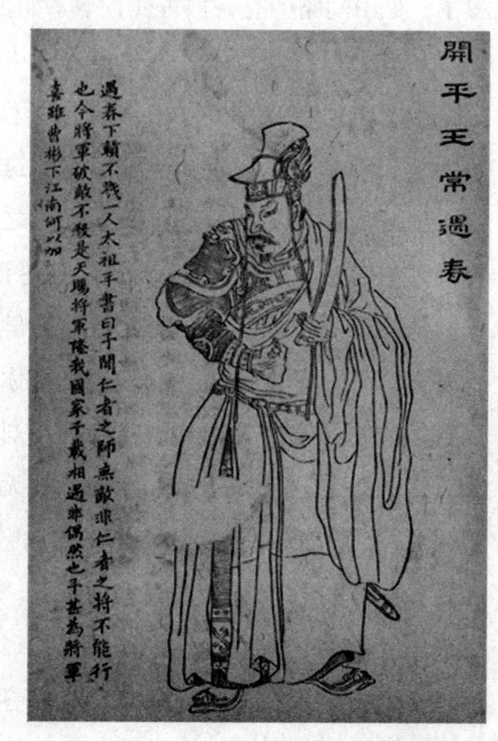

开平王常遇春

生长在盗匪和义军蜂起的年代，在贫困和潦倒中挣扎的常遇春，不愿意忍受饥饿的折磨，仗着一身好武艺，就投奔活动于怀远、定远一带的绿林大盗刘聚。刘聚见常遇春有勇力，让他当十夫长，并引为心腹。常遇春跟随刘聚拦路抢掠,入宅为盗。起初颇觉新鲜，既能大碗喝酒，大块吃肉，又能分得银两。数月之后，常遇春发现刘聚只知打家劫舍、四处抢掠，并没有什么打算或远图，他就萌发出脱离盗群，另寻出路的念头。至正十五年（1355年），他听说朱元璋在滁州、和州发展势头迅猛，是成大气候的人，四月的一天，就带着十几个手下，急速赶往和州。

这一年，常遇春26岁，跟随刘聚当强盗已经三年了。滁州市南谯区章广镇常山岭，传说是当年常遇春存身的地方。常山岭就是因为常遇春而得名，早年还有一些风物可以佐证。他究竟是不是在常山岭落草后再去投奔朱元璋，现在已无法考证。

据明人高岱《鸿猷录》等记载，时值初夏，常遇春和手下走累了，见田间路旁有一棵古槐，亭亭如盖，众人都跑过去休息。常遇春从皮囊里喝了点水，忽然见一个人身披铠甲、手执金盾向他走来，朗声高叫："快起来！快起来！你的主君来了。"常遇春矍然而醒，原来是躺在古槐下睡着了。这时果然有人率兵从田间经过，他赶忙起身上前拜迎。互通姓名之后，才知道眼前正是他想要投奔的朱元璋，不禁大喜过望，便恳请朱元璋将其收入帐下。

朱元璋见常遇春身材魁梧，体魄健壮，对他颇有好感，只是不知其底细，不由态度冷淡地问："你是不是挨了饿，想到我这里找饭吃？"常遇春回答说："我在刘聚手下打家劫舍，并不愁衣食，只是刘聚只知抢掠和盗窃，并无大志。我听说将军是位贤明智者，因此前来投奔，为将来的前程愿效死力。"朱元璋问："你能跟我过江打仗吗？"常遇春回答："将军指到哪里，我愿打到哪里，渡江之日，愿为先锋。"朱元璋觉得他言语忠恳，是个厚道人，就把他留了下来。从此，常遇春弃盗为良，开始了追随朱元璋南征北战的戎马生涯。

二、采石矶上留下大脚印

六月初二，朱元璋率领徐达、冯国用、邵荣、汤和、李善长、常遇春、邓愈、耿君用、毛广、廖永安等将领横渡长江，向太平进发，大军进至采石矶，遇到元兵阻击。朱元璋在船队前面，先抵达采石矶。采石矶是长江南岸位于太平（今当涂）东面、集庆（今南京）西面的一座石山，据说三国东吴时，此处曾产五彩石，得名采石。又因其形状如蜗牛，又有“金牛出渚”的传说，故又名牛渚矶。它和岳阳城陵矶、南京燕子矶，合称“长江三矶”。其山势险峻，风光绮丽，素有“千古一秀”之誉。古往今来，吸引着许多文人名士，如白居易、王安石、苏东坡、陆游、文天祥、萨天锡等来此题诗咏唱，特别是唐代大诗人李白在这里饮酒赋诗，相传最后因酒醉赴水中捉月而死，更增添了神秘的色彩。采石矶突兀江中，绝壁临空，扼据大江要冲，水流湍急，地势险要，自古为兵家必争之地。

元兵在矶上列阵以待。船小岸高士兵难以上岸。长此下去，不仅船队漂浮江上，士气受挫，而且会招致采石方面元军的增援，给整个渡江战役带来困难。朱元璋万分焦急，却束手无策。正在这时，常遇春飞舸赶到，一手执戈，一手划船，飞也似的冲到矶下，挥戈直刺矶上元兵。元兵见常遇春单枪闯阵，遂手抓其戈，企图擒捉常遇春。常遇春趁元兵抓住长戈的一瞬间，借力顺势跃上石矶，呼叫着杀入敌阵。矶上元兵不料常遇春如此勇悍，吓得胆寒肝裂。朱元璋乘机督军掩杀，一举攻破元军阵地。然后，乘胜拔除采石，攻占太平。常遇春单枪闯阵对渡江战役的成功起了重要作用，朱元璋特授予他总管府先锋，接着又升为总管府都督。

现在到采石矶燃犀亭西侧的盘山石阶扶链而下，依然可见一块巨石悬空横出，飞临江面之上。巨石边沿有一个一尺八寸长的脚印，深嵌在石面上，脚印的后跟处岩石掉了一块，仿佛是被踩掉了似的。传说这个大脚印就是常遇春当年所留。据说，常遇春飞身踏上江边把岩石踩掉了一块。今天，这个巨人的脚印，依然给人一种踏破千军如卷席的豪迈。

朱元璋攻占太平后，在江南有了立足点，他令常遇春率军守卫溧阳，配合主力进攻集庆。

风光旖旎的采石矶，依然在述说朱元璋和常遇春的传奇（摄影：严英健）

占领集庆，朱元璋将其改名为应天。其后，常遇春在相当一段时期内都是跟随大将徐达在镇江、常州等地发动攻势，先后占据镇江、常州。常遇春因解围破城之功，晋升为统军大元帅，转中翼大元帅。

攻下常州后，常遇春又与徐达一起挥师南下，攻打宁国。元守将别不华、杨仲英、朱亮祖等闭城拒守。其中守将朱亮祖凶悍善战，手执一柄长枪，有万夫不当之勇。他多次出城搏战，诸将对他都有畏惧之心。常遇春挺枪拍马而出，在阵前与朱亮祖交手，大战数百回合，仍难分高下。常遇春身上多处负伤，包扎好伤口，仍带伤攻城。酣战不已。朱元璋闻讯，亲莅宁国前线督战，众将士很受鼓舞，士气大振，奋勇登城。元军守将见势不妙，只好开门迎降。朱亮祖被擒，朱元璋喜其骁勇，下令松绑，收作部将。这一仗俘虏敌军十余万，缴获战马二千匹。常遇春

采石矶上长达 1 尺 8 寸的常遇春大脚印（摄影：陶健）

身先诸将，奋勇搏战，斗悍将，摧敌锋，身上多处负伤仍裹伤以战，表现出非凡的毅力和坚强的性格。

至正十七年（1357年）八月，常遇春等率军袭取江阴马驮沙（今江苏靖江）。十月，与廖永安一起率水军自铜陵进攻池州。他们联合陆路李文忠的部队，只用一个时辰就攻破池州北门，众将士一拥而上，一举攻拔皖南重镇池州。当天傍晚，陈友谅率战舰百余艘前来，企图夺回池州。常遇春会合诸将一鼓作气将其击败。因功劳卓著，常遇春被授予江南行中书省都督马步水军大元帅。

朱元璋为了进一步扩大江南根据地，决定亲自出兵浙东，进兵婺州（今浙江金华）。至正十八年（1358年）十二月他攻克婺州，分遣诸将进取浙东其余郡县，令常遇春守婺州。五月，朱元璋返应天。九月，常遇春率军进攻衢州。首先攻取了龙游城。在

位于凤阳县殷涧镇卸店村定远侯王弼墓

戎马倥偬间，他还吟赋《龙游道中》一诗以纪行：“策蹇龙游道，西风妒旅袍。红添秋树血，绿长旱池毛。比屋豪华歇，平原杀气高。越山青入眼，回首鬓须搔。”字里行间，流露出英雄豪气。

这期间，常遇春又攻取了衢州城。

三、杀开血路救朱元璋

至正二十年（1360 年）四月，陈友谅自称汉王，把徐寿辉囚禁在江州（今江西九江），天完政权已被他实际掌握。五月，陈友谅听到徐达、常遇春驻军池州，进窥安庆的消息，便亲自率师东下，声言增援安庆。对于陈友谅的这一进兵意图，常遇春进行了认真的分析。他断定：陈军假借增援安庆，企图诱我出城决战，而陈友谅却东向进攻池州，断我归路，然后一举将我军包围在安庆、池州之间，加以消灭。

常遇春决定将计就计，诱其上钩。于是，他们在池州城外布下了一个歼敌阵势，将精锐部队埋伏在城外东南的九华山丛林中，作为突击准备，而以瘦弱疲惫之卒守城。翌日，陈友谅果然率领大队人马前来攻城，见城门紧闭，守城部队兵力单弱，便气势汹汹地拥到城下。突然间，城上守兵扬旗擂鼓，声震云天。九华山丛林中的伏兵一齐跃出，呐喊着杀将下来，城中守军也出城夹击。陈友谅军腹背受敌，阵脚大乱，人马自相践踏，死亡惨重。徐达、常遇春率军奋勇冲杀，杀死一万多人，生擒三千人。

在青阳当地，至今有一个传说，常遇春率军队进驻九华山时，适逢天旱无雨，士兵饮水困难。于是，他亲自带领将士在九华山下寻水，忽然在五溪桥南边挖出了六股泉水，解决了部队饮水的困难。这六股泉水是否为常遇春所发现，现无从查考。但是常遇春结寨六泉口，大战九华山，旗开得胜，却是千真万确的。后人有诗可证："偏仄旁山行，溪流咽不鸣。何年留古砦，犹复说开平。"遗憾的是，常遇春战后杀俘，作为将军，境界明显低于徐达。

池州之战后一个月，陈友谅率舟师十万，越过池州，向朱元璋江南根据地大规模进犯。初一，攻陷太平，朱军勇将花云战死。陈友谅东向进驻采石，杀死徐寿辉，自称皇帝。以采石五通庙为行殿，草草举行"登基"仪式，国号汉，改元大义。初五，派遣使者约张士诚从东面夹击，企图把朱元璋一举消灭在应天一带。陈友谅兵力强大，舟师十倍于朱元璋军。仅巨舰就百余艘，其中有名的战舰有"混江龙""塞断江""撞倒山""江海鳌"等，大江之上，气势如虹。

陈友谅像

陈友谅大举东下的警报传来，引起应天很大震动。文武百官惊恐不安，有人主张举城投降，有人主张退据钟山，也有人主张先和敌人一战，不胜则走。朱元璋征询刘基的意见，采纳了刘基的建议，决定在应天与陈友谅决战。为了防止张士诚乘机进犯，避免陷入两面受敌的困境，朱元璋决定利用陈友谅求战心切，骄傲轻敌的心理，诱其速来，设伏骤歼。朱元璋部将康茂才和陈友谅是老朋友，朱元璋叫康茂才写封诈降信，表示愿做内应，派人送给陈友谅，并约定在江东桥（今南京江东门附近）会合，至时以呼“老康”为暗号。

与此同时，朱元璋根据整个战役的指导方针和应天附近的地形条件进行作战部署，命令常遇春、冯国胜等率帐前五翼军三万人埋伏于幕府山一侧，徐达等率兵列阵于南门外，杨璟驻兵于大胜港（今南京城西南三十里），张德胜、朱虎率水军在龙江关（今南京兴中门外）截击，朱元璋自率主力埋伏于狮子山。朱元璋规定了攻击信号，发现敌兵举红旗，伏兵出击举黄旗，一切准备就绪，只等陈友谅钻袋上钩了。在此之前，朱元璋已命令胡大海率

陈友谅墓

兵从婺州进攻信州（今江西上饶）威胁陈友谅侧后，以牵制其主力。

陈友谅接到康茂才的诈降书后，信以为真，第三天即率大队水军赶来。赶到江东桥连声呼叫“老康”，没人答应，知道受骗，锐气全消了。他仓促派万人上岸立栅，又碰上天降暴雨，淋成落汤鸡一般。朱元璋看到陈军进入伏击圈，乘其登岸立栅未固之际，发出信号。一霎时，四处黄旗齐举，鼓声震天，常遇春等带领伏兵应声而起，水陆夹击。陈军大乱，争相弃营登舟逃命，被砍杀无数。此时正值退潮，大船搁浅，士卒被杀和落水而死者不可胜数，被俘虏七千多人，大小战舰全数被缴获。陈友谅乘小船逃走。

至正二十三年（1863 年）三月，常遇春等在朱元璋亲自统率下援救安丰（今安徽寿县）。陈友谅乘朱元璋救援安丰，江南根据地兵力空虚之机，率军大举进犯，兵卒号称六十万。特造大舰数百艘，高数丈，外面涂饰舟漆，每舰上下三层，每层设置上下可通的走马棚，下层并设有板房作掩护。每舰装上几十支艣，艣身裹以铁皮。船上每层人说话隔层人都听不到。大舰可容三千人，小点的也装得下二千人。陈友谅自以为胜券在握，把家属及百官都带在船上，空国而来，大有灭此朝食的气概。然而，他首先在战略上犯了一个大错误，即不是以六十万精锐之师顺流而下，直捣应天，而是把大军开进鄱阳湖，企图一举攻拔江南根据地西线重镇南昌。结果陷于顿兵坚城之下、军力优势难以发挥的被动局面，反而为朱元璋集结兵力提供了时机。

八月，朱元璋一面命南昌守军坚持死守，一面严令徐达、常遇春撤庐州之围，随同自己救援南昌。据宋濂《平汉录·友谅兴灭本末》载：战斗一开始，常遇春与徐达、廖永忠等率先闯入敌阵。在他们的带动下，诸将个个争先，奋勇冲杀。一霎时，“呼声动天地，矢锋雨集，炮声雷鍧，波涛起立，飞火照耀。百里之内，水色尽赤，焚溺死者动二三万，流尸如蚁，满望无际”。徐达身先士卒，击败陈友谅前锋，毙敌一千五百余，缴获巨舰一艘。俞通海乘风发炮，焚毁敌军战船二十余艘。双方激战之中，陈友谅部下骁将张定边奋力逼近朱元璋所乘指挥船。指挥船正欲避开，却忽然陷于沙中搁浅，张定边乘机指挥陈军舰船围攻。指挥船上众将士殊死抵抗，诸将韩成、宋贵、陈兆先、程国胜等在激战中相继阵亡。正在这危急关头，常遇春驾一叶轻舟，冲开一条血路，杀进包围圈。他张弓搭弦，一箭射中悍将张定边的臂膀，张定边负痛而退，朱元璋才得以脱险。战至日暮，双方鸣金收兵。接着，连续鏖战三日，常遇春与诸将一起奋力搏杀，纵火焚烧敌军战船，终于将陈友谅军主力击败。陈友谅不敢再战，引军撤退。

朱军虽然取得胜利，但连日血战，已是精疲力竭。在这种形势下，能否坚持下去，完成围歼陈友谅于鄱阳湖中的作战构想，对于夺取战役的全胜，具有决定性的意义。当双方转战至湖口，诸将因自身十分疲乏，认为陈友谅军力尚强，一时难以消灭，打算放他西归。在这关系到能否全歼敌军的关键时刻，常遇春毅然挺身而出，遵照朱元璋的指示，率部溯江而上，堵其归路。诸将受到感染，皆愿死战。陈友谅冒死突围。诸将协同奋击，拼死搏斗，陈友谅主力终被消灭。陈友谅本人也被廖永忠射杀而死，五万余人投降。战后论功行赏，常遇春功劳最大，朱元璋赐给他很多金帛、田地，以表彰他的功绩。

鄱阳湖大战中，陈友谅被射杀而死，其部下骁将张定边携其次子陈理乘小船潜逃武昌，复拥立陈理为帝，拒不投降。常遇春奉命围困武昌，历时数月，陈理、张定边固守拒战，眼看支持不住，派人缒城而出，约当时驻守岳州（今湖南岳阳）的张必先前来支援。张必先是陈友谅手下的一员悍将，骁勇善战，军中呼为“泼张”。他率潭、岳二州兵来援，驻扎在离城二十里的洪山（在今武汉市）。常遇春趁张必先部队尚未集结完毕，立足未稳之际，率部下精锐突然发动袭击，将张必先生擒。陈理、张定边被困城中，原指望张必先前来解围，现在他已被擒，守军士气一落千丈。不久，陈理肉袒衔璧，率张定边等出城投降。陈友谅集团彻底覆亡了。

至正二十六年（1366年）八月，朱元璋以徐达为大将军，常遇春为副将军，率兵二十万东征张士诚。按照朱元璋的部署，徐达、常遇春的军队先攻取了湖州和杭州等地，翦除了张士诚的羽

常遇春墓保护碑

翼，平江（今苏州）孤立无援，经过长达十个月的围攻，平江城破，张士诚败死。常遇春以功晋封为鄂国公。

四、柳河川暴病身亡

攻克平江后，大军休整不满一月，常遇春即被任命为征虏副将军，随同大将军徐达，统率水陆大军，北伐中原，推翻元朝统治，实现统一全国的大业。

常遇春身为北伐副将军，每遇恶战，总身先士卒，摧锋陷阵。如在平定山东后，大军转战河南，攻下汴梁（今河南开封），自虎牢关趋洛北塔儿湾（今河南偃师南），元守将托音特穆尔率兵五万在洛水北迎战。这是北伐过程中规模最大的一次关键性战役。元、明两军依洛水对阵相持，双方摆开决战的架势。《明史

南京常遇春墓

纪事本末》中云："遇春单骑突阵。敌发二十骑攒槊刺之，遇春发一矢毙其前锋，大呼驰入。达遂麾众乘之。时南风骤发，扬尘涨空，呼声动天地，元军大乱，托音特穆尔收卒走陕州。"这一仗，消灭了河南元军主力。"达进营洛阳城北，李克彝走陕西，梁王阿里衮（阿鲁温·察罕特穆尔之父）以河南降。"河南全境平定。北伐大军乘胜北上一路摧枯拉朽，势如破竹。再败元军于河西务，进克通州，占领元大都，元朝政权被推翻。

攻占大都后，稍事休整，常遇春又随徐达挥军西进，攻取山西。与精锐的扩廓帖木儿军进行了艰苦的搏战，平定山西。洪武二年三月，西征军进攻陕西，元将李思齐由凤翔奔临洮，力竭投降。元顺帝乘明军主力长驱秦晋之机，命丞相也速率军向北平反扑，兵锋已抵通州。常遇春又奉命与李文忠率步卒八万、骑兵一万驰救北平，元军闻讯即向北逃奔，常遇春率军追奔千里，大获全胜。为了覆其巢穴，最终解除元军对北平的威胁，常遇春又率军径取元上都开平。据《明太祖实录》记载：七月六日，他和副将军李文忠一起率步卒八万、骑兵一万，从北平出发，道经会州（今河北平泉西南）至锦州（今辽宁锦州），打败元将江文清。至全宁（今内蒙翁牛特旗），打败元将伊苏，"进攻大兴州，分千骑为八伏，断其归路，守将夜遁，尽擒之，遂拔开平"。元顺帝狼狈北逃，常遇春挥师追击百余里，"俘其宗王齐克慎（庆生）、平章鼎珠等，斩之。凡得将士万人、车万辆、马三千匹、牛五万头，蓟北悉平。"

八月九日，常遇春自开平班师凯旋，部队进驻柳河川后，他突然得暴病身亡，年仅40岁。噩耗传至应天，朱元璋震惊而悲痛。灵柩到达龙江（今江苏南京兴中门外），朱元璋亲往祭奠，恸哭而还。下令用宋太宗为赵普发丧的仪式标准办理常遇春的丧事，赐葬钟山（今南京东郊）北麓。追赠翊运推诚宣德靖远功臣、开府仪同三司，上柱国、太保、中书右丞相，追封开平王，谥号忠武。配享太庙，塑像功臣庙，位置仅次徐达，列第二位。

洪武三年，他的儿子常茂被封为郑国公。

第二节　波峰浪谷间的德庆侯廖永忠

一、巢湖水上的义军

元末官府腐败，年月不太平，江西袁州慈化寺和尚彭莹玉来到江淮一带传教，宣称眼下世道黑暗，代表着光明与正义的弥勒佛将出世，会帮助大家与黑暗搏斗，迎来一个公正美好的世界。现实的愁苦与黑暗，很快使许多百姓对弥勒佛表现出极大的虔诚和信仰。每到晚间，他们手执火把，聚会在一起，对着弥勒佛祖的神像，烧香礼拜，无数遍地诵念弥勒佛号，乞求光明世界尽快地到来。弥勒教像豪雨季节的巢湖水一样，四处泛滥，很快在江淮流域蔓延开来。

在巢湖边上，有一个叫廖旺的汉子，生有五个儿子：老大名永清，老二名永宁，老三名永坚，永安为老四，生于元仁宗元祐七年（1320 年），永忠年纪最小，排行老五，生于元英宗至治三年（1323 年）。廖家原本家道殷实，有十几亩水田、几条渔船，在这濒临巢湖的鱼米之乡，正常的年景，都是稻谷满仓，鱼蟹不断，日子过得倒也优哉游哉。但元朝末年，朝廷腐败，灾害连年，日子就变得艰难了。所以，廖氏父子，都成了痴迷的弥勒教徒。

因为生在巢湖边，五兄弟从小都练就一身好水性。黑云压城，风狂浪急，别人都收网回家了，廖氏兄弟的几叶扁舟却出没在风浪里，忙着捕鱼捉蟹。烟波浩渺之中，风急浪高，操舟于白峰黑谷之间是他们最大的乐趣。巢湖的惊涛险浪也赋予他们剽悍、刚烈的性格。

至正十一年（1351年）八月，彭莹玉在湖北蕲州（今湖北蕲春）发动了起义，江淮一带的弥勒教教徒和穷苦百姓纷纷响应。廖氏兄弟闻讯大喜，很快与本地区的教派首领一起拉起队伍，赶造船只，制造武器，组编了一支水军。这时在巢湖一带有三大股水军，即赵普胜一股，左君弼一股，金花小姐与李普胜一股。其中金花小姐、李普胜所统率的部队势力最为强大，廖氏兄弟及同乡俞廷玉、俞通海父子等就是她们最得力的战将。

至正十二年（1352年）末，起义军战斗失利，彭莹玉手下大将邹普胜战死。元军从四面包围上来，形势危急，多亏巢湖水师赵普胜率部增援，情势才稍有好转。至正十三年（1353年）春，起义军退守瑞州（今江西高安），十一月，被江西右丞火你赤率军包围，彭莹玉等主要将领大部阵亡。

彭莹玉主力的覆亡，给起义的其他各股力量带来了更大的压力。至正十四年（1354年），金花小姐也在战斗中牺牲。左君弼攻占庐州后，割地自保，投降了元王朝，并且时不时地向自己弟兄的背后戳上一刀。廖氏兄弟中，廖永坚投奔陈友谅作了参政，而廖永安和廖永忠经过艰苦跋涉，又带队回到了巢湖边，与赵普胜水师联合起来。这时候，结寨巢湖的，除赵普胜、廖氏兄弟、俞廷玉父子外，尚有巢县赵伯仲、赵庸兄弟，合肥张德胜、叶升，无为桑世杰，含山华高等人。计有战船千艘，部众万余。势力固然还相当强大，但是内部意见并不一致，以后向哪里发展，也没有人提出能服众的主张。正在这时，左君弼在元军的声援配合下，向巢湖水军发动了猛烈进攻，妄图吞而并之。巢湖水军必须有所依附，必须尽快做出抉择。

一场争辩在巢湖水寨的军帐中激烈地进行着。廖永安兄弟、俞廷玉父子、李普胜等多数人都说雄踞和州的朱元璋军纪严明，声闻遐迩，主张投奔朱元璋。但赵普胜认为，朱元璋属于东系红巾，是韩山童、刘福通的部下，与他们的教派不同，假如投奔过去，很可能遭白眼，而且朱元璋的力量并不强大，站在他的屋檐下，实在也心里憋屈得慌。他认为，与其投奔朱元璋，莫如投奔兵强马壮的本系（西系）红巾军首领徐寿辉、陈友谅。但廖永安却从以往的战斗经历中，觉得徐寿辉、陈友谅不可依靠。他痛陈利害，多数将

韩成

士表示愿意与朱元璋取得联系。

二、支持朱元璋领兵出湖

其后，巢湖水寨特派专使韩成前往和州朱元璋处下书。朱元璋看罢书信，激动地两手都有点颤抖。他强压着满怀的喜悦，冷静地询问巢湖水师的情况，当他准确判定廖永安等人投顺的诚意以后，便热诚地款待了韩成，并让他带回了一封热情洋溢的复信。韩成离开以后，朱元璋高兴地一拍桌案，站起朗声说道："真是天助我也！"他知道事情紧急，一来怕这支水军被别人拉走，二来怕他们遭到左君弼元军的毒手。于是决定亲自前往，带回这支部队。

据史料记载，朱元璋来到水寨，见到廖永忠，见其年少，问道："你也想富贵吗？"廖永忠答："能够为圣明的主子效力，扫除寇乱，名垂史册，正是我的愿望。"朱元璋听后称赞不已。这个记载要么是不准确，要么就是廖永忠长着一副娃娃脸，显得小。因为廖永忠出生于至治三年（1323 年），此时差不多已经 30 岁了，朱元璋出生于天历元年（1328 年），比他小 5 岁，以朱元璋的机警，不会见面就这么说的。

廖氏兄弟是巢县人，从地域上来说，他们离淮西的核心地带有些远，但他们是早年随朱元璋南渡长江的中坚力量，因而也属淮西集团的功臣。

朱元璋统领巢湖水军后，发兵江口，廖永安和朱元璋同乘一只船，朱元璋命廖永安在采石登陆，于是廖永安直驶牛渚，趁着西北风迅速渡江，岸边守军十分恐惧，出来迎战却一打即散，朱元璋于是迅速猛攻采石，采石守军全部溃逃，乘势攻取了太平、芜湖。廖永安因功被授予管军总管。

进攻采石时，永安的父亲老水手廖旺一直守护在朱元璋的船上。为了报答廖旺的忠心，朱元璋在太平为他们父子全家准备了宽敞的宅院。廖旺又让人偷偷带信给三子廖永坚，希望他幡然来归。廖永坚果然背弃陈友谅，率部来到了太平。这样，除了已逝的老二永宁以外，他们父子五人就在太平团聚了。老人年过花甲，自思不能随朱元璋征战沙场，便提出回到家乡去，以免拖累军队。临行，他告诫儿子们，对朱公的恩德，要以死相报。能对主公尽忠，就是最大的孝道。弟兄们含泪送别了父亲，决心做一个奋战疆场、铮铮铁骨的男子汉。

三、廖永安誓死不降

朱元璋沿江与对手争锋，水师的作用往往举足轻重。廖永安作为一个水师统帅，在下集庆、取镇江、克常州、夺池州、破安庆诸战役中都立下了卓越的战功。至正十八年（1358年）初，徐达率部围攻宜兴，久久未下，朱元璋详细研究了这里的地形，指示徐达：“宜兴城虽小，但防守很坚固，很难轻易拿下。之所以能重兵防守，是它东临太湖，饷需供应不绝.若能派兵断绝粮道，使城中乏食，破城就容易了。”徐达依计而行，廖永安的水师就成为封锁粮道的主力部队。不久，徐达下令合力猛攻，城中粮饷逐渐匮乏，人心散乱，宜兴城终被攻克。败兵纷纷通过太湖向东逃窜，廖永安哪里肯放，就挥动部队深入太湖追歼。正杀得兴起，忽然从对面冲出一排船队，却是张士诚大将吕珍率队救援而来。永安并不怯战，依然呐喊冲杀。大战了一个时辰，徐达的后援部队还未赶到，廖永安的水师渐渐支撑不住，只得且战且退，吕珍的部队急速推进包围，把永安的战船慢慢迫向岸滩，终于战船搁浅，廖永安被俘。

张士诚爱惜廖永安的才勇，准备招降他，廖永安坚决拒绝。张士诚把他囚禁起来，此时徐达擒获张士诚弟弟张士德，张士诚派人和朱元璋商量，以廖永安换张士德，朱元璋不愿意，斩杀了张士德，廖永安最终未能归还。张士诚告诉廖永安说，朱元璋并不重视你，要不然怎么不愿意换回你呢？你还是投降吧。廖永安依然不为所动。

至正二十四年（1364 年）十月，朱元璋已称吴王，他为廖永

楼船

安不降所感动，遥授廖永安江淮等处中书省平章事，封楚国公，并追赠他的父亲廖旺为凉国公。至正二十六年（1366年）七月，永安病死于平江（苏州）囚牢之中。年仅四十七岁。一年以后，徐达攻陷苏州，将永安尸体运回应天（南京）安葬。朱元璋亲自到郊外迎棺祭奠。永安没有儿子，洪武十三年（1380年），任命他的大哥廖永清的儿子廖升为指挥佥事，作为永安的继承人。

四、小明王长江丧生

廖氏一家人的勇敢和忠诚给元璋留下极好的印象。起初，廖永忠一直跟随四哥冲锋陷阵，至正十八年（1358年）廖永安被俘，朱元璋随即任命廖永忠为行枢密佥院，统率廖永安的部队。

朱元璋与陈友谅的三次大战，廖永忠的表现都非常突出。至正二十一年（1361年）八月，他采纳刘基建议，以迅雷不及掩耳之势包圈了江州（今江西九江），使江州陈友谅汉军处境狼狈。但江州濒临大江，地形险要，又是友谅的重点设防地区，所以也很难攻下。每当进攻取得一些战果，陈友谅部就又加固布防，特别是城墙高耸，部队很难攀登。廖永忠审度形势，便命战士在大船船尾建造竖桥，名之曰“天桥”，然后趁风掉转船头驶去，使“天桥”正好与城墙顶部平齐，人们沿着“云梯”攀援而上，再由“天桥”直向江州城墙冲去。守城将士见“天兵”突然降临，一个个魂飞胆丧，弃城而走。江城被一举攻克。去年同陈友谅的石灰山大战，朱元璋就赞叹永忠的勇猛，此番江州攻坚，又显露出他的智巧。朱元璋破格提升他为中书省右丞。

至正二十三年（1363年）七月，朱元璋与陈友谅在鄱阳湖展开殊死搏斗。朱元璋把战船分成十一队，分别对付陈友谅的巨大战舰。七月二十一日，永忠配合徐达、常遇春向陈友谅大舰发起攻击。这场战役中，廖永忠和常遇春联手，救了朱元璋，先是射伤了陈友谅手下大将张定边，随后又准备了七只渔船，满载芦苇，装置火药，并在船上扎了很多草人，套上盔甲，手持兵器，在苇船后拴了备用船，单等时机一到，纵舟前往。傍晚时分，东北风大作，廖永忠一挥手，几十个敢死队战士一齐跃上苇船，直奔陈友谅连锁舰艇急驶而去。眼看着就要靠近，几只引火索一齐点燃，随着一声巨响，火焰腾空而起，风急火烈，一下子冲进陈友谅战舰。天空和湖面，红光映照，变成一片火海。陈友谅水寨、战舰一时大乱。连环船解不开，驶不走，欲进不得，欲退不能，烧死的，淹死的，踩死的，不计其数。廖永忠指挥几十个壮士越杀越勇猛。朱元璋的大船队乘机掩杀，又斩首二千余人。陈友谅的弟弟陈友仁、陈友贵及平章陈普略等几个著名大将都被火烧死，这一仗打下来，陈友谅的优势完全丧失了。

七月二十四日，陈友谅重整战舰，企图挽回败局。他仰仗高樯大橹，几条山峰样的大船齐头并进，向朱元璋游梭似的小艇直压过来。忽然，一颗炮弹落入朱元璋的坐船，陈友谅和他的兵士们一片狂欢。高兴劲还没有过去，朱元璋又挥舟冲杀过来。这时廖永忠、俞通海等起家巢湖的几个水师将领更是大显神通，他们分驾六条快艇深入敌阵，指东打西，倏隐倏没。因为陈友谅的战舰高大，六条快舰深入进去好久未见出现，朱元璋等人以为舟沉人亡。突然，从陈友谅舰艇后面有六条“游龙”盘旋而来，诸将欢呼雷动，勇气倍增，催舟鸣炮，杀声震天，波涛中掀起的水柱，直冲云天，太阳也为之黯然失色。从早晨打到中午，陈军已不能支持，只好退出战斗。

陈友谅湖中被困，欲退无路，欲战不敢，最后弹尽粮绝，舍命自泾江口突围。廖永忠早已等候在这里，看陈友谅船来，一箭射出，正贯中他的头颅。陈友谅惊呼而死。而后廖永忠又统帅水师从征武昌，于江中连舟为水寨，逼降陈理，最终平定了陈友谅余部。

平定陈友谅，是朱元璋王业的转折点。他不能忘怀为他捐生效死的战将。至正二十四年（1364 年）四月，他命建忠臣祠于鄱阳湖的康郎山，春秋祭祀，以慰亡灵，当然更不会忘记褒奖还能继续为他效力的生者。大战结束，他设宴庆功，赏赐常遇春、廖永忠、俞通海等人田宅金帛。武昌平定，朱元璋以朱红油漆亲书“功超群将，智迈雄帅”八字大匾赐廖永忠，并且击鼓奏乐护送，悬于廖家府第。这是廖永忠人生最为辉煌的时刻。

至正二十四年（1364 年）朱元璋称吴王。至正二十六年（1366 年）八月，二十万大军东伐张士诚，同时新拓应天城，重造宫室。皇帝宝座就在眼前。因为“缓称王”，朱元璋一直用小明王韩林儿的龙凤年号纪元，每出文行令，都用“皇帝谕旨，吴王令旨”的名义。皇帝者，自然是韩林儿。虽然他实质上只是一个放牛孩子，此时被幽禁在滁州。自己眼看着就要当皇帝了，原先供奉着、幽禁着的皇帝怎么办？

关于这个棘手的问题，刘基早向他提出过。至正二十三年（1363 年）援救安丰，刘基反对的理由之一，就是把韩林儿救出来无处安置，请神容易送神难。结果只能把他送到滁州。春节典礼，中书省援例设韩林儿御座，朱元璋以下文臣武将都行跪拜之礼，刘基独不拜，说道："牧童村夫，何必供奉他！"而后专门会见朱元璋，让他尽早割断与韩林儿的关系，走自己的路，免得日后纠葛。这个道理朱元璋并非不知道，但是，他的手下很多是白莲教徒，即奉韩山童、韩林儿为教主。教主与皇帝的政教合一，是韩林儿政权的显著特点，朱元璋的部众也不能不受此影响。尊奉韩林儿，是朱元璋团结部众的重要手段。况且，韩林儿的部队屏障淮北，也正有利于他在南方的发展。眼下形势大不相同，他自己羽毛已丰，刘福通已死，屏障的作用没有了，也不需要了，韩林儿显得是那样碍手碍脚。能不能径直除掉呢？他近的想到陈友谅杀掉了徐寿辉，使手下很多将领离心离德；远的想到秦末楚汉相争，西楚霸王项羽毫不掩饰地杀死义帝，给刘邦一个吊民伐罪的口实，还落了个千秋骂名。那么怎么办好呢？韩林儿再活在世上肯定是不行了，关键是要干得干净利落而又遮人耳目。

朱元璋需要找一个恰当的办法，物色一个合适的人选。从滁州到南京，不能飞过长江天险，而隆冬季节，朔风凛冽，舟覆人亡，岂非常事？谁能当此重任呢？他想到廖永忠，做事缜密，举家尽忠，又不是韩林儿东部红军的嫡系。于是急把廖永忠从前线调回，单独接见。朱元璋告诉他：眼下战局顺利，谁正大位的事总需有个考虑，皇帝远在滁州不是个长局，故而派你到滁州去，将皇帝眷属人等一起接回应天。天有不测风云，长江浪涛险恶，稍不留意是会要船毁人亡的。你要善体我的一片苦心，办好此事。廖永忠似乎有些明白，但又不敢确定？正待发问，朱元璋却站了起来，说道："你一路劳顿，好好休息一下就起程吧。"

廖永忠率一支精悍部队护卫着韩林儿一家老小及部分文武官员赶到了长江瓜埠渡口。北风呼啸，地冻天寒，远处滚滚黑云与长江的排空浊浪好像联结在一起，汹汹地压下来。为了“肃静回避”，落日渡头，人群都被驱散，这阴冷、严寒的气氛，几乎有些阴森，韩林儿他们冻得有点瑟瑟发抖了，于是衣服加了一件又一件。风急浪高，摆渡不易，为了保证安全，廖永忠为韩林儿一行人亲自操龙舟。风浪越来越大，舟行江心，一忽儿沉入黑谷，一忽儿跃上浪颠。浪涛横冲直撞，廖永忠逆水搏击，龙舟在漩涡中盘旋。他已是满身汗与水，便索性脱去外面湿衣，继续摇橹。忽然，一个浪头打来，船身倾斜，廖永忠站立不稳，身子歪斜向一边，大橹翘起，龙舟瞬间翻过来。一船惊叫不已的人们，都被扣进滚滚长江。廖永忠自然也顺势落水。他艰难地从反扣的龙舟下面游出来，只见后面保驾的船已经驶出一段距离。他纵出水面叫喊：“快救皇上！”保驾船上的兵将半天才将船驶过来，把他拉上船。再举目四望，反扣着的龙舟已不见了踪影，除了滚滚江涛，江面上没有半个人影，好半天，江涛中突然有一只白鸥飞起，翅膀掠过浪尖，在江面上盘旋一周，倏地跃上天空，向着江北去了。

廖永忠到南京复命，少不得朱元璋的一顿斥责。但随行官兵个个绘形绘色地描述廖永忠的勇敢拼搏，一路的小心护持，并且强调，这是上天的安排，人是无法违抗天意的。尤其是最后从江涛中飞起的那只白鸥，更是神秘无限。朱元璋不再追究，就打发廖永忠再到平江前线，戴“罪”立功。

五、未能封公有怨气

朱元璋在讨伐张士诚的檄文中已骂弥勒教为妖教，说明他将要割断与韩林儿宋政权的臣属关系，此次瓜步沉舟，则是双方的彻底决裂。从此，他不再沿用龙凤年号，决定以至正二十七年（1367年）为吴元年。廖永忠很欣赏自己的机智和聪明，对于为朱元璋立下的这份功劳，也感到沾沾自喜，以为是自己种下了福田。他哪里知道，这恰恰是撒下了孽种，埋下了祸根。

至正二十七年（1367年），廖永忠担任征南副将军，率水师由海路会合汤和，征讨并降服方国珍，进克福州。

洪武元年（1368年），廖永忠兼任同知詹事院事，率军平定闽中诸郡，至延平，击败并擒获陈友定。随即被授为征南将军，以朱亮祖为副将，由海路攻取广东。廖永忠事先写信给元左丞何真，对他晓以利害。何真马上奉书请降。廖永忠至东莞，何真率领属官出迎，广州、循州、惠州平定。至广州龙潭，降服卢左丞。擒获海寇邵宗愚，列举其残暴行径，然后将其斩首，广东百姓十分高兴。廖永忠又迅速传谕九真（今越南北部）、日南（今越南中部）、朱崖（治今海南琼山）、儋耳（治今海南）三十余城，守官纷纷纳印请命。然后进取广西，至梧州，降服元达鲁花赤拜住，浔、柳诸路皆下。又派遣朱亮祖会合杨璟收复未下州郡。廖永忠引兵攻克南宁，降服象州。两广全部平定。廖永忠善于安抚，百姓念其恩德，为其立祠。

洪武二年（1369年）九月，廖永忠返回金陵，朱元璋命太子朱标率朝廷百官在龙江迎接慰劳。廖永忠入朝觐见，朱元璋又命太子送他返回府宅。廖永忠再出任职，安抚泉州、漳州。

洪武三年（1370年），随大将军徐达北伐，攻克察罕脑儿。回京后，封为德庆侯，年禄一千五百石，并被授予世袭凭证。没有被封公，廖永忠很是失望，心里充满怨气。

洪武四年（1371年），廖永忠以征西副将军的身份随汤和率水师进攻在蜀地的大夏政权，讨伐明升。汤和驻守大溪口，廖永忠先行。到达旧夔府，击败守将邹兴等兵。进至瞿塘关，此处山峻水急，蜀人铺设铁锁桥，横据关口，船不能前进。廖永忠密派数百人携带干粮水筒，抬着小船翻山渡关，到达上游。蜀山草木繁多，廖永忠下令将士都穿上青蓑衣，在崖石间鱼贯而行。他估计部队已到，便率领精锐出墨叶渡，五更时分，兵分两路攻其水、陆寨。水师都以铁裹住船头，设置火器而前进。黎明时分，蜀人才发觉，派出全部精锐前来抵抗。但此时廖永忠已破其陆寨，会合抬船出江的将士，一并齐发，上下夹攻，大破蜀人，邹兴战死。廖永忠焚毁三桥，弄断横江铁索，擒获同佥蒋达等八十余人。飞天张、铁头张等都逃走了，廖永忠于是进入夔府。第二天，汤和才到达，于是与汤和分道前进，相约于重庆会合。

廖永忠率水师直捣重庆，驻扎铜锣峡。夏主明升请降，廖永忠以汤和还未到为由推辞不受。等汤和到达后他才接受投降，承旨抚慰。他下令严禁侵扰百姓，一士兵拿了百姓7只茄子，立即遭斩首。又慰抚戴寿、向大亨等的家人，命其子弟携信前往成都招降。戴寿等已被傅友德所败，收到信后，便投降了。蜀地全部平定。朱元璋写成《平蜀文》表彰其功，其中有“傅一廖二”之语，对廖永忠奖赏甚厚。

第三节　投奔迟而功业勋的颍国公傅友德

一、小孤山下投奔

傅友德是淮北相城人，出生在砀山县，按照籍贯不属于淮西集团将领。但按照他成长轨迹来看，又和淮西集团密切相关。在几十年的征战生涯中，他已经与淮西集团情同手足，密不可分了。

傅家世代为农，家境贫穷，由于父母忙碌，加上没有文化，以至于忘记了他的出生日期，所以连他自己也不知道自己的出生日期为何时。历史记载中，就没有他的出生年月。元至正十年（1350年），农民起义军领袖刘福通到砀山迎接韩林儿，傅友德即投奔红巾军，成为起义军中的一名士卒。至正十七年（1357年）六月，刘福通遣部将出击，傅友德随李喜喜入关中。

至正十八年（1358年）四月，李喜喜进军巩昌，兵败后傅友德跟随他进入蜀地。这一年，徐寿辉的部将明玉珍占据重庆，攻打成都，尽有蜀地，傅友德便归顺明玉珍。因为不被明玉珍重用，傅友德又转而到武昌投奔陈友谅。陈友谅让他协助丁普郎驻守小孤山，就是今天位于江西彭泽县北长江中小孤山。

两年后，陈友谅杀徐寿辉，自称汉帝，明玉珍与之断交，傅友德对陈友谅很不满。

至正二十一年（1361年）八月，朱元璋收复安庆，进攻江州（今江西九江），驱兵至小孤山。傅友德听说朱元璋前来，欢喜地说："我得到了真正的主人了！"遂与丁普郎一起投奔了朱元璋。

朱元璋亲自接见了这位年轻的军官。见他膀阔腰圆，身躯高大，眉目间透露出威武豪气，心下先是一喜，待问及他的身世和经历，知道他久历战阵，又与自己同属东系红巾军，就更加高兴。当即任命他为别将，拨归常遇春调遣。这是傅友德从军七八年来第一次被任命为统军将领，心中自然是热乎乎的，他决心用他的忠诚和勇敢报答知遇之恩。

二、一支箭从脑后穿出

至正二十三年(1363年)三月，傅友德限随朱元璋援救安丰(今安徽寿县)，随即攻打庐州。两场仗都没怎么拉开架势，所以傅友德也没能放开手脚。他期待着有一场恶战，方能显出英雄本色。

朱元璋、陈友谅之间的鄱阳湖大战的帷幕终于拉开。陈友谅是倾国出动，朱元璋也几乎动员了所有的精锐。当两军接战之时，只见傅友德独驾轻舟，急驶军前，他身上多处中箭，依然一往无前。汉军简直被这种不怕死的举动吓呆了，一个个掉头鼠窜。傅友德乘胜追击，越战越猛，光他一人就杀死汉兵数百人。然后又转战泾江口，死死地扼住了汉军败逃的出路，保证了朱元璋的部队关门打狗，赢得战争的完满胜利。这次大战，傅友德夺得了一等功。

汉太尉张定边乘夜用小舟载上陈友谅的尸体逃回武昌，立陈友谅的儿子陈理为帝。朱元璋认为穷寇不可追。他休整部队，养精蓄锐，待机而动。第二年二月，一场全歼汉军余部的战斗打响了。在武昌周围，朱元璋早已遍布木栅堡垒，长江中也连舟为长寨，阻截汉兵出入，但是武昌城东的高冠山却控制在汉军手中。这座山，居高临下，可以把武昌城外的情况看得一清二楚，张定边在

傅友德

这里部署了一支重兵，注视着朱元璋行兵布阵的一举一动，准备随时捕捉机会，冲下山来。很明显，拔掉这个硬钉子，成了武昌战役的关键。这场攻坚任务的艰巨，战斗的残酷，当然也在意料之中。谁敢于当此重任呢？朱元璋反复思忖，他终于觉得成竹在胸了。于是召集将帅，讲明高冠山之役在全局中的意义，而后朗声问道："哪位愿领这一支令箭，拿下高冠山？"大帐内一片寂静，空气十分紧张。这时，傅友德出列放声说道："末将愿冒死前往。"朱元璋心下暗喜。因为这正合他的心意。于是，朱元璋按预定计划，分派部署。

夜，伸手不见五指，江面上依稀映照着点点灯火。傅友德率领着数百敢死队员急速地行进。万人后续部队也做好了战斗准备。敢死队摸索到高冠山下，悄悄地攀援而上。对方终于发现有人劫营，乱箭雨点般倾泻下来。傅友德呼叫着，率领着兵士们不顾一切地猛冲上去。突然，一支箭直贯傅友德的脸颊，而后从脑后穿出。鲜血顺着脖颈流下。他忍着碎肝裂胆般的剧痛，撕下一块衣襟，草草往头上一扎，一声不响，继续前进。又一只支箭射向他的肋间，他一头栽倒在地。旁边一个战士急忙扶起，他奋力将箭拔出，依然呼喊着冲杀过去。手下的弟兄们十分感动，一个个杀声震天地冒死冲入敌阵。后续部队也很快压了上来，一场血战才告结束。高冠山战斗的胜利为攻克武昌彻底扫除陈友谅的势力铺平了道路。武昌战役，傅友德夺得头功，朱元璋破格提升他为雄武卫指挥使。

至正二十三年 (1367 年) 七月，朱元璋为了报复左君弼在安丰战役中援助张士诚之恨，派徐达、常遇春率部攻打庐州。这时傅友德箭伤还没有痊愈，但他坚决要求随军出征。这一仗打得同样很漂亮。通过几次战役，朱元璋与徐达都发现，傅友德不但勇猛善战，而且有着出色的指挥才能，便命他单独率领一支部队，西取夷陵 (今湖北宜昌) 南克衡州 (今湖南衡阳)。傅友德从容指挥，轻取二重镇，附近各县望风归降。至正二十五年 (1365 年) 五月，傅友德跟随常遇春沿汉水北上，打通荆襄，以便孤立元军主力扩廓帖木儿在河南的势力。在安陆 (今湖北安陆) 受到元守将任亮的死命抵抗。傅友德率众登城，攻进去以后，又同敌人展开肉搏，傅友德身上有九处刀创箭伤，血污沾满了盔甲，但他仍然率众拼杀，终于生擒了任亮。

朱元璋逐渐把兵力移向东部战场，傅友德即跟随主帅出师淮东，连克张士诚控制的泰州、淮安、淮阳。在淮阳战斗最激烈的时候，张士诚派水军从马骡港增援，傅友德奉命率部堵击，大获全胜，光缴获的战船就有上千艘。随即又北进安丰，经略淮北，力战元军将领竹贞，所向皆捷。

傅友德的仗越打越精。至正二十六年(1366年)八月，朱元璋的二十万大军，从龙江出发，与张士诚主力展开决战。为了防止北面的扩廓帖木儿抄他的后路，便派傅友德率部镇守徐州。傅友德一方面感激朱元璋的信赖，同时也深深知道这个担子的分量。

傅友德来到徐州，日夜操演兵马，增固城防，部署一切，注视着北方的一举一动。果然，扩廓帖木儿在南方战事最紧张的时刻从北边动了手。他派左丞李二率数万兵马直取徐州，兵屯陵子村，傅友德深知自己兵力单弱，寡不敌众，便决定避开与元军的正面交锋，坚壁不动，等待时机。元军纪律败坏，几次寻不着战机，就懈惰起来，他们四处抢掠，漫不成军。傅友德抓住机会，急率二千步骑，抢渡黄河，从吕梁洪登陆，突袭李二的大营，傅友德一马当先，挺槊直取李二的骁将韩乙，韩乙仓皇之中死于马下。元军乱作一团，四散逃命。傅友德不愿孤军深入，趁胜收兵回城。

康郎山忠臣庙

虽然取胜，傅友德却仍然保持着清醒的头脑。他知道李二凭着兵多将广的优势，决不会善罢甘休。于是重新部署：大开城门，把军马兵士埋伏在城外，衣不解带，枕枪而卧，约定号令，听到鼓声，立即投入战斗。

围歼之网刚刚张好，李二的部队就气势汹汹地直奔而来。前面的探报说，城门大开，恐怕有诈，李二并不在意，命令部队继续前进。当元军全部进入伏击圈，忽然战鼓大作，傅友德的兵士们像从地下冒出来一般，从四面包围上来，城内的兵士也一齐拥出，把元军团团困在城下。关于这次战斗，《明通鉴》卷4载：“友德亲自持枪大鼓而破其前锋，余众大溃，多溺死者，遂擒李二，俘其将士二百七十余人，马五百匹，献于京师。”

对南部张士诚的决战，朱元璋有着必胜的把握，但北部边防，却一直让朱元璋捏着一把汗。倘使北方吃紧，必然牵制南方的战局，万一出现扩廓帖木儿与张士诚南北夹击之势，局面不堪设想。当朱元璋接到徐州大捷的战报，兴奋地彻夜难眠。他急派专使飞骑召傅友德献俘报捷。傅友德押解着李二等来到应天，朱元璋为他举行了盛大的欢迎仪式，夹道仪仗列队，前面鼓乐导行，朱元璋率文武百官亲自出迎，为了表示亲近，还撤去了他坐辇上的篷盖。一路的荣耀，一路的欢呼，把傅友德直送到府第。晚上，中书省专门举行了盛大的庆功宴。为了讨好傅友德，参议李饮冰、杨希圣还特意准备了一支女乐队。官员们一个个开怀畅饮，喝得酩酊大醉，李饮冰竟至扒光了衣服发酒疯。傅友德虽然有些矜持，但禁不住轮番敬酒，最后也有些酣醉。第二天有人报告李饮冰酒后失礼，朱元璋觉得未免有失体统，就处罚了李饮冰，为了不使傅友德扫兴，朱元璋又亲自给予安慰，说：“爱卿披坚执锐，出百死得一生，就是多喝几杯又有何妨！”随即任命他为江淮行省参政。

洪武元年（1368年），傅友德又随徐达挥师北上，破沂州，下青州，攻莱阳，取东昌，很快就平定了山东。随后南下，平定汴洛。闰七月，会师河阴。傅友德为先锋，北渡黄河，克卫辉、安阳、磁州及广安，集结临清，分兵北进，攻占德州、沧州，直逼元大都（今北京），迫使元朝降明。十二月，又进军山西，攻占榆次，进军太原，元守将扩廓帖木儿来援，万骑突至，傅友德以五十骑冲却之，又夜袭其营，扩廓帖木儿仓皇逃走，追至士门关，获其兵马万计。又大败元将贺宗哲于石州、脱列伯于宣府。克复太原，平定山西。

山西战罢，徐达再驱军西进入陕西。傅友德奉命率军进取凤

康郎山忠臣祠内鄱阳湖大战牺牲的英雄塑像

州(今陕西凤县)，乘胜讨伐张良臣。他连克临洮、泾州(今甘肃泾川)，围攻庆阳。又以轻骑扼守灵州（今宁夏灵武县），阻遏援兵。洪武二年(公元1369年)八月，庆阳攻克，贺宗哲向六盘山潜逃，傅友德率万骑追歼。随后，徐达等分兵攻取，周围郡县相继为大明王朝所有。唯扩廓帖木儿拥有相当数量的军队，出没在定西一带，经常侵犯兰州，使西北边患不息。在洪武三年(1370年)正月，傅友德再次跟随徐达，由潼关出西安，直捣定西。扩廓帖木儿由宁夏奔逃和林(在今蒙古境)。同年五月，傅友德充先锋官，进攻兴元(今陕西南郑)。先从秦州(今甘肃天水)至略阳，擒元将蔡琳，乘胜入沔县，分遣裨将金兴旺等出凤翔入连云栈，合攻兴元。兴元守将刘思忠、知院金庆祥拱手投降。傅友德留金兴旺驻守兴元，自己回西安，七月，四川夏政权明升派吴友仁率三万兵马攻兴元，金兴旺以三千人出城迎战，因兵力悬殊，难以取胜，便入城固守。徐达急派傅友德领兵三千，火速增援至斗山寨，他命令每个士兵在山上点燃十个

明中都龙纹石构件

火把，以作疑兵。吴友仁一看大惊，以为明军大部队赶到，便乘夜逃遁了。

就在这年十一月十一日，朱元璋大封功臣。授傅友德开国辅运推诚宣力武臣、荣禄大夫、柱国、食禄一千五百石，并赐诰命、铁券、子孙世袭，为开国二十八侯之一。二十八侯中，汤和等人是朱元璋儿时的伙伴，朱元璋至正十二年从军时，大家就在一起了。而傅友德是至正二十一年才投靠朱元璋的。在淮西集团的众将领中，投奔迟而功业勋者，唯傅友德一人。十三日，朱元璋又正式发布了由傅友德同知大都督府的任命。

中都城云纹石构件

三、伐蜀攻滇加封公

洪武四年（1371年），朱元璋任命傅友德为征虏前将军，与征西将军汤和分道伐蜀。汤和率廖永忠等乘舟从水路攻瞿塘，傅友德率顾时等以步骑出陇西。朱元璋对众将说："蜀人听说我军要西伐，必定将其全部精锐部分东守瞿塘，北阻金牛，抵抗我军。如果出其不意，直捣阶、文，门户已毁，腹心自溃。兵贵神速，只怕军队不勇猛啊。”傅友德疾驰至陕，召集诸军声言兵出金牛，而暗地里却率军攀援岩石，昼夜行进，直趋阶州，击败蜀将丁世珍，攻克阶州城。蜀人弄断白龙江桥。傅友德军修桥渡江，攻破五里关，攻克文州。然后渡过白水江，直趋绵州。当时汉江水涨，不能渡江，傅友德军为此伐木营造战舰，为将军威通达瞿塘，命人削成数千木牌，将

明中都皇城遗址示意图

攻克阶、文、绵的日期刻上，投入汉水，让它们顺流而下。蜀守军见后，全部解体。

当初，蜀人获悉大军西征，丞相戴寿等果然聚集所有部众防守瞿塘。等到听说傅友德攻克阶、文，直捣江油，才分兵支援汉州，以保成都。还未到达时，傅友德军已经在城下打败其守将向大亨。援军远道而来，听说向大亨兵败，便已经丧胆，傅友德军遂拔汉州，进围成都。戴寿等驱象来战。傅友德下令以强弩火器冲击，身中飞箭却毫不后退，将士也殊死作战。大象调头而跑，踩死许多蜀人。戴寿等获悉其主明升已降，才登记府库、仓廪钱粮，反绑双手到军门投降。成都平定。然后分兵巡行未下州县，攻克保宁，将吴友仁捉拿押送京城，蜀地全部平定。傅友德进攻汉州时，汤和还屯军于大溪口。在江流中得到木牌后，这才进兵。而戴寿等此时已撤其精兵西救汉州，留下老弱防守瞿塘，所以廖永忠等才得以乘胜直捣重庆，降服明升。因此，朱元璋写作《平西蜀文》，盛赞傅友德功劳第一，廖永忠次之。

洪武五年（1372 年），傅友德随征西将军冯胜北征大漠，大败元将失剌罕于西凉，至永昌，大败元朝太尉朵儿只巴，获马牛羊十万余匹。而后，又攻占甘肃，射杀平章不花，降太尉锁纳儿等，至瓜沙州，获金银印及杂畜二万余匹。当时，朱元璋共派出三路大军北伐，唯有傅友德大获全胜，七战七捷，创下传奇式的战功。

洪武六年（1373 年），傅友德出雁门，为大军前锋，俘获平章邓孛罗帖木儿。还镇北平后，傅友德被朱元璋召还，陪太子讲武于荆山，俸禄每年又增加一千石。

洪武九年（1376 年），傅友德再次率兵北伐，生擒伯颜帖木儿于延安，降甚众。

洪武十四年（1381 年），随大将军徐达出塞，讨乃儿不花，渡北黄河，袭灰山，斩获甚众。

明朝建立之初，贵州尚未归附，云南为元梁王把匝剌瓦尔密盘踞。

洪武十四年（1381 年）秋，朱元璋命傅友德为征南将军，蓝玉、沐英为副将军，率步骑 30 万征云贵。傅友德率部至湖广，便分遣都督胡海等领兵 5 万经永宁赴乌撒（今贵州威宁），自率大军经辰州、沅州奔贵州，克普定、普安后直逼云南曲靖。元梁王遣司徒、平章达里麻领十余万精兵屯驻曲靖以抗拒明军。傅友德率部趁大雾逼近白石江边，采取声东击西的战术，沿江摆开阵势，做出强行渡江的样子。达里麻也集中全部精锐把守白石江另一边，准备迎战。而傅友德则暗中另派数十人从白石江下游偷偷渡江，进至达里麻军后，鸣金击鼓，摇旗呐喊，达里麻闻报急撤将士抵御，引起江边元军的骚动。这时，傅友德乘机挥师渡江，以勇猛且善游泳的兵士作先锋，攻破达里麻的前军，傅友德又令沐英率铁骑直捣达里麻中坚，元军大败，达里麻被活捉，曲靖平定。

接着，傅友德又分遣蓝玉、沐英率师进军昆明，自率数万兵马奔乌撒，驰援胡海等部。元梁王得知达里麻失败被擒，便弃城逃跑，与妻子一起投滇池而死，元右丞观音保出城投降。

段氏占据大理，传了十代后到了段宝手上。段宝听说明太祖是从江南开奠基业的，便派他的叔叔段真从会川奉表向明朝廷投诚。洪武十四年 (1381)，征南将军傅友德攻克云南，授予袭父亲段宝之职的段明宣慰使的职务。段明派都使张元亨给征南将军送来一封书信，说："大理是与唐朝相互交好的外国，鄯阐实际上也是宋朝的玉斧画下来不要的国家。这两个地方很难驻扎军队，动用武力也没什么用。请求你依照唐朝、宋朝的事例，允许我们蒙氏、段氏独立成国，则我们会在每年的正月初一佩戴印章向你们通好，每两年向明朝廷献小贡一次，每三年献大贡一次。"傅友德看后很愤怒，羞辱了段明的使者。段明又送书信来说："汉武帝大动干戈，仅仅设置了一个益州郡，元太祖亲自出征，也只是为了一个小小的鄯阐。请求你们还是班师回朝吧。"傅友德回书给段明说："大明王朝龙飞淮甸，统一海内。我们看不上汉朝、唐朝那些小小的智计，也看不起宋朝、元朝那些浅薄的图谋。我们明朝大军一到，神龙会来助阵，天地也会与我们呼应。你们段氏承接了蒙氏的领地，运数在元代已经断绝了，只不过是宽待你们而延续至今。我们的军队已经歼灭了梁王，替你们报了世代的怨仇，你们此时不向朝廷投降还等什么？"

傅友德仅用百余日就平定了贵州、云南。洪武十七年(1384年)三月，傅友德回到京师。四月，朱元璋为了奖赏傅友德平定云南的战功，加封他为颍国公、右柱国、食禄三千石、予诰敕、铁券、子孙世袭，还追封曾祖傅宗善、祖父傅安、父傅荣三代公爵。并将寿春公主嫁给他的儿子傅忠，他的女儿则被册封为晋王世子济熺的妃子。这样傅友德就成为朱元璋的亲家翁了。

四、加太子太师的荣衔

傅友德从云南回到应天之后，又多次被调往北方边塞练兵屯田，这支军队作为一支主要军事力量，活跃在边防线上。洪武十九年（1386 年）云南臻洞、西浦等地发生战事，傅友德奉命前往，率师征讨。二十年(1387 年)正月，又任左副将军跟随冯胜征讨东北金山的纳哈出。同年六月，明军入金山之西，纳哈出势孤，于本月二十九日投降。后因俘虏哗变，冯胜遭到谴责，召还京师，由傅友德安抚降军兵马。洪武二十一年(1388 年)云南东川战起，傅友德任征南将军南下。东川刚刚平定，越州(今云南曲靖南城村)土酋阿资又起兵反叛，傅友德一路跋山涉水，向南挺进，师至平夷(今云南富源)。战火一直烧到东北方面的普安(治在今贵州盘县东三十里)。第二年正月，傅友德围普安，生擒一千三百余人，阿资又返回越州，扬言：“大明有万军之勇，而我地有万山之险，其奈我何!”后来，傅友德与沐英商议，在这一重要地段，设置卫所，开展屯田，步步为营作久困之计。阿资势穷力竭，被迫投降。东川、越州战事，至此平息。七月二十八日，傅友德病，被召还京师疗养。

洪武二十三年(1390 年)正月，傅友德再任征虏前将军，率列侯赵爵、王弼等，开赴北平，训练边塞军马，听燕王朱棣节制，征讨北元。同年三月，傅友德跟随燕王出古北口，侦得乃儿不花在迤都(今蒙古达理甘戛)驻牧，遂进军。他们踏着没膝的大雪，艰难行进，三月三十日抵达迤都，派遣指挥观音保劝降。乃儿不花和丞相咬住来见朱棣，尽献部落、马驼、牛羊。六月七日班师。第二年三月，元辽王阿札失理扰边，傅友德又率郭英等征讨。双方还未对阵，阿札失理即率众北逸，企图诱敌深入。傅友德并不穷追，而是掉头南还。阿札失理反过来追赶，结果中了傅友德的诱敌之计。乃儿不花兵败逃窜。六月，友德军至黑岭、鸦山等处的洮儿河，俘获大批人口、马匹，驻扎金鞍山。七月，再征寒山，进军磨镰子海、兰尖山，深入黑松林的熊皮山。再追达达兀剌罕，袭杀其士卒，大胜而回。十月，傅友德又赴陕西练兵。次年三月转赴山西，协理冯胜练兵巡边。并在大同、太原、平阳一带设立卫所，练兵屯田。规定每户四丁抽一丁为军士，共设十六屯卫。从而大大加强了边疆的开发和防御力量，减轻了明王朝的养兵负担。

就是在这年的年末，十二月二十九日，朱元璋为犒赏傅友德防边、征战、屯田的功劳，给他加太子太师的荣衔，并领兼职俸禄。在淮西集团中，这也是一份殊荣。

第六章 ‖ 淮西集团群英的凋零

第一节 防范与骄纵

一、朱元璋的良苦用心

淮西集团众臣，许多年间都是朱元璋的依托。本来朱元璋希望能与这些共同打天下的兄弟们和衷共济，励精图治，共享安乐的。据《明太祖宝训·评古》载：至正二十六年(1366年)，朱元璋和侍臣讨论汉高祖与唐太宗孰优孰劣的问题时，就曾批评汉高祖“内多猜忌，诛夷功臣”“度量亦未弘达”的缺点，而表扬唐太宗“能驾驭群臣，及大业既定，卒皆保全”的优点。登基践祚之后，他便下令在凤阳营建中都，派李善长等人督工，准备将来把都城迁到那里，同时也建设功臣们的府邸，准备与淮西将臣一起“荣归故里”，依靠他们维护和巩固明朝的统治。因此，他对淮西集团的将臣采取了优待、重用的政策。他不仅赏赐这些劳苦功高的淮西将臣大批土地财产和各种经济特权，使他们由昔日的农民武夫变成拥有大量土地佃户的贵族地主，而且给他们封公拜相，加官晋爵，使他们成为身居高位、掌权握兵的上层官僚。这在前文已有描述，在此不再赘述。

中都城始建于洪武二年（1375年），于洪武八年罢建，共营建六年之久。整个城占地面积为50多平方公里，有内、中、外三道城，其内城宫城（皇城）比北京故宫大12万平方米。中都城严格按照《周礼·考工记》设计，具有前朝后寝、左祖右社等布局特点，以一条南北中轴线贯穿全城。朱元璋下诏在凤阳营建中都时，在全国调集能工巧匠、军士民夫等，不下于一百万人，城池宫阙建置全如京师之制，布局宏伟，雕刻精美，在中国古代都城发展史上占有重要地位。朱元璋罢建中都城原因复杂，“劳费”是他能说出口的原因，更深层的原因应与不满淮西集团将臣们的亲属、随从等在家乡不断专横跋扈有关。罢建中都，也应该是一种防范。

随着明朝的建立，朱元璋由割据一方的首领变成全国的最高君主，他与淮西集团诸人的关系也发生了根本变化，过去生死与共的患难伙伴被一道不可逾越的君臣名分的鸿沟隔开了，一边是称孤道寡，另一边则是俯首称臣。此时如何提高皇权，以保证朱家子孙能长坐江山，便成为朱元璋考虑问题的焦点。早在至正二十二年(1362年)，淮西骁将邵荣就曾谋反，而谢再兴则叛变投靠张士诚，还有汤和镇守常州的酒后之言，都在朱元璋多疑的心中投下一层又一层的阴影。他担心掌握军政大权的功臣宿将，既能把自己抬上皇帝的宝座，也能把自己从宝座上拉下来。《明太祖实录》卷15有载：未做皇帝之前，朱元璋就开始思考如何防范功臣宿将的问题。至正二十五年(1365年)八月，朱元璋阅读《宋史》，当读到赵普建议宋太祖收夺诸将兵权时，即对起居注詹同说：赵普实在是位贤相，假使诸将不早日解除兵权，那么宋代的天下未必不会重现五代的分裂局面。史称赵普为人忌刻，仅此一事，就功施社稷，泽被生民而言，岂可以“忌刻”二字来贬低他呢？

明朝建立后，朱元璋在优待、重用开国功臣特别是淮西集团将臣的时候，下意识地对他们采取了许多防范的措施。

首先，在中书省和六部安插非淮西籍的官员。据《明史》中的《宰辅年表》、王世贞《弇山堂文集》中的《中书省表》《六部尚书表》所载，在中书省，朱元璋任命非淮西籍的胡美、王溥、杨宪、汪广洋、丁玉、蔡哲、冯冕、殷哲、陈宁等担任平章政事、左右丞和参知政事等职，汪广洋还一度出任丞相。特别是六部尚书，更以非淮西籍为主。这样既可团结地主阶级的各派势力，又可以利用各派势力来监视、牵制淮西勋贵，便于朱元璋的操纵和控制。

其次，用封建的礼法严加约束。除了制定各种礼制和法令，要求勋臣宿将严格遵守，《明太祖实录》载，洪武三年(1370年)，朱元璋还采纳监察御史袁凯的建议，令省台延聘儒士，于每月朔望早朝之后，在午门轮流为诸将讲论经史及君臣之礼，“庶几忠君爱国之心、全身保家之道油然日生而不自知也”。洪武五年，又作铁榜申诫公侯，规定：凡内外各指挥、千户、百户、镇抚并总旗、小旗等，不得私受公侯金帛、衣服、钱物；凡公侯等官非奉特旨，不得私役官军；凡公侯之家，不得强占官民山场、湖泊、茶园、芦荡及金、银、铜场、铁冶；凡内外各卫官军非当出征之时，不得辄于公侯门首侍立听候；凡功臣之家管庄人等，不得倚势在乡欺殴人民；凡功臣之家屯田佃户、管庄干办、火者、奴仆及其亲属人等，不得倚势凌民，侵夺田产、财物；凡公侯之家，除赐定仪仗户及佃田人户，已有名额报籍在官，不得私托门下，隐蔽差徭；凡公侯之家，不得倚恃权豪，欺压良善，虚钱实契，侵夺人田地、房屋、孳畜；凡功臣之家，不得受诸人田土及朦胧投献物业。对违反上述禁令者，榜文逐项规定了处罚和用刑的办法。其中公侯家人倚势凌人，侵夺田产、财物和私托门下，隐蔽差徭，都要处以斩刑。

洪武八年，朱元璋又编纂御制《资世通训》，教育臣僚要“勿欺勿蔽”效忠皇帝。《明太祖宝训·保全功臣》载：朱元璋数次召见勋臣宿将，反复诫谕他们说：“朕赖诸将佐成大业，今四方悉定，征伐休息，卿等皆爵为公侯，安享富贵。当保此禄位，传子孙，与国同休。然须安分守法，存心谨畏，则自无过举。朝廷赏罚一以至公，朕不得而私也。昔尉迟敬德见唐太宗危迫，单骑入王世充阵中，与单雄信力战，翼卫太宗以出，功大矣。及太宗宴群臣，敬德与任城王道宗争长，击其目几眇。太宗怒，欲置之法，非群臣力谏，太宗肯惜其功而贷其罪乎？又如长孙无忌，文德皇后亲弟也，尝佩刀入禁门，监门者失于觉察，后请置以法，太宗特命释之。帝室亲姻，有罪犹不可免，况其他乎？卿等能谨其所守，则终身无过失矣。”又说：“古人不亏小节，故能全大功，不遗细行，故能成大德，是以富贵终身，声名永世。今卿等功成名立，保守晚节，正当留意！”

同时，朱元璋还利用特务监视臣僚的活动。早在明朝建立之前，朱元璋就开始利用手下的亲信搞侦察活动。《国初群雄事略》载，至正十九年(1359 年)，朱元璋曾派帐下卫士何必聚到江西袁州侦察陈友谅部将欧普祥的动静。何必聚回来向朱元璋作了汇报，朱元璋问他：“汝到袁州何为记？”他答道：“欧平章门有二石狮，吾断其尾尖。”攻占袁州后，一查果然如此。朱元璋的亲随小先锋张焕，在至正二十六年(1366 年) 以后也经常被派作特使，到前方军中传达命令和察事。至正二十七年(1367 年) 十月，朱元璋得知前方有一个摩尼教徒，即派张焕传令给徐达，叫他把这个摩尼教徒捉来。

即位之后，朱元璋又起用许多心腹做特务，称为“检校”，察听在京大小衙门官吏不公不法及风闻之事，“奏闻太祖知之”。《国初事迹》中载，这些特务，有的是文官，如高见贤和佥事夏煜、杨宪、凌说等，也有禁卫军官，如兵马司指挥丁光眼、金吾后卫知事靳谦、毛麒之子毛骧、耿忠等，还有和尚，如吴印、华克勤等。检校的足迹无所不至，勋臣小吏都在他们的监视之中。有一次，朱元璋派检校察听将官家属，发现有女僧引诱华高、胡大海妻，敬

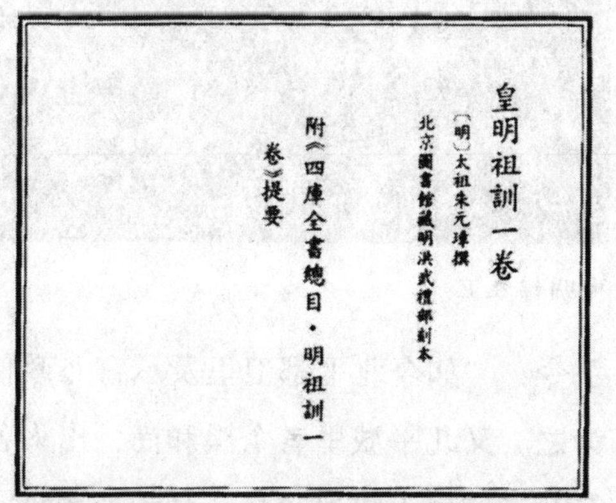

皇明祖訓一卷
〔明〕太祖朱元璋撰
北京圖書館藏明洪武禮部刻本
附《四庫全書總目·明祖訓一卷》提要

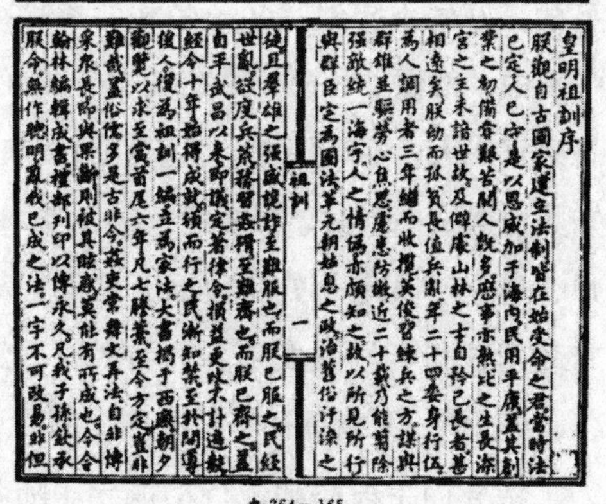

皇明祖訓序
朕觀自古國家建立法制皆在始受命之君當時法
已定人已守是以恩威加于海內民用平康蓋其創
業之初備嘗艱苦閱人既多歷事亦熟比之生長深
宮之主未諳世故及僻處山林之士自矜己長者甚
相遠矣朕幼而孤貧長值兵亂年二十四委身行伍
為人調用者三年繼而收攬英俊習練兵之方謀與
群雄並驅勞心焦思慮患防微近二十載乃能翦除
強敵統一海宇人之情偽亦頗知之故以所見所行
與群臣定為國法革元朝姑息之政治舊俗汙染之
徒且群雄之強盛詭詐至難服也而朕已服之民經
世亂欲度兵荒務習奸猾至難齊也而朕已齊之蓋
自平武昌以來即議定著律令損益更改不計遍數
經今十年始得成就頒而行之民漸知禁至於開導
後人復為祖訓一編立為家法大書揭于西廡朝夕
觀覽以求至當首尾六年凡七謄藁至今方定豈非
難哉蓋俗儒多是古非今姦吏常舞文弄法自非博
采衆長即與果斷則被其眩惑莫能有所成也今令
翰林編輯成書禮部刊印以傳永久凡我子孫欽承
朕命無作聰明亂我已成之法一字不可改易非但
祖訓 一
史 264—165

《皇明祖训》书影

大明锦衣卫

奉藏僧，行“金天教法”。朱元璋得讯大怒，下令将两家的妇人及女僧统统投水淹死。

《弇山堂别集》记载，洪武三年(1370年)北平的特务向朱元璋报告北平的动静，朱元璋立即给徐达等人发去手令：“如今北平都卫里及承宣布政使司里快行，多是彼土人民为之。又北平城里有个黑和尚，出入各官门下如常，与各官说些笑话，好生不防他。又一名和尚系是江西人，秀才出身，前元应举不中，就做了和尚，见在城中与各官说话。又火者一名姓崔，系总兵官庄人。本人随别下泼皮高丽黑共陇，问又有隐下的高丽，不知数。遣文书到时，可将遣人都教来，及那北平、永平、密云、蓟州、遵化、真定等处乡市旧有僧尼，尽数起来，都卫快行、承宣布政司快行，尽数发来。一名太医，江西人，前元提举，即目在各官处用事。又指挥孙苍处有两个回回，金有让孚家奴也，教发来。”

特务们手段高超，行动诡异。陆容《菽园杂记》载：南京各部皂隶原来都戴漆巾，诸司衙门原来都挂牌额，特务派逻卒阴伺诸司得失，发现礼部皂隶白天睡觉，兵部晚上不设巡警，就把礼部皂隶的漆巾和兵部门前的牌额偷偷取走，以示惩罚。礼部皂隶从此不戴漆巾，兵部门前也没有牌额，成了明代的典故。叶盛《水东日记》载：老儒钱宰奉命编《孟子节文》，朝罢低吟："四鼓冬冬起著衣，午门朝见尚嫌迟，何时得遂田园乐，睡到人间饭熟时？"特务马上报告。第二天，在文华殿宴毕，朱元璋召见诸儒，对钱宰说："昨日好诗，然曷尝嫌汝？何不用忧字？"钱宰被吓出一身冷汗，忙磕头谢罪，朱元璋就遣送他回老家，说："朕今放汝去，好放心熟睡矣。"《明史·宋讷传》载，国子祭酒宋讷有一天独坐生闷气，面有怒色，特务见了，偷偷给他画了张像。第二天，朱元璋问他为何生气，宋讷大吃一惊，答道：有个国子监生走路很快，摔了一跤，撞碎了茶具。我惭愧自己有失教诲，正在自责哩。但陛下又怎么知道这件事呢？朱元璋把画像拿给他看，他才恍然大悟，顿首谢罪。《明史·陈修传附吴琳传》载，曾任兵部和吏部尚书的吴琳，告老回到黄冈老家。朱元璋派人前去察听，那人远远看见一个农民打扮的老头从小凳上站起插秧，样子十分端谨，便上前问道：这里有个吴尚书在家吗？老头敛手回答：我就是！那人回去一说，朱元璋很高兴。

宋濂像

即使是那些对皇帝

洪武二十四年应天府铜权

忠诚不贰、行为十分谨慎的开国元勋，朱元璋对他们也备怀戒心，派人监视。《明史·宋濂传》有载，宋濂为人诚谨，在宫廷内做了很长时间的官，不曾说过别人的一句坏话。宿舍的墙壁上贴着“温树”两个大字，有客人来访，问起宫廷里的事，就指指墙上的字，从不回答。“温树”典出《汉书·孔光传》：汉代大臣孔光是孔子十四世孙，官至御史大夫、丞相。他曾主掌枢密十余年，为官谨慎，遵守法度。休假日回家时，和兄弟、妻子

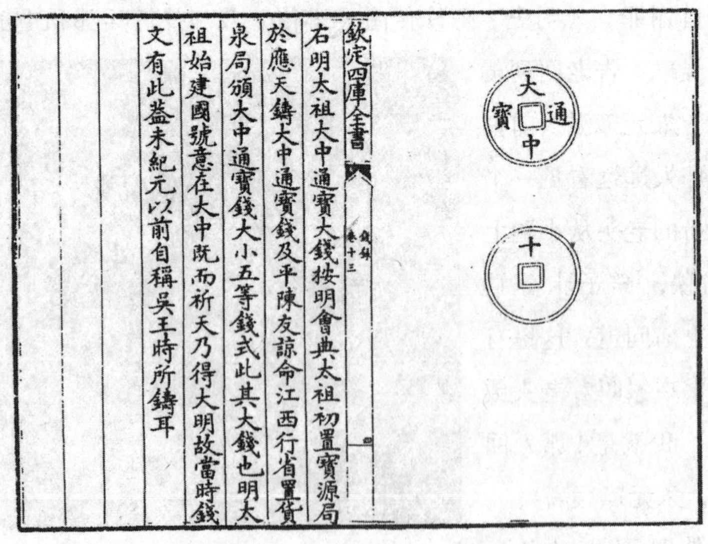
欽定四庫全書

錢録 卷十三

右明太祖大中通寶大錢按明會典太祖初置寶源局於應天鑄大中通寶錢及平陳友諒命江西行省置貨泉局頒大中通寶錢大小五等錢式此其大錢也明太祖始建國號意在大中既而祈天乃得大明故當時錢文有此蓋未紀元以前自稱吳王時所鑄耳

大中通宝

闲谈时，绝口不谈朝廷政事。家中有人问他：“长乐宫温室殿里都长着什么树呢？”孔光沉默不答，转谈别的话题，坚决不泄露朝廷内的事物。后以此典咏居官言行谨慎。朱元璋曾夸奖他“事朕十九年，未尝有一言之伪，诮一人之短，始终无二，非止君子，抑可谓贤矣”，但仍暗中派人侦察他的行动。有一天，宋濂同客人饮酒，朱元璋暗中派人察听。翌日，朱元璋问他昨天喝酒了没有，座上客人是谁，吃了什么菜？宋濂如实作了回答，朱元璋才笑着说：说的对，你没骗我！

有时，朱元璋还换上老百姓的衣服，亲自侦察大臣的活动。《明史·罗复仁传》载，陈友谅的编修罗复仁，投朱元璋后，官弘文馆学士，与刘基同位。他操一口江西话，在朱元璋面前敢于直陈

南京明孝陵

得失，朱元璋喜欢他质直的性格，称呼他为“老实罗”。一天，朱元璋突然微服私访，径直跑到城外罗复仁的家里。罗复仁的房子破烂不堪，当时他正扒在梯子上粉刷墙壁，一见皇帝来了，慌忙叫妻子端个小凳请皇帝坐。朱元璋见到这副景象，过意不去，说：大贤人怎么能住这样破烂的房子。于是下令赐给他一座城里的大宅第。《剪胜野闻》还记载，有一次，朱元璋微服出访，突然跑到徐达家里。徐达病得很厉害，见他来了，从枕褥下抽出一把宝剑对他说：要是碰上别人，可能就会把你杀了。以后千万小心！从此，朱元璋才不再私访功臣之家。

检校横行霸道，如兵马司指挥丁光眼巡街生事，遇上没有路引的行人，就捉去充军。高见贤、夏煜等人则专作告发人家阴私的勾当，连开国元勋李善长等人都怕他三分。朱元璋对他们非常欣赏，说：“有此数人，譬如恶犬，则人怕。”并给一些察听有功的检校升官，如毛骧从管军千户升为都督佥事，掌锦衣卫事，典

太祖书

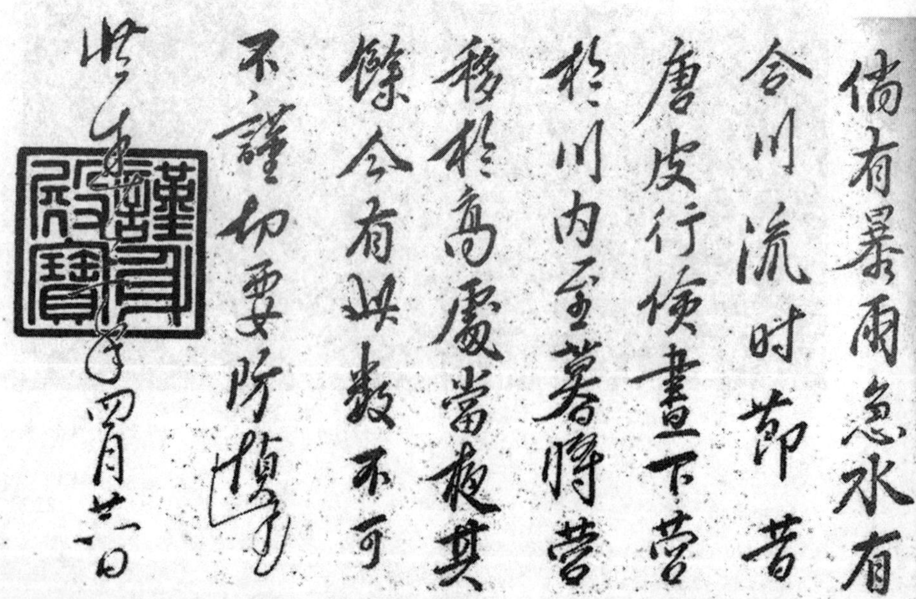
倘有暴雨急水有
合川流时节昔
唐皮行便尽下营
於川内至暮时营
移於高处当夜其
余令有数不可
不谨切要防慎
四月廿日

诏狱；耿忠做到大同卫指挥使；杨宪做到中书省右丞、左丞。连和尚吴印、华克勤，也还俗做了大官。

《明通鉴》载，朱元璋还“以功臣有大勋，各赐卒百二十人为从，曰奴军”。奴军名义上是赐给勋臣宿将的奴仆，实际上负有暗中监视他们的任务，“盖防其二心，且稽察之也”。

以上史籍所载种种，能够看出朱元璋多疑，对于淮西集团勋臣的不信任，但在早期，他更多的还是一种良苦用心，希望淮西集团的老兄弟们能够自警、自律，规范用权，合法享用自己的荣华富贵，继续在同一条船上继续前进。

二、淮西集团与江南文士的争斗

遗憾的是，尽管朱元璋采取了种种措施，这其中也不乏高压手段，但并没有真正起到约束淮西集团勋贵的作用。淮西集团勋贵大部分是农民出身，没有什么文化，李善长、冯国用、冯胜等

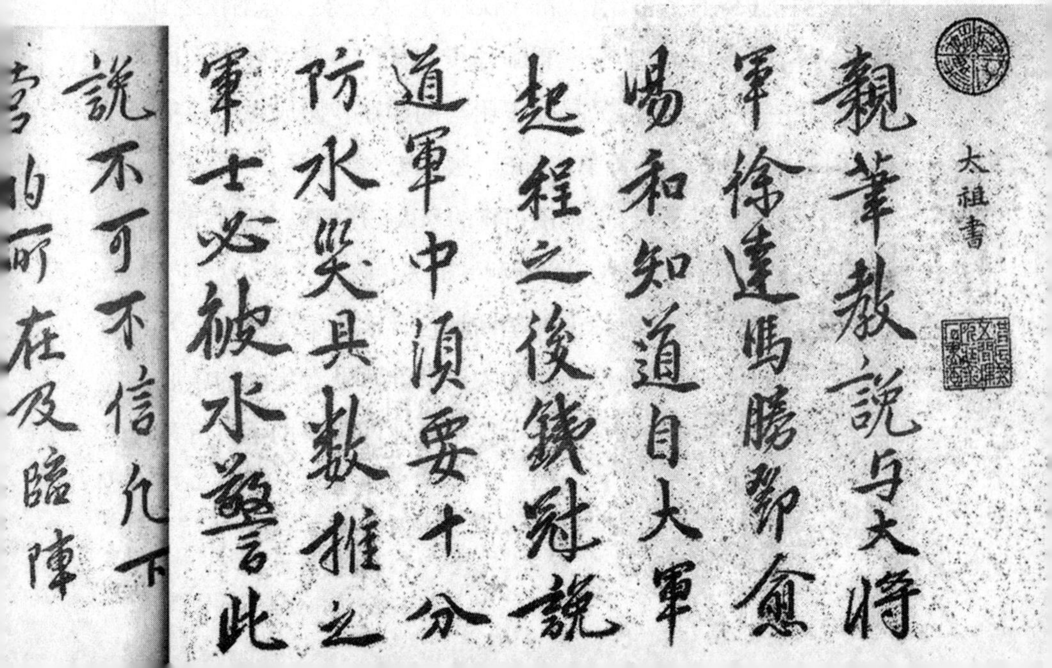

少数地主出身者，虽然读过书，但文化水平也不很高。他们既缺少文化及历史知识的训练，又缺少封建礼制和法律的教育，加上长期在农村生活，乡土和宗族观念都很重，所以眼界一般比较狭小，目光也较短浅，办事往往只顾眼前的暂时利益而不顾及其他。为了追逐更多的财富，攫取更大的政治权力，他们对朱元璋的警告置若罔闻，自恃劳苦功高，又是皇帝的同乡，骄纵妄为，逾越封建法纪的现象屡屡发生。

《明通鉴》载：洪武三年(1370年)，“功臣恃功骄态，得罪者渐众”。《明太祖实录》中，记载了淮西集团勋贵们一系列骄纵枉法的事实：如汤和嗜酒妄杀，不守法度；赵庸随李文忠出征应昌，私占奴婢，废坏国法；廖永忠曾唆使手下的儒生窥朱元璋的意旨，以邀封爵；郭兴不奉主将之命，不守纪律；薛显妄杀胥吏，杀兽医，杀火者，杀马军，为了抢夺天长卫千户吴富缴获的牲口，还动手杀了吴富。此后，朱元璋尽管不时对功臣宿将发出警告，他们仍然我行我素，未见收敛。如徐达、李文忠总兵塞上，手下的偏裨将校，日务群饮，“济宁侯顾时、六安侯王志酣饮终日，不出会议军事”，都督蓝玉“昏酣悖慢尤甚”。曹兴驻守大同“多不循轨度”，调往福建又接受王驸马的贿赂。谢成在山西擅夺民利。周德兴恃帝故人，营第宅逾制。廖永忠“数犯罪，屡宥不悛，又复僭侈，失人臣礼甚矣”。勋臣宿将的家人、庄佃也多狐假虎威，倚势冒法，如胡惟庸的家人“为奸利事道关，榜辱关吏”。

为了维护自己在政治上的垄断地位，淮西集团勋贵还互相勾结，一起排斥、打击非淮西籍的大臣。淮西勋贵集团的核心人物是李善长，是辅弼朱元璋夺天下、定基业的重要助手，有萧何之褒称，又与朱元璋结成儿女亲家，在朝廷位列第一。他为人“外宽和，内多忮刻”。担任左丞相不久，参议李饮冰、杨希圣“稍侵善长权，即按其罪奏罢之”。不久，杨宪向他发起攻击，他又联合其他淮西勋臣，将杨宪倾陷致死。

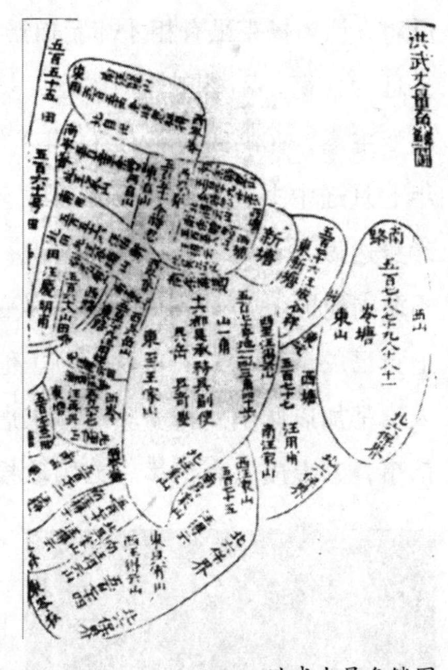

洪武丈量鱼鳞图

杨宪，初名慈，字希武，山西阳曲人。至正十六年(1356年)，朱元璋初据应天，他同儒士夏煜、孙炎等进见，深受器重，被留居幕府。和杨宪同时入朱元璋幕府的，还有孔克仁、栾凤、陈养吾、王祷等。这些人和杨宪一样，都是知识分子，能弥补朱元璋决策能力的不足，提高朱氏政权的社会影响。洪武初年，杨宪担任检校，历官至御史台中丞。杨宪通经史，有才辩，“裁次明敏，人服其能”。朱元璋很赏识他的才，想用他做丞相。他征求刘基的意见，刘基坚决

明建文二年铸造的铜火铳（现藏凤阳县博物馆）

反对，认为杨宪虽有相才却无相器，说当宰相，必须持心如水，以义理为权衡，不掺杂任何私念，杨宪做不到这一点。朱元璋只好改变主意，在洪武二年(1369 年)九月任命杨宪为中书省右丞，翌年七月迁中书省左丞。杨宪有才干，但确无容人的器量，在朱元璋身边做官时间一长，熟悉情况，便假宠市权，藐视同列，谁也不敢同他抗衡。升任中书丞后，尽变中书省事，将旧吏全部罢除，换上自己的亲信，“阴入持权”。他专恣擅权，对不是自己派系的人，都加以倾陷、打击。宁海人詹鼎有才学，曾做过方国珍幕府都事，判上虞，有治声。方国珍投降后，他在洪武元年代为起草谢书，受到朱元璋的欣赏。朱元璋把他召到南京，想给他官做，受到杨宪的极力阻挠，直到杨宪死后，他才出任留守经历的小官。高邮人汪广洋在洪武三年被任命为中书省左丞，当时杨宪为右丞，他对杨宪百依百顺，杨宪还是不容，嗾使御史刘炳等人弹劾他“奉母不如礼，以为不孝”，使之革职遣还高邮。即便如此，杨宪仍不放过，又叫刘炳奏请将他谪徙海南。《国初事迹》载，对淮西集团勋贵炙手可热的权势，杨宪更是羡慕嫉妒恨。他

刘伯温授经图

联合检校凌说、高见贤、夏煜，轮番向朱元璋进谗，攻击李善长“无宰相材”，但朱元璋说：“善长虽无相材，与我同里，我自起兵事我，涉历艰险，勤劳簿书，功亦多矣。我既为君，善长当为相，盖用勋旧也，今后勿言。”

面对杨宪的进攻，淮西勋臣团结一致，合力进行反击。听到朱元璋想以杨宪为相的消息，李善长的同乡、亲戚胡惟庸就告诉李善长，说如果杨宪为相，我们这些淮人就做不成大官了。当杨宪唆使刘炳再次上书弹劾汪广洋时，李善长便上书指控他“排陷大臣，放肆为奸”等事。朱元璋将刘炳逮捕下狱，刘炳“尽吐其实”。朱元璋令刘基审理此人，正直的刘基“并发其奸状及诸阴事”，朱元璋大怒，令群臣揭露。七月，“宪辞伏，遂与炳等皆伏诛”。凌说、高见贤、夏煜等人，也先后被处死刑。汪广洋被调回，进封忠勤伯。

刘伯温像

清除杨宪之后，淮西集团勋贵的势力更加膨胀，于是又把矛头指向刘基。

刘基和宋濂、叶琛、章溢等一批浙东籍的地主儒士，都有较高的文化素养，知兵识礼，富于谋略。他们在至正十八年(1358年)朱元璋进军浙东时先后归附，不仅使浙东地区迅速平定，而且此后全力辅佐朱元璋，为大明王朝的缔造做出了突出的贡献。刘基担任朱元璋的主要谋士，初见朱元璋，即陈时务十八策，并为朱元璋制定东西两个战略方向上的攻敌决策和主攻方向。据毕沅《续资通鉴》125卷载，刘基是这样说的："明公因天下之乱，崛起草莽间，尺土一民无所凭借，名号甚光明，行事甚顺应，此王师也。我有两敌：陈友谅居西，张士诚居东。友谅包饶、信，跨荆、襄，几天下半；而士诚仅有海边地，南不过会稽，北不过淮阳，首鼠窜扰，阴欲皆元，阳欲附之，此守虏耳，无能为也。友谅劫君而胁其下，下皆乖怨。性剽悍轻死，不难以其国尝人之锋，然实数战民疲。下乖则不欢，民疲则不附，故汉易取也。夫攫兽之生猛，擒贼之先强。今日之计，莫若先伐汉。汉地广大，得汉天下之形成矣。"这个议论，对朱元璋可谓提醐灌顶。因为渡江以来，他的眼光一直是盯着东部张士诚的。对先向东还是先取西，他是不明确的。《明史·刘基传》载，朱元璋"察其至诚，任以心膂。每召基，辄屏人密语移时。基亦自谓不世遇，知无不言。遇急难，勇气奋发，计画立定，人莫能测。暇则敷陈王道，帝每恭己以听"。他为消灭陈友谅和张士诚提供了很好的计策，又创立军卫法，被朱元璋誉为"吾子房(张良)也"。章溢、叶琛、胡深等人也多有功绩，叶、胡二人还先后战死。宋濂、王祎等人则为大明王朝创设典章制度、主持文化教育，成绩斐然。方孝孺在《逊志斋集》中有文赞他们："或以功业定乱，或以文章赞化，卒能合四海于分裂之余，不越十年，遂致乎治"，因而成为明朝的开国功臣，深得朱元璋的器重，这就引起淮西集团勋贵的忌恨。

在明朝建立前，以武定天下，淮西集团将臣尚不觉得这些浙东文人对他们有什么威胁，相反甚至认为他们足智多谋，有助于弼成自己的赫赫武功。如今，明朝已经建立，要以文治天下了，淮西勋贵不免感到恐慌，生怕满腹经纶的浙东文人会取自己而代之，成为朝廷所依靠的重臣。

在这些浙东籍的功臣当中，叶琛和胡深早在明朝建立前已战死，王祎又于洪武五年出使云南遇害，宋濂则为人小心谨慎，凡事与世无争，淮西集团勋贵便把矛头集中指向刘基，定要除之而后快。早在明朝建立前，李善长就极力排挤刘基。明人黄纪善《诚意伯刘公行状》载，有一次，朱元璋为某件事对李善长发脾气，刘基出面斡旋，说他是有功的老臣，能够调和诸将。朱元璋说：他几次要害你，你怎么还替他说好话？我看你忠心耿耿，功劳又大，当丞相倒是挺合适的。刘基赶忙推辞，说撤换丞相就好像换根大柱子，非得找根粗大的木材不可，如果用几根细小的木头捆在一起顶替，将会加速大厦的倒塌。国家这么大，应该找个能胜任这个职务的大才来当丞相，像我这样驽钝的人，是不行的。

洪武元年，朱元璋赴汴梁大会诸将，命李善长与刘基留守应天。李善长的亲信、中书省都事李彬贪纵犯法，刘基身为御史中丞，性刚嫉恶，主张严办。李善长出面说情，他坚执不允，驰奏斩之，“由是与善长忤”，更加深李善长对刘基的仇恨。朱元璋回来后，李善长等人相继向朱元璋进谗，合力攻击刘基。刘基请求引退，朱元璋只好让他回老家闲住一段时间，再调回来担任弘文馆学士。但由于遭到淮西勋臣的排挤打击，洪武三年十一月大封功臣时，他只被封为诚意伯，岁禄二百四十石，同李善长的岁禄四千石的韩国公爵位简直无法相比。洪武四年李善长因疾致仕后，朱元璋找刘基商讨丞相的人选。朱元璋主张用杨宪，刘基表示反对。朱元璋问汪广洋如何，他说此人褊浅。又问胡惟庸如何，他认为更不行，说胡惟庸像头小牛犊，用来耕地，非折辕破犁不可。朱元璋说：看来丞相之职非先生莫属了？刘基坚决推辞，说：臣嫉恶太深，又不耐繁剧，当丞相将辜负陛下的大恩。天下何患无才，希望明主悉心求索。像眼前这些人，确实是不堪负此重任的。刘基因此又得罪胡惟庸。他看到自己直言激愤，得罪了不少人，很难在朝廷站住脚，于是便急流勇退，多次上书请求告老回乡。得到朱元璋的批准后，他回到老家，谢绝一切官府往来，整天饮酒下棋，读书吟诗，口不言功。后来，胡惟庸当权，又"挟前憾，使吏讦基"，诬告他与民争夺一块有"王气"的地方想作坟地，图谋不轨，使之被革掉岁禄，并被迫入京请罪。不久，胡惟庸任相，刘基悲戚长叹："使吾言不验，苍生之福也！言而验者，其如苍生何？"后遂忧愤成疾，一病不起。洪武八年(1375 年)正月，朱元璋叫胡惟庸派医生来看他的病。刘基服下这个医生开的药，"有物积腹中如拳石"，病更加重。三月，朱元璋派人护送他回老家养病，过一个月便死了。刘基死后，长子刘琏亦"为惟庸党所胁，堕井死"。

淮西集团铲除了刘基，剩下的非淮西籍官僚，权小势孤，便构不成威胁。汪广洋在杨宪死后虽被重新起用，位列中书，但慑于淮西勋贵的权势，整天喝酒，唯"浮沉守位而已"。满朝文武，再也无人能同他们分庭抗礼，淮西集团的权势达到顶峰。

随着淮西勋贵权势的不断膨胀，朱元璋同他们之间的矛盾也日益加深。特别是中书右丞相胡惟庸专恣擅权，更使双方的矛盾发展到不可调和的地步。

第二节 谋反是清洗的最神圣理由

一、胡惟庸案

胡惟庸是淮西集团的重要人物。他是定远人，与李善长同乡。明人《献征录》上说他“为人雄爽有大略，而阴刻险鸷，众多畏之”。他早年曾在元朝做官，至正十五年(1355 年)在滁州投奔朱元璋，任元帅府奏差。滁州这一时期先后投奔朱元璋的还有郭景祥、李梦庚、杨元杲、阮弘道、侯元善、樊景昭、汪河等。他们都在朱元璋幕府中管文案、参谋戎机，都没有战功，但胡惟庸很会混，其他人都无法和他比。混到至正二十七年（1367 年），由“元帅府奏差”转任宁国县主簿，后县令，而吉安府通判，而湖广行省佥事，而内调为太常寺少卿，太常寺卿，确实会混。传说，他之所以能获得内调，全靠送了李善长三百两金子。

胡惟庸像

杨宪被杀后，朱元璋有些后悔，觉得满朝大臣，没有一个能中他的意。胡惟庸竭尽逢迎谄媚之能事，“晨朝举止便辟，即上所问，能强记专对，少所遗”，因而博得朱元璋的欢心，令代汪广洋为左丞。洪武四年(1371年)正月，李善长因病致仕，徐达又以大将军身份备边北平，不与省事，朱元璋以汪广洋为左丞相，胡惟庸为右丞相。汪广洋为人懦弱怕事，又喜欢喝酒，凡事都让着胡惟庸，而且汪广洋在洪武六年(1373年)正月被贬往广东，于是胡惟庸便成了事实上的宰相，直到这年七月升为正式的右丞相之时。洪武十年(1377年)九月，他又由右丞相升为左丞相，汪广洋这时候回任右丞相，地位反而不如他。

从洪武十年九月到十三年正月，胡惟庸足足当了两年又四个月的左丞相，大权独揽，不仅目无同僚，而且常常遇事不奏而行，对各衙门递上来的奏章，自己必先看一遍，不利于己的便搁起来，不让皇帝知道。皇帝朱元璋觉得他比谁都好。他不像李善长那么老朽、刘基那么古怪、宋濂那么迂腐、杨宪那么器量小、汪广洋那么荒唐；相反，他善体人意，又很谨慎小心：既“曲”且“谨”。

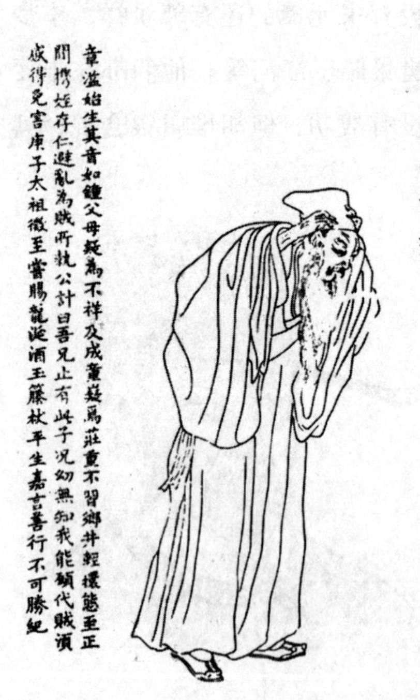

御史中丞章溢

他爬到了一人之下，万人之上，又深得这“一人”的宠信，可以为所欲为、作威作福，家中堆满了各方送来的“金帛、名马、玩好”，还能有什么不满足的？然而，他竟然不满足，硬想取朱元璋而代之。为什么？

他最大的原因，是“心里不太平”。俗语说：爬得高，跌得重。他深知朱元璋最恨贪污，倘若有一天他贪污的事被朱元璋知道，如何收场。况且，毒死刘基的事虽则是天知地知他自己知，也难免没有一天，不被暴露出来。毕竟是要想天不知，除非己莫为。

依照朱元璋自己所颁布的《昭示奸党录》，胡惟庸第一次动员李善长入伙造反，是在洪武十年九月。事实上，胡惟庸结党谋叛，可能更早于此。

最先被胡惟庸结为死党的，是吉安侯陆仲亨与平凉侯费聚。这两人打仗的本事很不坏，但是在洪武三年先后挨了朱元璋的处分。吉安侯陆仲亨自陕西回南京，擅用驿马，被朱元璋罚到山西代县捕盗。平凉侯费聚奉命抚治苏州军民，由于耽溺酒色，被罚到西北招降蒙古，又无功，受到朱元璋的切责。其后洪武六年某月，胡惟庸请他们二人在家中喝酒，喝到半醉，叫左右的人走开，单独对他们两人说：“我们干的违法事很多，一旦被发觉了怎么办？”这两人害怕起来。于是，胡惟庸叫他们帮他准备造反，在外边“收集军马”。

在陆仲亨、费聚以后入伙的，是都督毛骧。毛骧介绍给胡惟庸一个在宫中当卫士的刘遇贤，与一个在京师的亡命之徒魏文进。

再其后，被胡惟庸收为心腹的，是明州卫指挥林贤。林贤奉旨出海防倭，在洪武九年接来了日本的贡使圭廷用。胡惟庸叫林贤在圭廷用回航日本之时，故意把贡船错认作寇船，“打了分用”。于是，林贤有了把柄落在胡惟庸之手。胡惟庸一面又对朱元璋假作正经，说林贤错打贡船，理应处罚。朱元璋将林贤流放到日本去，正中胡惟庸之计：使得林贤有机会与日本朝野发生接触。三年以后，洪武十二年，胡惟庸派了一个李旺，到日本假传圣旨，召回林贤。林贤已经向“日本国王”借得了四百名精兵，作为日本新贡使如瑶藏主的随从，计划在入觐朱元璋之时，出其不意，将朱元璋杀害。

不料，洪武十三年这四百名日本精兵到达京师（南京）之时，胡惟庸业已事败被杀，朱元璋将他们一齐逮捕，发往云南，作为中国的戍卒。

胡惟庸的另一布置，是暗派元朝的旧臣封绩，带了向北元皇帝称臣的表，经亦集乃（额济纳）到和林，请北元皇帝大举南伐，使得朱元璋的大军被调去应战，他好在京师肘腋之地下手。封绩果然走到了和林，然而北元并无力量大举出兵。

胡惟庸本想静候林贤的活动成熟，或是北元大举南伐，然而一则是儿子被马车压死，他一怒杀了马车夫，被朱元璋知道，朱元璋大骂，要他偿命（实际上并未将他逮捕）；二则是占城国（在今天越南南部）有贡使来，他不曾报告朱元璋，也被朱元璋知道，朱元璋又大骂一顿，他推说这是礼部的错，朱元璋把礼部的人关了起来，要追问究竟是谁的错；三则是右丞相汪广洋忽然被贬往广南，而且，走不了多久又被朱元璋派人追斩其首，事后又要追问。汪广洋的一个小老婆原为犯罪的一个县官之女，只能配给“功臣”（武人），不应配给“文臣”，究竟是谁作的主张。于是，胡惟庸在洪武十三年正月便提前动手。

事实上，汪广洋之所以被贬，正是由于胡惟庸毒死刘基的事，被御史中丞涂节报告了朱元璋。涂节说：“这件事，汪广洋应该也知道。”朱元璋问汪广洋：“刘基是不是被胡惟庸毒死的？”汪广洋回答：“没有这个事。”朱元璋大怒，说：“你和胡惟庸结党，蒙蔽我！”便把他贬往广南。

贬了以后，朱元璋又想杀他，是因为想起了以前汪广洋也曾经在江西隐瞒过朱文正的罪恶，在中书省隐瞒过杨宪的罪恶。

涂节如何知道胡惟庸毒死刘基，是一个谜。可能是，胡惟庸自己不小心，于涂节入伙以后，把涂节当做自己人，而一时兴奋，无话不谈。涂节是什么时候入伙的？在胡惟庸杀了马车夫，朱元璋声称要胡惟庸偿命以后。是谁介绍涂节入伙的？御史大夫陈宁。

陈宁是湖南茶陵人，在元朝当过镇江路的小官，受朱元璋的知遇一再提拔到中书省参知政事，因犯错被贬为苏州知府。在苏州，他喜欢把铁烧红，拷问嫌疑犯，赢得一个绰号——“陈烙铁”。胡惟庸保荐他，于是他由苏州知府升为御史中丞，又连升为右御史大夫，左御史大夫。当了御史大夫，他更为严厉而残忍，他的儿子陈孟麟劝他不可如此，他一怒之下，活活把这儿子打死。朱元璋接到人报告，颇为寒心，说：“一个人对自己的儿子这样无情，对君上又怎么会有什么感情呢！”这句话，传到陈宁耳里，陈宁害怕得很，便入了胡惟庸的伙，而且拖了涂节去参加。

涂节在洪武十一年十二月，出卖胡惟庸，他暂时不说胡惟庸谋反，只说“胡惟庸毒死了刘基，汪广洋也知道”。朱元璋却不办胡惟庸，先办汪广洋。

次月，涂节上告胡惟庸谋反。差不多同时候，一位曾经作过御史中丞而被胡惟庸降为中书省小官的商暠，也把胡惟庸的若干秘密，告诉了朱元璋。

《明史·胡惟庸传》说，在涂节上告与商暠告密以后，朱元璋立刻下令逮捕胡惟庸。

《明通纪》载，胡惟庸之所以被逮捕，是因为朱元璋被请驾临胡府，观看井中所出醴泉之时，被一个宦官云奇拼命拦阻，于是走上宫城城墙，见到胡府里面，有“裹甲”的人，“伏屏帷间数匝”。胡府在细柳坊，离宫城西华门不远，然而朱元璋怎能看到屋瓦之下、屏帷之间的裹了甲的人？《明通纪》的记载，应是民间传说一类，不可信。

胡惟庸被捕以后，朱元璋把他讯问了一番，又交给“廷臣”公审，于是胡惟庸供出了陈宁。经过一番审讯，胡惟庸与陈宁被赐死。廷臣说：“节本预谋，见事不成，始上变告，不可不诛。”

夏山刘基墓

乃下令“并诛节，余党皆述坐”，并宣布胡惟庸的罪状是：“窃持国柄，枉法诬贤，操不轨之心，肆奸欺之蔽，嘉言结于众舌，朋比逞于群邪，蠹害政治，谋危社稷”。接着，朱元璋乘机废除丞相，取消了中书省，由皇帝自己管理国家政事。此后，“勋臣不与政事”，淮西集团勋贵除了继续领兵作战之外，一般就不再让他们担任行政职务了。

洪武十五年(1382 年)，朱元璋设立了正式的特务机构锦衣卫。原先的检校只是一种职务，只能执行监视侦伺的任务，没有逮捕、审讯和判刑的权力。锦衣卫设有专门的法庭和监狱，不仅可以出动大批特务察听、侦伺臣僚的活动，而且可以直接逮捕、审判和处决人犯，更便于铲除对皇家统治有危险的敌手。朱元璋就依靠这个特务机构，抓住一些大臣的违法事件，搞扩大化，以胡案为借口，对淮西勋贵及其子弟展开了大规模的诛杀。他采取捕风捉影的手段，不断扩大胡惟庸的罪状，洪武十九年(1386 年)把他的罪名升级为私通日本，二十一年(1388 年)再升级为勾结蒙古，先后将心怀怨望、骄横跋扈，可能对皇权构成威胁的文武官员，都陆续牵连到胡惟庸党案里，处以死刑。对江南地区的许多豪强势族，也乘机加以株连，杀了不少人。洪武二十三年(1390 年)三月，又把胡惟庸的罪名发展为串通李善长谋反，把这场大屠杀推向了高潮。谋反成了清洗的最神圣理由。

这一年，李善长向汤和借用兵士三百人，替自己盖房子，被汤和在朱元璋面前告了一状。四月间，李善长有一个亲戚丁斌，犯了罪，该流放到边疆去，李善长向朱元璋当面说情，朱元璋大怒，抓了丁斌拷问。丁斌供出，曾经在胡惟庸家里帮闲，知道胡惟庸有四次劝李善长入伙造反：第一次，托李存义去说，李善长大骂，说：“你这是干什么？我看你要把九族都灭了呢！”第二次，托李善长的好朋友杨文裕去说，答应事成以后把淮西的地方划给李善长为王，李善长听了，似乎心动。第三次，胡惟庸自己去向李善长说，两人对坐密室，说的什么没有人知道。第四次，李存义又去说，李善长回答道：“我老啦，等我死了你们自己去做罢。”依照《昭示奸党录》记载，第一次，李存义去说，是在洪武十年九月，也就是胡惟庸升任左丞相的前后。第二次，杨文裕去说，按

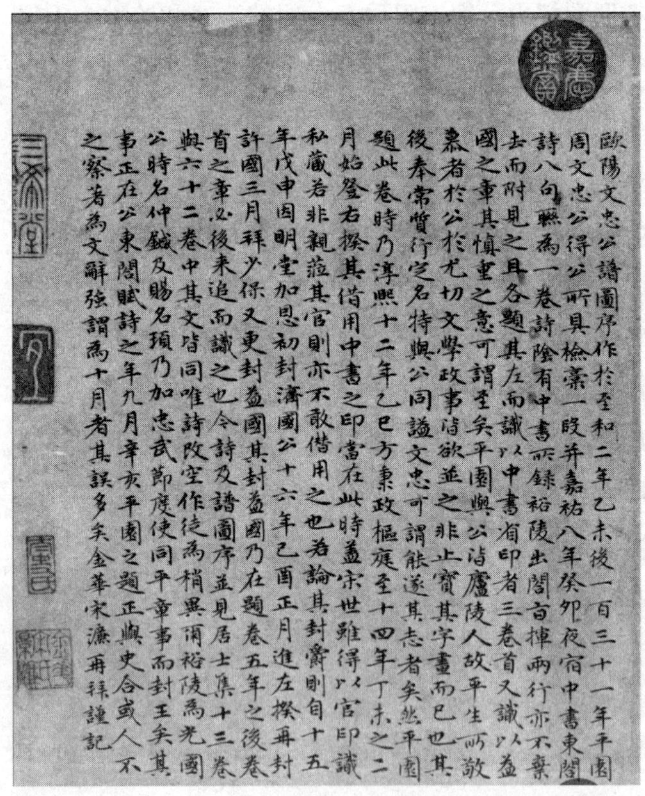
歐陽文忠公譜圖序作於至和二年乙未後一百三十一年平園
周文忠公得公所具檢稾一段并嘉祐八年癸卯夜宿中書東閣
詩八句聯為一卷詩陰有中書所錄裕陵出閤首揮兩行亦不棄
去而附見之且各題其左而識以中書省印者三卷首又識以益
國之章其慎重之意可謂至矣平園與公皆廬陵人故平生所敬
慕者於公於尤切文學政事皆欲並之非止寶其字畫而已也其
後奉常質行定名特與公同謚文忠可謂能遂其志者矣然平園
題此卷時乃淳熙十二年乙巳方秉政樞庭至十四年丁未之二
月始登右揆其借用中書之印當在此時蓋宋世雖得以官印識
私藏若非親莅其官則亦不敢借用之也若論其封爵則自十五
年戊申因明堂加恩初封濟國公十六年己酉正月進左揆再封
許國三月拜少保又更封益國其封益國乃在題卷五年之後卷
首之章必後來追而識之也今詩及譜圖序並見居士集十三卷
與六十二卷中其文皆同唯詩改空作徒為稍異爾裕陵為光國
公時名仲鍼及賜名頊乃加忠武節度使同平章事而封王矣其
事正在公東閣賦詩之年九月辛亥平園之題正與史合或人不
之察著為文辭強謂為十月者其誤多矣金華宋濂再拜謹記

宋濂书法

《国史考异》记载，洪武十年十月。第三次，胡惟庸亲自去说，是在洪武十年十一月。第四次，李存义再去说，是在洪武十二年八月。无论怎样，丁斌的供词，已经足以置李善长于死地。

况且，在洪武二十三年五月，又发生了第三件不利于李善长的事：封绩被捕下狱。封绩留在北元，于洪武二十一年在捕鱼儿海被蓝玉俘虏，从他的身上搜出胡惟庸勾结北元的证据，但是李善长当时没把这件事报告朱元璋。现在，有某一位御史提出检举，于是因封绩之被捕而李善长逃不了欺君的罪。

第四件事，是李善长自己的一个家奴卢仲谦，他也落井下石，告发李善长确与胡惟庸颇有往来。第五件事，是陆仲亨的家奴封帖木，大凑热闹，不但告发了陆仲亨与费聚，而且把唐胜宗与赵雄也拖下了水。

结果，不但李善长被赐死，而且李家全门族灭（除了当驸马的儿子李祺以外）。

胡惟庸党案前后延续了十几年的时间，先后诛杀了三万多人，其中公、侯一级的就有二十二人。被杀的主要人物有御史大夫陈宁、中丞涂节、韩国公李善长、延安侯唐胜宗、吉安侯陆仲亨、平凉侯费聚、南雄侯赵庸、荥阳侯郑遇春、宜春侯黄彬、河南侯陆聚、靖宁侯叶昇、申国公邓镇（邓愈之子）、临江侯陈镛（陈德之子）、大将毛骧（毛麒之子）、李伯昇、丁玉和宋濂的孙子宋慎等。宋濂也被牵连，贬死茂州（今四川茂汶）。另有宣德侯金朝兴、宁济侯顾时、营阳侯杨璟、靖海侯吴祯、永城侯薛显、巩昌侯郭兴、六安侯王志、南安侯俞通源、汝南侯梅思祖、永嘉侯朱亮祖、淮安侯华云龙，在案发之前已死，也追坐胡党，革除爵位。顾时之子顾敬、朱亮祖次子朱昱、华云龙之子华中也被处死。

二、蓝玉案

胡惟庸案之后，淮西集团勋贵势力的核心人物已基本铲除，只有为数不多的将领仍在边防要地担任军事职务，防御北元残余势力的侵扰。朱元璋通过封为亲王的诸子，在北方边境驻守，对这些将领进行严密的监视和节制。洪武二十三年杀李善长后，“又以公侯年老赐还乡，各设百户一人，统其众以护之，给屯戍之印，赐以铁册”，名曰铁册军，进一步加强对他们的监视。但是，诸将违法乱纪的现象仍时有发生。

自从胡惟庸的案子一而再、再而三地扩大以后，明朝不仅是当臣当民的人人自危，当皇帝的也是感觉到“人人皆敌”，惴惴然不知道自己能活几天，死在谁的手中。洪武十三年以前上下一心、共创新局面的风气，消失得无影无踪。当大臣的是“伴君如伴虎”，当小臣与老百姓的是“虎口余生”，朱元璋自己是虎，却也未尝不是侧身于极多的其他老虎之中，“骑虎难下”，以虎骑虎。他保住了自己的性命与江山，还算是他能干，至于因此而博得了“雄猜”“滥杀”“刻薄寡恩”“可与共患难而不可与共富贵”等等，千古的恶名，他也只好认了。

从现有的史料可以看出，洪武十三年以前的朱元璋，杀人还是有所节制的。而且，即使在洪武十三年，胡案发生以后，他也不曾滥杀与案子直接有关的以外的人。

洪武十五年八月，马皇后去世。马皇后之死，对于他在情感与事业上是一大打击。从此，他缺乏了一个可以无话不谈，而且够资格对他婉转动谏的人。马皇后不仅在当年是他的红颜知己，而且一生信佛，慈悲为怀，唯恐朱元璋待部下不够宽厚。有一年，她视察了国子监，便建议不仅学生们应该有公费，他们的家眷也应该由政府予以赡养。这件小事，足以说明马皇后的心地善良。类似这样的事情，还有很多。

偏偏，恼人的胡案真相，接二连三地暴露于朱元璋之前。洪

蓝玉街牌坊（南面），位于定远县二龙乡街道。这里是蓝玉的老家，明初是繁华的蓝府城，蓝玉案后，朱元璋派回族将领王瑛带兵剿灭了蓝府城。这里改名王回岗。二龙是解放后的名字。

武十八年，李存义父子的事暴露了；洪武十九年，林贤的事暴露了；洪武二十三年，封绩的事也暴露了。于是，牵连到李善长，牵连到陆仲亨。这两人和朱元璋的关系极深，一个是知道有人造反而不报告，一个是甘心入伙，忘恩负义，均使得朱元璋极为讶异、伤心。

朱元璋在《庚午诏书》里说："呜呼善长！当群雄鼎沸之时，挈家草莽，奔走顾命之不暇，虽欲往而无方（想找个地方去，而没有地方可去）。及朕所在，善长挈家诣军门，俯伏于前，其词曰：'有天有日矣'。朕与语，见有其敏。时善长年四十一，朕年二十七（依照《明史》，善长年四十，朱元璋年二十六）。语言相契，朕复虑其反，与之誓词。（渠）本人能谨固自守，相从至于成帝业。"朱元璋又说："吉安侯（陆仲亨）自十七岁被乱兵所掠，衣食不给，潜于草莽，父母兄弟俱无，手持帕一幅裹窖藏臭麦仅一升。朕曰：'来，从行乎？'曰：'从。'自从

洪武十年制作的铁炮

至今，三十九年。前二十一年无事。自洪武六年至二十三年，反已十八年，非家奴所觉，朕略无所知！”

倘若这时候马皇后未死，她可能向朱元璋说：“家奴的话，未必可靠。胡惟庸的事，早就过去了，既往不咎。像陆仲亨这样的人，以后不必重用就是。”

朱元璋已经没有马皇后在身边，给他消愁，解闷，平气。那些三宫六院的妃子，懂得什么？根本无从谈起，无话可谈。朱元璋于是凭着一时的失望、愤恨、恐惧，大开杀戒，杀到洪武二十五年八月，因一个区区的蒙镇抚而把刀锋移向靖宁侯叶昇，因叶昇之死而激反了勋劳不在徐达之下的蓝玉。倘若不是锦衣卫消息灵通，只消再过七天，朱元璋自己准死无疑，大明江山也就结束。

至今依然在使用的蓝玉井

蓝玉是定远人，本是开平王常遇春的妻弟，在常遇春手下当兵，临敌勇敢，所向披靡，积功至大都督府佥事。后来，他又先后跟随中山王徐达征讨北元残部，跟随西平侯沐英征讨西番，跟随颍川侯傅友德出征云南。由于屡立战功，蓝玉被封为永昌侯，而且其女被册封为蜀王妃。蓝玉最著名的军功，是洪武二十年(1387年)作为左副将军随大将军冯胜出塞，降服了北元悍将纳哈出；洪武二十一年(1388年)作为大将军出塞，征讨北元嗣君脱古思帖木儿，一直打到捕鱼儿海(今贝加尔湖)，大胜而还，蓝玉因此以军功而晋升为凉国公，他是继中山王徐达、开平王常遇春之后的明军重要将领。

但是，蓝玉因立有军功和受朱元璋的宠爱，渐渐骄傲恣肆，曾

陪同作者采访的市重点处副处长、驻二龙的扶贫工作队长孟现斌（左一）、定远县文联主席曹力（右一）与蓝玉井女主人合影。

经纵容家奴侵占民田。御史对其家奴的不法行为进行质问，他就驱逐御史。蓝玉带兵北征回还，夜半来到喜峰关城下，要求开门，关吏限于制度没有及时开门，他就令手下砸开关门，毁关而入。后来，又有人告发他，说他私自占有元朝皇帝的妃子，大白天就在俘虏队伍行走着的马车里奸污，致使元妃因羞愧而上吊自杀。在军中，他为所欲为，擅自升降将校。参加西征后，他被升为太傅，而与他同时出征的宋国公冯胜、颍国公傅友德却被封为太子太师，他对此大为不满，整日满腹牢骚。

洪武二十五年(1392年)八月，蓝玉的亲家、靖宁侯叶昇以“交通胡惟庸”的罪名被杀，他怀疑叶昇招出他是胡党，所以才引起朱元璋的猜疑。朱元璋后来令人辑录的《逆臣录》里记录了蓝玉的招供：“前日靖宁侯为事，必是他招内有我名字，我这几时见上位好生疑忌，我奏几件事，都不从。只怕

放置在二龙乡政府中的宋淳熙年间的红石桥板，是从附近一座年久失修的石桥上抬来。也许，少年蓝玉曾从上面走过。

早晚也容我不过，不如趁早下手做一场。”他认为朱元璋这时“病缠在身”，皇太子朱标在四月间病死，被立为皇太孙的朱允炆“年纪又小”，“天下军马都是我总着”，正是下手的好机会。于是密遣亲信，暗中联络景川侯曹震、鹤庆侯张翼、舳舻侯朱寿、东莞伯何荣(何真之子)等和自己过去的老部下，把他们召至自己私宅密谋策划。在夜阑酒酣之际，蓝玉煽动说：“如今天下太平，不用老功臣。以前我每(们)一般老公侯都做了反的，也都无了，只剩得我每（们）几个，没来由，只管做甚的，几时是了？”诸将分头搜罗士卒和马匹、武器，最后定在洪武二十六年二月十五日朱元璋外出耕田时起事。正月二十八日，蓝玉派人去找准备担任谋反主力的府军前卫的百户李成。二月初一，李成匆匆赶到蓝玉私宅，蓝玉对他下达了起事命令：“我想二月十五日上位出正阳门外劝农时，是一个好机会。我计算你一卫里有五千在上人马，我和景川侯两家收拾伴当家人，有二三百贴身好汉，早晚又有几个头目来，将带些伴当，都是能厮杀的人，也有二三百通些，这人马尽够用了。你众官人好生在意，休要走漏了消息。定在这一日下手。”

蓝玉以为自己干得秘密，但消息还是走漏了。因为蓝玉联系了很多人，人多嘴杂，走漏消息在所难免。告密的人，是锦衣卫的陆瓛。此人不曾入伙，也不可能被邀，而是从“眼线”之流的人物得到这重磅内幕的。

于是，蓝玉在二月初八日上朝之时被捕，初九日移付锦衣卫，初十日被杀。曹震等人陆续被捕被杀，他们的家属连带遭殃。谋逆之罪一般都是碎剐凌迟处死，大概是念及蓝玉与自己是儿女亲家，朱元璋心一软，宽大处理：碎剐改成剥皮。这样，刽子手把蓝大将军整张人皮剥下来，算是留了全尸，并把人皮送往他女儿蜀王妃处“留念”。明末农民军攻破蜀王府，在王府祭堂发现了这件“文物”。

奇怪的是，府军前卫的几千官兵，倒不曾“玉石俱焚”，一网打尽。到了七月间，他们之中的“有罪者”才被流放甘州，划入“左护卫”，成为肃王朱楧的扈从。其后，朱元璋觉得不妥，又把他们移到宁夏，成立一个新的卫。其他的人，一概未能幸免，而且以蓝党为罪名，株连到“番僧、内监（宦官）、豪民、厮隶”等，一大批淮西老将及其子弟又一次被牵连诛杀，并将案犯的口供辑为《逆臣录》，公布于众。今天我们看到的蓝党案的基本情况，就出自于《逆臣录》。

蓝党案总共大约杀了二万人，包括一公、十三侯、二伯。被杀的主要人物有吏部尚书詹徽、户部侍郎傅友文、开国公常昇、景川侯曹震、鹤庆侯张翼、舳舻侯朱寿、东莞伯何荣及其弟何贵与何宏、普定侯陈桓、宣宁侯曹泰（曹良臣之子）、会宁侯张温、怀远侯曹兴、西凉侯濮玙（濮英之子）、东平侯韩助（韩敬之子）、全宁侯孙恪（孙兴祖之子）、沈阳侯察罕（纳哈出之子）、徽先伯桑敬（桑世杰之子）和都督黄辂、汤泉、马俊、王诚、聂纬、王铭、许亮、谢熊、汪信、萧用、杨春、张政、祝哲、陶文、茆鼎等十余人。航海侯张赫已死，也追坐蓝党，革除爵位。这一风波，远远没有结束，攀扯继续进行，活跃于政治舞台的淮西集团勋贵势力已被完全铲除。

第三节 不一样的死亡 一样的归宿

一、傅友德刚烈而死

朱元璋之所以在胡惟庸案后，又发起蓝玉案，从现存典籍和历史史实分析，主要是洪武二十五年（1392年）朱元璋六十五岁，皇太子朱标病死，朱元璋在极度悲痛之中，只好立朱标的儿子允炆为皇太孙。允炆这年只有十六岁，而且宽柔恭顺，大明江山能否传之久远，与他同时而起的剽悍的将领们甘不甘心匍匐在这个年轻娃娃的脚下，猜忌多疑而又年近迟暮的朱元璋对这些事情更加心事重重。他日夜屈指计算，还有多少人没有来得及杀掉，有哪些人是日后的最大祸患。应该首先从何处开刀。

这样，蓝玉被朱元璋首先瞄准。洪武二十六年（1392年）二月，以谋反罪将蓝玉逮捕下狱后，为了剪除更多勋臣，朱元璋有意让蓝玉胡咬乱攀。在一次审讯中，皇太孙允炆及吏部尚书詹徽主审，蓝玉不服，詹徽高声斥责道："快老实交待，哪些是同党。"蓝玉想了想对允炆说："罪臣原不敢讲，今天殿下既在场，臣就实说了吧，詹徽就是罪臣的同党。"詹徽两眼发直，简直惊呆了。

皇太孙朱允炆哪有什么见识？也就立时把詹徽从审判席上抓起来，捉进了监狱。就这样瓜诛蔓抄，上至功臣宿将，文武大员，下至偏裨小校、家人门客，死于蓝玉党的近二万人。

蓝玉死后，朱元璋又瞄准了傅友德。此人洪武三年受封为颍川侯（1370年），洪武十七年（1384年）因功劳卓绝晋封为颍国公，食禄三千石，再次授予免死和世袭铁券。但蓝玉案前后，傅友德有两件事令朱元璋猜疑和忌恨，后一件事简直是难以容忍。

一件事发生在洪武二十五年 (1392 年) 的二月，傅友德向朱元璋请求，把怀远的九顷多官田拨给他，用作园圃。朱元璋一看奏疏，就一肚子的不高兴，立即给傅友德写信，怨愤和不满之意，充斥字里行间："给你的俸禄已经够丰厚的了，你还不知满足，反而索取官田，与民争利，是何居心？难道你不晓得公仪休是如何做官为宦的吗？"这里所说的公仪休是战国时候鲁穆公的相国，奉公守法，清廉寡欲。他享受了朝廷的俸禄，把园圃的莲葵全部拔掉。又见妻子能织出一手好布，便把她赶出家门，而且焚烧了织布机。有人问他为什么这样做？他说："我已有官家俸禄，就不能再取园夫、女红之利。"朱元璋引用这一典故来指斥傅友德，用心是很深的。明末历史学家谈迁在《国榷》中道出其中的奥秘，他说："皇上以公仪休折服友德，安知他不落到王翦、萧何的下场？皇上的心计真是猜不透啊！"

第二件事发生在凉国公蓝玉被杀之后。每次征战，都充任傅友德战将的王弼，由于蓝玉的被杀，不禁起了兔死狐悲的凄凉。一次，王弼来到傅友德的住处，对这位相处多年的老将说："皇帝年事已高，说话办事，都让人捉摸不透。从洪武十三年到现在，已经两次兴起大狱，许多有功的将帅、文臣都被牵连进去了。上次，我们年纪还轻，得以幸免。而这一次凉国公案，才刚刚开始，会不会也把我们罗织进去而死于非命呢？"

王弼是临淮（安徽凤阳）人，祖籍定远，是标准的淮西集团功臣。至正十二年（1352 年），他集结乡里依仗三台山树栅自保，因为擅使大刀，被称为"双刀王"。至正十六年（1356 年），他率领乡里在济江归顺朱元璋，朱元璋知晓王弼的才能，让他担任宿卫，隶属于邓愈军队，其后屡建战功。至正二十六年（1366 年）他在平江战役中痛击张士诚，立下大功。洪武三年（1370 年）被授予大都督府佥事，世袭指挥使。洪武十一年（1378 年）随沐英征伐西番。洪武十二年(1379 年)正月，他的女儿嫁给楚王朱桢。十一月，因征西功被封为定远侯。既是皇亲国戚，又位列公侯。洪武十四年（1381 年）随傅友德征伐云南。洪武二十年（1387 年）、洪武二十一年（1388 年）先后随冯胜、蓝玉北伐北元。

傅友德知道自己树大招风，形势危殆。王弼的一番发自肺腑的谈话，不能不引起他的深思。可是，生活的阅历，特别是眼下紧张的政治气氛，使他深知私下议论此事的严重后果。因此，尽管他觉得王弼的担忧不无道理，但并没有明确表示自己的态度。然而，隔墙有耳。他俩这番犯忌的谈话，已被朱元璋无所不在的特务所探知，为傅友德埋下了祸患的根苗。

信国公汤和在洪武十九年 (1386 年) 就请求告老还乡，解甲归田。这深得朱元璋的赞赏，并给予丰厚的赏赐，借以树立榜样，扩大影响。可是，到了洪武二十五年 (1392 年)，还不见武将响应，朱元璋便主动以“列侯年老”为由，广赐钱物，让他们还乡。只因北方边境还需要武将领兵巡边，傅友德才和其他一些将领暂时被留在军中。究竟对这些武将如何安置，尤其是对傅友德，朱元璋有过一段犹豫。洪武二十六年 (1393 年) 二月二日，即蓝玉案发前夕，下令由晋王节制山西、河南马步军士，让傅友德还京。二月十一日，蓝玉以谋反被杀，傅友德幸免，未受株连。这是因为，在李善长赐死之后，朱元璋曾亲撰勋臣榜，列傅友德于十五人之中，且述傅友德的功劳:“有机谋善战”“取荆楚吴越,下中原,见其能”“下滇蜀,征金山建功”。这是胡惟庸案后,朱元璋亲自圈定的十五位勋臣,大书其功,借以标榜自己识人、爱将、公正和才能。时仅三个年头,朱元璋又怎么能将傅友德打入蓝玉的血案之中呢?

所以,在蓝玉被杀之后,他便再派傅友德到北平等处备边。然而,各卫军马都由燕王节制,身为国公、太子太师的傅友德却无权指挥一兵一卒。不久,又被召还。同月,朱元璋给各功臣颁布《稽制录》,他在序文中说:“功臣多武人不知书,往往恃功骄恣,逾越礼分。甚或肆情废法,奢僭无度”这应该说是朱元璋对武臣,特别是有功武臣发出的一次严正警告。恰在这时,傅友德和王弼的私下谈话,正好给朱元璋进一步翦除武臣提供了再次点燃引线的极好的机会。

洪武二十七年(1594年)十一月二十九日,朱元璋通知大宴文臣武将。当时,傅友德的长子傅忠为驸马都尉,次子傅让为金吾卫镇抚,正当御前值班。朱元璋见傅让没有佩箭囊,便说他傲慢无礼。傅友德便打算起身赔罪。刚刚站起来,朱元璋又斥责他大不敬。同时命他把两个儿子召来,傅友德只得奉命前往,当他走到大殿门口时,卫士又传旨:携二子首级来见。这简直像晴天霹雳,使他木呆地站立了许久,才两腿瘫软,步履蹒跚地向前走。

那一会儿,傅友德是如何想的,现在无法揣测,只是瞬间,两颗血淋淋的人头已经提在傅友德手中了。他似乎不再踌躇,不再犹豫,返回的脚步也显得坚定而有力。他来到大殿也不叩头,也不禀报,只是愕然地站在皇帝的面前。朱元璋一看,故为吃惊,随之大发龙威,痛斥道:“你怎么这样残忍呵!莫不是怨恨我吗?”

傅友德也不答话，只是嘴角抽动，像是一丝苦笑。一阵沉默过后，他的满腔热血终于无法遏制地沸腾起来。他实在难以按捺，简直有些疯狂了，于是不顾一切地怒吼道："你不是就想要我们父子的人头么！我这样做不是正好遂了你的心愿吗！"边吼边抽出佩剑，当场自刎而死。这个征战沙场四十年的老将，明王朝的开国武将颍国公，就这样刚烈地结束了他的一生。

这一下，朱元璋更为怒不可遏，立即下令把傅友德的妻子儿女发配到辽东、云南。唯以公主的缘故，才把他的孙子傅彦名任命为金吾卫千户。弘治中，晋王根据前例为傅友德五世孙傅瑛求封，礼官再三审议，不予批准。嘉靖元年(1522年)，云南巡抚都御史何孟春请求给傅友德立祠祭祀，才勉强批准，祠名为"报功"，算是平反昭雪了。

二、两位大将军之死

在朱元璋手下，荣拜为大将军的，前后仅有徐达、冯胜、蓝玉三个人。

徐达拜大将军时间最长，晋封为魏国公后，为了进一步打击残余元军，洪武五年（1672年）正月，徐达再次以征虏大将军的身份率军北征。这次大规模的军事行动，分兵三路，"肃清沙漠"（指对蒙古用兵）。徐达从雁门关出塞，直趋和林，作为中路军，李文忠由居庸关出塞，进攻应昌，作为东路军；冯胜由兰州出发，直趋亦集乃(今内蒙古额济纳旗东南)，作为西路军。各率五万骑兵，分头进兵。当月，徐达师抵山西边境，先派都督蓝玉为先锋，出雁门关向北挺进。蓝玉在野马川击败扩廓部分流动部队，徐达率军进至土剌河（今蒙古人民共和国境内土拉河），再败扩廓帖木儿军。扩廓败逃后，与贺宗哲合为一军，在岭北布下阵势阻击徐达部队。当时徐达部下将士多次出塞，屡败扩廓，故而有轻敌之心。扩廓、贺宗哲联军拼死进攻，明军受挫，死伤数万人。徐达处变不惊，收缩战线，坚守营垒，才免遭大败。然后，徐达整军而还，敛兵守塞。扩廓军队见此情形，亦未敢贸然追击。这次北征，除西路军冯胜大获全胜，完成预期作战计划，中路军徐达部、东路军李文忠部均无功而还。

鉴于蒙古军事力量一时难以消灭，明王朝对北方的战略由以进攻为主转为以防御为主。从此以后，徐达长期在北平、山西一带练兵备边，镇守北平十余年，直至病重不起。每年春至北平，岁杪冬暮召还京师，成为惯例。

徐达在镇守北平期间，先后三次迁徙山西农民到北平屯田种地，以加强北平的防御力量。这些农民到北平后，徐达把他们分散到长城沿线各卫所，按其户籍服役课税。属籍军户的，发给衣服、食粮，使应军差；属籍民户的，分给田地、牛、种子，使纳租税。前后移民三万五千多户，十九万余人，建立屯田点二百五十余处，垦田一千三百多顷。徐达的这些措施大大减轻了北方军队的粮饷供应压力，使明王朝北部边疆日趋稳定。与此同时，徐达严格训练士卒，缮治城池，加强守备，谨严烽燧，时刻提防蒙古军队的侵扰。当时，蒙古势力渐趋衰弱，他们畏于徐达的威名，不敢贸然犯边，北方边境赖以安宁。徐达被视为塞上长城，捍御着明王朝北方的安全。

长期的戎马生涯，奔波劳累，使徐达的身体逐渐支撑不住，他终于积劳成疾，一病不起。洪武十七年（1384 年）闰十月，徐达在北平病重，朱元璋遣使召还应天。翌年（1385 年）二月二十日病逝于应天府邸，时年五十四岁。追封中山王，谥武宁。赐葬钟山，配享太庙，名列功臣第一。

关于徐达的死，《明史》是这么记载的："达在北平病背疽，稍愈，帝遣达长子辉祖赍敕往劳，寻召还。明年二月，病笃，遂卒，年五十四。"而明人徐祯卿的《翦胜野闻》则有这样记载："达病疽，甫愈，赐蒸鹅，流涕食之而卒。"关于这种说法，历史上一直有传闻，徐达在北平身患背疽，这是一种恶疮，很难治好。朱元璋派徐达的长子徐辉祖带着书信前往北平看望，不久又召徐达回南京疗养。有一天，宫中内侍给徐达送来皇帝赏赐的食盒。徐达从病床上挣扎起来磕头谢恩，然后打开食盒，一只蒸鹅呈现在眼前。据说背疽最忌吃蒸鹅。君命难违，徐达最后流着泪当着内侍的面吃下了蒸鹅，不几日便死去了。

对此，也有的史书中作了考证，认为"赐食蒸鹅"是野史中歪曲事实真相有意贬斥朱元璋。从朱元璋处心积虑剪除功臣宿将，从胡蓝之狱的打击力度看，连亲外甥、义子李文忠都被太祖毒死。徐达作为开国第一功臣，携震主之威，被朱元璋"赐蒸鹅"也不是不可能。尽管徐达为人谨慎低调，但在军中多年，手握重兵，对皇权的威胁是不言而喻的。徐达很看不起胡惟庸，多次劝朱元璋不要让胡惟庸担任丞相，似乎不与淮西集团结党营私，但无论是谁，只要实权在握，都是朱元璋的心病。

蓝玉被剪除后，任过大将军的只有宋国公冯胜一人了。如果说冯胜以前驰骋疆场而立功前敌，多是在徐达的谋划与指挥下进行的，那么，自从洪武三年封爵以后，冯胜越来越显出独当一面的大将风度和杰出才干。最突出的例子，就是洪武五年（1372 年）的再次北征。这次北征，徐达为征虏大将军，李文忠为左副将军，冯胜为征西将军。徐达一路战败，李文忠一路胜败相抵，唯独冯胜一路杀敌斩获甚多，是全师归朝的。

正月二十六日，冯胜率临江侯陈德、颍川侯傅友德统大军从南京出发，直奔甘肃。经过几个月的行军，大军进至兰州，他命右副将傅友德率 5000 轻骑先取西凉（今武威市）。傅友德在西凉击败元失刺罕之兵，攻至永昌，又打败了元太尉朵儿只巴于忽刺罕口。

六月，冯胜大军和傅友德会和，一同攻斩元平章卜花，俘虏元太尉锁纳儿加，迫使元将上都驴投降。然后就是一直向北追击，大军进到集乃路，元守将卜颜帖木儿率全城军民投降。元岐王朵儿只班逃跑，大军追击，俘虏元平章长加奴等 27 人及马驼牛羊 10 余万。然后大军进攻瓜、沙二州（今甘肃敦煌、瓜州），击败元军。自此甘肃全境平定。

冯胜原应封功受赏，只因有人揭发他有私匿所获驼马的事，封赏被取消。虽然取消了封赏，但文韬武略皆备的冯胜还是忠诚敬业的。据《明史》载，冯胜由瓜、沙回肃州，相度地形，以为肃州西 70 里 (实为 26 公里) 的嘉峪地区是千里河西走廊南北山系拱合最狭窄之处，这里地势险要，南面是嘉峪山，北面是黑山，两山对峙，中有平地，南北相距最宽处 30 里，最窄处 16 里，势如酒泉盆地之瓶口。“西域入贡，路必由此”，被称为“酒泉门户”、“河西咽喉，是战略地位十分重要的“中外巨防”。宋元以前，此地有关无城。冯胜决定在嘉峪山麓西北之余脉、九眼泉岗源上建关

冯胜修筑的嘉峪关系综合防御工程。长城台城、敦城、堡城星罗棋布，由内城、外城、城壕三道防线组成重叠并守之势，形成五里一燧，十里一墩，三十里一堡，百里一城的防御体系

筑城，扼控咽喉。当年七月开始筹备兴建，于次年筑成一座周长220丈、高2丈余、宽厚丈余的有关无楼的土城。嘉峪关地区有关无城的历史，宣告结束。

嘉峪关因修建于西麓的嘉峪山上而得名，它比天下第一关“山海关”早建九年。这里地势险要，南是白雪皑皑的祁连山，北是连绵起伏的黑山，两山之间，只有30里，是河西走廊西部最狭窄的地方，被称作“河西第一隘口”。关西的大草滩，黄草平沙，地域开阔，素为古战场，关东是丝路重镇酒泉，紧靠关东南坡下，有著名的峪泉活水“九眼泉”。据史料记载，此泉“冬夏澄清，碧波不竭。以极西边关，有此涌泉，不唯民资以生，且又沃田数顷，盖磨其上，天所以惠边民，真佳景也”。据康熙初年所撰的《秦边纪略》记载：“初有水而后置关，有关而后建楼，有楼而后筑长城，长城筑而后可守也”。从历史资料所传递的信息分析,“泉”的存在与“关”的诞生具有因果关系。“九眼泉”旁水草丰美,景色宜人,是一个屯军养马、戍边防患的好地方。早在汉代,就在距关城北 7 里的石关峡口设有玉石障,依山凭险,设关防守。从当时的军事形势上看,冯胜率部取胜后,在此选址建关,能加强河西的军事防御,控制西去的交通要道,是具有战略眼光的。

嘉峪关从建关到成为坚固的防御工程,经历了 160 多年的时间。冯胜当年首筑土城,周长 220 丈,高 2 丈许,就是现在的内城夯筑部分,当时只是有关无楼。明弘治八年 (1495 年),肃州兵备道李端澄主持在西罗城嘉峪关正门顶修建嘉峪关关楼,史书上记载说“李端澄构大楼以壮观,望之四达”,又过了 11 年,也就是明正德元年 (1506) 八月至次年 (1507) 九月,李端澄又按照先前

嘉峪关内城

所建关的样式、规格修建了内城光化楼和柔远楼，同时，还修建了官厅、仓库等附属建筑物。嘉靖十八年(1539)，尚书翟銮视察河西防务，认为这里必须加强防务，于是大兴土木加固关城，在关城上增修敌楼、角楼等，并在关南关北修筑两翼长城和烽火台等。至此，一座规模浩大，建筑宏伟的雄关挺立在戈壁岩岗之上，如同威武雄壮的淮西豪杰冯胜，屹立在两山之间，伸出双臂，牢牢地守卫着丝绸之路的咽喉要道。

嘉峪关关楼上悬挂着“天下第一雄关”的巨匾，字体雄浑苍劲。那是1873年陕西总督左宗堂在收复新疆伊犁时途经嘉峪关，面对雄伟壮观、气势磅礴的关城，奋笔疾书的。“严关百尺界天西，万里征人驻马蹄。飞阁遥连秦树直，缭垣斜压陇云低。”这首描写嘉峪关的佳作，是当年因禁烟而被贬赴伊犁的林则徐于1842年10月11日途经嘉峪关时所作。

洪武五年十一月，朱元璋下令设置陕西行都指挥使司统领河西诸卫。冯胜创建嘉峪关城，遏制河西走廊，为明朝西北的安宁立下不朽功勋。这也是淮西集团在中国文化史上做出的杰出贡献。

后来，冯胜或是练兵或是出征，继续过着戎马生涯。他曾有几次到临清、北平负责练兵，督师操演，还曾经带队出大同征讨元朝的残余部队，坐镇陕西和河南，守卫北部边防。这期间，冯胜的女儿受册封为周王妃。周王即朱橚，是明太祖高皇后所生五子中年纪最小的一个，和后来的明成祖朱棣是同母兄弟。他在洪武三年（1370年）被封为吴王，后来有官员请朱元璋把杭州作他的封国。朱元璋说，浙江是财富重地，还是改置别处。洪武十一年（1378年）改封于开封，为周王。冯胜也就从开始投奔朱元璋时的一员普通武士，积功而封公后，又成了明代赫赫有名的皇亲国戚。

洪武十八年（1385 年），冯胜领兵征讨辽东纳哈出。经过前后两年的征战，纳哈出部下归降者有四万多，加上辽东各处所部有二十余万人，牛羊驴马等辎重甚多，冯胜押解他们入关时，排成百余里的长线，蔚为壮观。从洪武元年（1368 年）朱元璋称帝起，北伐南征，到洪武二十年（1387 年）辽东平定，朱元璋才算完成了全国统一的大业。

但冯胜这次功勋卓著的胜利，却让朱元璋对他又生猜忌。因他“多匿良马，使者行酒于纳哈出之妻，求大珠异宝；（某）王子死二日，强娶其女”等等罪名，被收回大将军之印。蓝玉于洪武二十年九月，在军中继冯胜为征虏大将军。

冯胜未获得任何封赏，还被剥夺了大将军印，赶回了凤阳居住。在凤阳，冯胜是受到限制和监视的，暂时也未带兵打仗。但他女婿周王朱橚却悄悄去凤阳秘密会见冯胜，朱元璋大怒，严惩了周王朱橚。

洪武二十一年（1388），冯胜奉诏调遣东昌番兵征讨曲靖。番兵中途反叛，冯胜镇守永宁，进行安抚。洪武二十五年（1392），明太祖命冯胜在太原、平阳招民为兵，立卫屯田。皇太孙册立后，冯胜被加封太子太师，偕同颍国公傅友德前往山西、河南练兵，诸公侯均听其节制。当时所诏列的德隆望重的勋臣有八人，冯胜居第三位。

太子朱标辞世后，皇太孙朱允炆年幼，朱元璋十分担心冯胜与周王结成危险的军事联盟。他自己年事已高，冯胜功高而跋扈，将来会怎么样很难预测？蓝玉被杀当月，冯胜应召回京。洪武二十八年（1395年）二月，在颍国公傅友德被逼自杀两个月后，即有人告发冯胜家里埋有兵器，意思当然是说图谋不轨。朱元璋把冯胜召了去，告诉了他此事，并且满斟一杯酒劝冯胜喝下，说："这些事没有就好，我并不多问。"冯胜举杯一饮而尽，踉跄退出。他当然明了皇帝这番举动是何用意。"我能够活到今天，已经比其他将军造化了。这也算是皇恩浩荡吧！"冯胜边想边露出一丝冷笑，他拔出匕首，猛地刺入自己的心脏，热血喷涌而出，明朝开国的最后一员猛将倒在了血泊之中。

朱元璋假装很气愤，冯胜诸子都不许继承爵位。崇祯十七年（1644年），南明弘光帝追补开国名臣赠谥，冯胜获赠宁陵王，谥号"武壮"。此时，明朝已经灭亡了。

刚直不阿的番禺知县道同

三、小心纠结的寿终正寝者

冯胜被赐死后，开国公侯中健在的只有信国公汤和了。此时，汤和早已经回到凤阳老家，已进入风烛残年。早在洪武二十一年（1388年），汤和就提出年事已高，希望回故乡养老。朱元璋听后大为高兴，解除了汤和的兵权，开始在中都凤阳给汤和修建府第。这期间，因为倭寇猖獗，汤和又到江浙海边加强海防建设。在这里，汤和见到了洪武六年（1373 年）廖永忠统率舟师出海抗击倭寇时的遗迹。对于这位亲家、女婿廖权的父亲，汤和觉得，他是不明智的。在淮西集团的将臣中，他是最早被朱元璋处绝的。

廖永忠洪武三年（1370 年）被封为德庆侯，他是替朱元璋办过大事的，这一点，淮西将臣都清楚。把宋皇帝韩林儿沉江是只能做不能说的事情，但他偏偏记在心中，不时提一下，等于是抓住了朱元璋的小辫子。廖永忠开始肯定觉得自己在长江江心做的是一件大事，感到十分荣幸，替皇上解决难题嘛！但后来这件事成为他一生中最大的不幸。不知不觉间，他与朱元璋之间关系变得敏感而微妙起来。

就当时的形势而论，韩林儿是难逃一死的。但谁为朱元璋办了这件事，总算是立了一功。这一切又恰恰不能铸之于铁券，登载于国史，而只能是你知我知，天知地知。起初，朱元璋应该说是对得起廖永忠的。南征两广，调回主帅汤和，让他独当一面，这实际是为后来的格外封赏预留余地。所以廖永忠两广奏凯之后，朱元璋给了他隆重的欢迎和少有的荣耀。

专横跋扈的永嘉侯朱亮祖

廖永忠毕竟是一介武夫，太缺乏政治头

脑。他不明白，他自己不应该把瓜步沉舟这样隐秘的事情看得分量太重，起码在皇帝的印象中你应该显得似乎无关于此事，最好就真的是发生了急风高浪，无法避免船翻人亡了。但永忠的想法看来恰恰相反，不但记得蛮清楚，甚至可能还会显摆。所以在大封功臣的前夕，就不免有些活动，想找一些与皇帝接近的文人探听些消息，摸一摸皇帝的态度，以此来判断皇帝是否还记得那桩公案。想来想去，觉得还是杨宪比较合适。此人眼皮活，愿意同人拉拢，给人捎话，又有才气，当时在中书省说话很牛，很得皇帝信任。

同杨宪一透话，杨宪满口答应。杨宪或者有意把廖永忠往火坑里推，就几次在朱元璋面前提到廖永忠的名字，廖永忠的战功。这就使朱元璋好生嘀咕，这是干什么？是在提醒我，怕我忘了？这种隐私，能提吗？要一切尽在不言中啊。“这个廖永忠啊，看你还聪明，怎么倒成了个笨伯！”洪武三年（1370 年）十一月大封功臣的日子到了。朱元璋特意宣布：“廖永忠战鄱阳时，奋勇忘躯，与敌舟相拒，朕亲见之，可谓奇男子。然而使所善儒士窥朕意向，以邀封爵。”所以免去公爵，只封为侯。廖永忠弄巧成拙，公爵没弄到手，反遭一顿训斥，实际是对他的一次警告。朱元璋这里所说的“所善儒士”，就是指杨宪。杨宪在大封功臣前不久已因专擅诬陷罪被朱元璋处死。而朱元璋在批评廖永忠时，没有明确点出杨宪的名字，不使他与罪臣相勾连，还是给他留了面子的。

廖永忠碰了一个不硬不软的钉子，似乎悟出了一些道理，深感自己的木讷与呆笨，想想皇帝对自己还有所遮掩，就更追悔不已。他决心用新的功勋来弥补自己的过失。平定西蜀之战，他不顾生死地拼命攻杀，谨慎小心地与汤和相处，严肃认真地安抚百姓，都是想更多地为皇帝多出一把力。但廖永忠怎么也想不到，他的祸根，早在至正二十六年（1367 年）冬小明王韩林儿命丧长江的那天就已经种下了。

天下大定，功成名就。将相不免跋扈，皇帝也渐渐猜疑。永嘉侯朱亮祖就非常跋扈，洪武十二年（1379 年），他出镇广东，并征发军民三万，拓建广东北城。他出身武夫，在广东多有不法之举，与执法甚严的番禺知县道同矛盾很深。道同生性耿直，面对

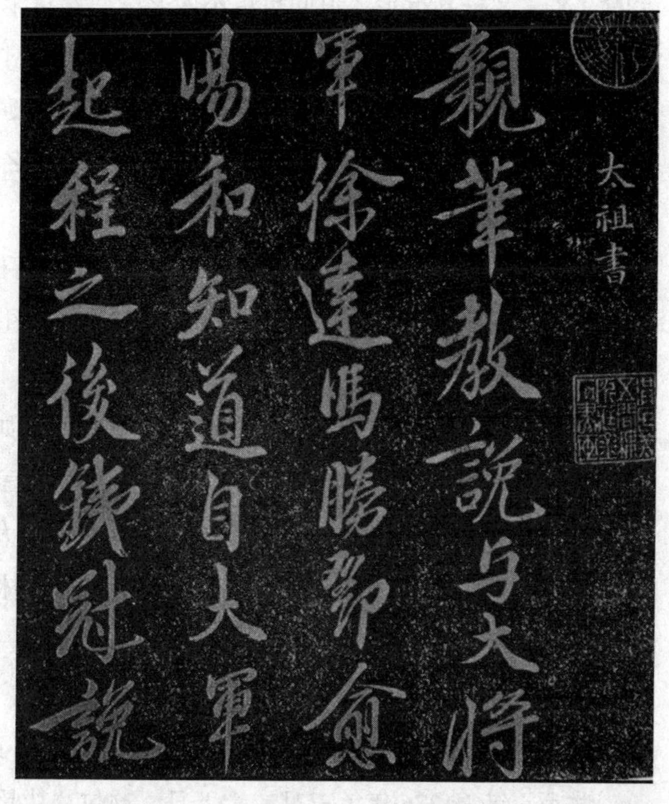

朱元璋写给汤和的手谕墨迹

朱亮祖的威逼利诱，始终不为所动。

当时，番禺县（治今广东广州）有很多土豪欺行霸市，市民稍有不从，就被他们诬陷下狱。道同抓捕土豪首领，并将其戴枷游街。土豪都争相贿赂朱亮祖，请他出面说情。朱亮祖遂设席宴请道同，席间向他提起此事。道同不为所动，厉声道："您身为大臣，怎能受小人役使？"朱亮祖见道同不允，次日便让人砸开枷锁，将被抓的土豪放走，还找借口鞭笞道同。

道同依法惩处倚势作恶的富民罗氏。朱亮祖因罗氏是自己爱妾的亲属，又将其抢走。道同再也不能忍受，遂将朱亮祖的不法之事奏报明太祖。但朱亮祖却抢先上奏，诬称道同对上司傲慢无礼。明太祖不知详情，便派使臣前去赐死道同。他随后得到道同的奏章，方知事情原委，忙再派使臣前去赦免。两名使臣同日抵达番禺，但当赦免的使臣到达时，道同已经遇害。

洪武十三年（1380 年）九月，朱亮祖被明太祖召回南京，与儿子朱暹被一同鞭死。明太祖念其有功，仍命以侯礼安葬，还亲自为他撰写圹志。

朱元璋以为，治放纵以重典便可立见成效，岂知如理乱丝，越发不见头绪。到洪武七、八年，光谪屯凤阳的有罪官吏就有一万多人，但恃功骄横者依然很多。朱元璋便越发为他的大明江山、后世子孙担忧。他自己的皇帝、懦弱无力的小明王韩林儿不就是被他所沉杀的吗？想到韩林儿，大封功臣时廖永忠的一幕旧景又浮现在他的面前。此事终是个把柄，此人终是个祸根，不除掉，心里总是不安。于是廖永忠就没有理由再活在这个世上了。

洪武八年（1376 年）三月二十五日，这位"功超群将、智迈雄帅”的德庆侯被捕下狱，不久被处死，年方五十三岁，罪名是曾经偷偷穿用过绣有龙凤纹的衣服，僭越犯上。朱元璋心中的一块石头似乎是落了地，他应该是安稳得多了。但不知怎的，他依然觉得不踏实，好像心中的一碗水老是向一边倾斜，搅得他坐立不安。他大概还需要拿出点补偿加上去，方可求得心理上的平衡。于是他杀了廖永忠，随即又传下命令，给他以厚葬，并且把他的儿子汤和的女婿廖权召去，好言劝慰，令他安心当差。洪武九年，廖永忠被杀的第二年，廖权被派往西安练兵，十一年，随御史大夫丁玉征松番，十三年即承袭德庆侯。朱元璋认为，这一切总足以安慰死者的冤魂了吧！

汤和墓门，青花缠枝牡丹兽耳瓷盖罐就是在这扇门后发现的

廖永忠是最早被处死的淮西功臣。不过，他的遭遇，没有殃及他的后代。汤和觉得，和后来被处决的淮西集团其他功臣家庭相比，这还是很幸运的。

朱元璋对汤和的告退，表现得特别大方和热情。不仅有丰厚的赏赐，而且在敕书里极尽溢美，还流露出难舍难分的感情。《明太祖实录》记下了朱元璋此时发出的两道敕书："天地之意，将康兆民，间生英材，潜居草野。当前代之运季，命朕肇兴。尔和天遣，置诸左右，智勇过人。翼者偃天下之兵，由尔冒冰霜而立伍，突炎暑以行师，饥不期食，渴不时饮。受危于两阵未决之时，获生于合变须臾之间。若此之勤苦忧劳，非一岁月而成功者也，乃三十余年矣！今天下大安，尔亦年迈，命归乡里，营府以居，今告府完，挈家以往。呜呼！三十年于兹，视以寻常。今忽言归，陡然欷歔，不能自已。由同患难于有年，致若是之伤也。且尔昔者之勋已著彤庭，往日之劳今为民福矣。呜呼！功成名遂，尔我同心。丈夫至此，垂名不朽矣！今特赐白金四十锭，黄金六锭，钞三千锭，彩缎四十表里。"朱元璋在这个时候，似乎考虑得特别周到，并没有忘记对汤夫人胡氏的褒彰："妇之道，专内政而无妒，勤劳启家，夫妇同心。若此古有之，今人之少见。惟联臣汤和与尔夫人同朕乡里，当天下大乱之时，人各挈家避难，度靠豪雄，所在如之。独尔信国夫人，秉内政以助和启家，信国立勋业于大廷。今也功成名遂，挈长幼而归故乡。呜呼！昔尔夫妇墨发而来，今归故乡皆苍颜皓首。夫人淑德命妇，如之鲜矣！特赐助和之功、启家之劳，白金二十锭，黄金四锭，钞五百锭，丝段三十表里。"

朱元璋在两道敕书里的话，不能说不是出于真心。但在天下大定之后，武臣们继续领兵，对朱元璋来说，并不是愉快的事。因此，借对汤和的褒扬和厚赐，来影响其他武臣的用意也是显而易见的。

汤和归乡以后，根据皇帝的意旨，一年到京师朝见一次。不过，他变得更加小心谨慎。在朝廷听到什么国家大事，从不向任何人透露。洪武二十三年（1390 年），汤和正在京城小住，突然中风，话都说不出来。朱元璋特意到汤和的住处看望。经过一段时间的治疗，派人将他送回凤阳。朱元璋还专门让汤和的女儿（鲁王妃）回家侍候。汤和在这次得病之后，便把媵妾全部给钱遣送回家；又将他得到的赏赐分别送给邻里故旧。闲暇时，与乡间长者谈论些往事，从中寻找乐趣。

洪武二十七年（1394 年），汤和的病越来越沉重，朱元璋说他很想念这位同乡，便让汤和的女儿陪着他再次来到京城。朱元璋像老朋友、老同乡那样，用手抚摸着汤和的背，谈些小时候的事、起兵后的征战及其艰难。汤和只是微微点头。朱元璋看到汤和病得这样厉害，不禁流下了同情、怜爱的眼泪。在送汤和回凤阳的同时，即命地方衙门为汤和选择葬地，营建坟墓，安排后事。

洪武二十八年（1395 年）八月七日，戎马征战一生的汤和，安静地长眠了。享年七十一岁。死讯传到京城，朱元璋为之辍朝一日，表示哀悼，并派遣特使吊祭，还令诸藩王遣官致祭。最后由礼部主持拟议，皇帝批准，追封汤和东瓯王，谥襄武，葬于凤阳曹山，塑像祀于功臣庙。

汤和共有五个儿子。长子汤鼎，从军职立功，官至前军都督府都督佥事，征讨云南时，在征途上病死，追封信国世子，次子汤軏，三子汤鼐，四子汤燮，均死于长子之前，五子汤醴，官至左军都督府同知，征讨五开时，病死在征途中。他们都死在汤和以前，当然说不上袭爵。但是汤和有十一个孙子，嫡长孙汤成已长大成人，终洪武一朝都没有让他继承信国公的爵位。有些历史学家认为，朱元璋心地狭小，这样处置还是因为忌恨汤和在常州时的一句酒后之言。为了这句话，汤和不但活着时纠结，死了以后还是要纠结。

汤和墓位于安徽蚌埠市龙子湖以东的曹山南麓，墓高3.6米，宽3.9米，面积达40平方米，墓碑高6.25米，墓阶下有对称的石翁仲、石狮、石羊。2006年10月，汤和墓被整修一新，墓园内矗立着新塑的汤和铜像，该墓区现已成蚌埠市的龙湖公园一景，并被列为蚌埠市爱国主义教育基地。

洪武三十一年（1398年），朱元璋病逝，享年七十岁，庙号太祖，谥号开天行道肇纪立极大圣至神仁文义武俊德成功高皇帝，葬明孝陵。

《明史·耿炳文传》载：“及洪武末年，诸公、侯且尽，存者惟（耿）炳文及武定侯郭英”，活跃于政治舞台的淮西集团勋贵势力已被完全铲除了。

附录

一、出生证与身份证

一

小时候，父亲说：“朱元璋妈在尿布滩晒尿布，被刺挂烂了，对这刺说，你不能往下长吗？这刺就往下长了。”那刺是滁州乡间常见的老虎刺，早年农村人常用来扎菜园的篱笆。那刺为什么会听朱元璋他妈的，我不解。父亲又说：“朱元璋是皇帝，金口玉言，他妈也就是金口玉言。这刺是她封的。”我所知道的朱元璋，即滥觞于此，所以铭记。

此次去明光，终于见到尿布滩。在赵府村不远处，高出周围农田十来米的一处高地，周围长着不少灌木，与一些著名的胜地古木参天殊不相同。我兴冲冲地攀上去，只见绿油油一片麦苗，有些喜人。找了半天，却没有找到我挂怀多年的老虎刺。倒是滩下的湖，碧波粼粼，岸边散落七八丛芦苇，苍黄的叶子托着一束束白花，萧索的风中，舒展着“蒹葭苍苍”的意蕴，透着几分辽远沧桑之感。

这湖原来也是有来历的，叫香花涧。朱元璋生后，其母陈氏到溪水边浣洗，从上游飘来一块红绫。朱家贫穷，无以为襁褓，红菱恰好物尽其用。红菱后人称为红罗幛，出水即干，奇香四溢，熏得溪水和岸边花草也芬芳氤氲，溪水因此得名香花涧。据说云涧边原有香花寺，惜已难寻遗迹。

作为朱元璋的出生地，这里的山川风物，关联朱元璋的比比皆是，有些是传说，难辨真假，但有些物证和与之相关的书证，却是信而昭昭的。

跃龙冈碑。位于香花涧边赵府村边冈头，高约2米，正文为“跃龙冈”三个清晰大字，每字高0.44米、宽0.33米，阴刻楷书，笔意雄浑，圆转遒劲，有厚重的历史感。石碑中还镌有边款：上款为“万历三十年岁次壬秋中秋谷旦”；下款为“直隶凤阳府泗州盱眙知县王立石”。惜“文革”中毁坏，只残存三分之二，现连同碑座一起藏于明光市文物管理所。万历三十年为公元1602年，距今已410余年。

圣祖灵迹碑。原碑立于赵府龙泉寺大殿内，由盱眙县许经世于明朝万历四十一年癸丑镌刻。原碑高2.10米，宽0.8米，碑额

洪武出世年画

圣祖灵迹碑残件

跃龙冈碑残件

为紫色大理石，两侧和上端有浅雕的双龙图案。碑额正中阴刻篆书“太祖灵迹碑”字样，背面碑文记述朱元璋当年在此诞生情况和功德。1933 年，汪道涵的父亲、时任安徽省通史馆嘉山县志采访员的汪雨相先生曾抄录碑文。遗憾的是此碑现亦残缺。

与上述物证相对应，明朝万历年间李上元、丁士彦的《帝里盱眙县志》，其首页上的《圣迹图》对上述山川风物大多有明确标注。记述朱元璋出生在此的古代文献还有：明正德《盱眙县志》、明嘉靖《泗州备遗》、明泗州知州曾惟诚《帝乡纪略》、明郎瑛《七修类稿》、王文禄《龙兴慈记》、明文林《琅琊漫抄》、清康熙《泗州志》、清乾隆《盱眙县志》、清同治《盱眙县志》、清光绪《盱眙县志稿》等。此外，民国《盱眙县志略》、汪雨相《嘉山县志》手稿、1999 年版《凤阳县志》、陈梧桐《洪武皇帝大传》等，也确载朱元璋出生在明光赵府村。

赵府村周遭风物及相关书证，如同当今出生证，证明了朱元璋就出生在明光赵府村。

有了出生证，明光人就理直气壮地说朱元璋是明光人。尤其是进入新世纪以来，著文出书开研讨会，大有正本清源，还历史本来面貌之势。朱元璋是明光人，就不能再是凤阳人，凤阳人当然不愿意。且不说明皇陵、中都城、传唱中外的《凤阳歌》了，就是朱元璋也说自己是凤阳人，其自述的《皇陵碑》上清楚写道：“皇考自五十居钟离之东乡，而朕生焉。”钟离那块地方自洪武七年改为凤阳县，这既是物证，也是书证，难道不是出生证？若举传说，若数风物，若列史料，那又岂是明光能比得了的？读双方争论文章，颇有剑拔弩张、不共戴天之势。

二

“心在汉室，原无分先主后主；功高天下，何必辨襄阳南阳。”这是清代南阳知府顾嘉蘅的一副对联。联起诸葛亮，因其大名卓卓，隐居隆中，隆中到底是哪里，湖北襄阳和河南南阳数百年间争论不休。襄阳(今湖北襄樊)附近有隆中，南阳(今河南南阳)附近有卧龙岗。两地文物都有依据，襄阳隆中有《隆中对》作证，既称《隆中对》，当然是在隆中躬耕。南阳更有自己的依据，而且是两个。其一是，水镜先生向刘备推荐诸葛亮时候，曾经说道：“识时务者在乎俊杰。此间自有伏龙、凤雏。”伏龙即卧龙，特指诸葛亮，凤雏则是指庞统。既然称卧龙，当然是在卧龙岗，岗因人得名。其二是，诸葛亮在《出师表》称：“臣本布衣，躬耕于南阳，苟全性命于乱世，不求闻达于诸侯……”诸葛亮既然自说“躬耕于南阳”，“隆中”定指南阳卧龙岗无疑。

顾嘉衡是襄阳人，咸丰年间在南阳任太守，面对争论双方，一边是桑梓乡亲，一边是子民百姓，都不好得罪，同时也觉得没有必要，便挥笔写出上联。有人说，顾嘉蘅圆滑世故，善于和稀泥。我以为，顾嘉蘅包容大度，深刻领悟了诸葛亮精神。

向外地朋友介绍滁州时，我曾说过：“一篇文章一座山，一位皇帝一本书，一个村庄一朵花。这‘六个一’是滁州的身份证。”一篇文章是《醉翁亭记》，一座山是琅琊山；一位皇帝是朱元璋，一本书是《儒林外史》；一个村庄是小岗村，一朵花是滁菊。这么一解释，外地朋友都觉得滁州身份鲜明，独具特色。不过，有些朋友往往会问："朱元璋不是凤阳的吗？"这就要再跟他解释：凤阳是滁州市辖县，朱元璋是凤阳的，当然也是滁州的。朱元璋是滁州的身份证，当然更是凤阳的身份证。

明光给了朱元璋出生证，朱元璋却被称为凤阳人，成为凤阳的身份证，站在今天的角度看，于明光是一种遗憾，于凤阳是一种幸运。

凤阳的幸运在于，朱元璋很小时候就从"钟离之东乡"迁居"钟离之西乡"，又迁到太平乡孤庄。"钟离之东乡"和明光有争议，"钟离之西乡"、太平乡孤庄是地地道道的凤阳。从朱元璋能记事起，就是生活在凤阳，他很自然地就把凤阳作为生育的故土。正因为如此，他后来才会在这里修皇陵、建中都城，把家乡名字改为"凤阳"。《明实录》《明史》这些正史亦都把朱元璋确定为凤阳人。

据《元史·地理志》记载，濠州属于安丰路，下辖钟离、定远、怀远三县。濠州在唐朝曾经叫过钟离郡，在元朝叫过临濠府。而泗州则属于淮安路，泗州下辖五县：临淮、虹县、五河、盱眙、天长。所以当时钟离、盱眙两地绝不会混淆。但到朱元璋当政，情况发生了变化，吴元年，钟离先被升格为临濠府，洪武七年又改名为凤阳府。而凤阳府下辖五州十三县，包括凤阳县、临淮县、怀远县、定远县、五河县、虹县等县，所辖州中就有泗州，下辖盱眙、天长二县。这样，在明朝，无论是濠州之钟离，还是泗州之盱眙，都属于凤阳府。说凤阳出了朱皇帝，无论是在盱眙还是在钟离都没有出凤阳府，就都没错。

凤阳今天所拥有的关于明朝的文化积淀，能够拿出的身份证，是朱元璋亲自赋予的。从这个角度说，数百年间，现今凤阳县地界没有谁说哪里是朱元璋的出生地，说明朱元璋真是不在这里出生，要是有，明朝时就会说清楚的，无需今天人再去做考也考不清楚的考据，更不要说看地图找出具体的村庄了。这只会在史学界徒增笑柄！

明光的遗憾在于，历史悠久，建制断隔。从先秦至宋元，这里都是文化繁荣、建制分明的县级政区，但明清时期，明光市境内无县级建制，只是4个州、县的边缘地区。朱元璋出生的赵府村，一直属于盱眙县。直到民国二十年（1931年）才划盱、来、滁、定4县边区32个保组成新设的嘉山县行政区域。1994年5月31日，撤销嘉山县，改设县级明光市。历史断隔几百年，突然说“明光出了个朱元璋”，让人茫然。虽然朱元璋出生在明光，但若依此就说朱元璋是明光人，除了明光人自己，天下信者有几？

赵府村作为朱元璋的出生地，原本物证充分，前面说到的两块碑是最好的佐证，可惜都损坏了，只有到文物管理所才能看到。一般的人，谁能有那个便利？赵府村旁现在也立有一碑，我看了，首先想到臧克家“有的人，把名字刻入石头，想不朽”。那种轻飘飘的碑文，会让人怀疑明光人是不是在牵强附会，自己在臆造历史？原本是想把朱元璋拉回来的，结果只怕是南辕北辙，越走越远。

明光的文化人很有责任感，故土情节厚重。为了给朱元璋“颁发”出生证，他们做了很多的努力，也取得的可贵的成绩。为了让朱元璋成为明光的身份证，他们也做了很多努力，而且正在做着努力，或许因为太迫切，就难免有遗憾。那首很多人引用的《钦赐明光诗》，平仄不合，语意不明，却说是朱元璋写的。我查了《御制洪武全诗》，里面没有。看《明光文史》说是出自李文忠后人《岐阳李氏家谱》，能不能采信，为什么采信，似乎没有人能准确说出。

拥有朱元璋的出生证，于明光是无比珍贵的。若要明光拥有朱元璋的身份证，仅仅靠坐而论道，肯定不行。不仅是朱元璋，能成为明光文化代表的还有很多：老嘉山、黄寨草场、女山湖、泊岗岸边的汤汤淮水……

载《新安晚报》2014 年 4 月 3 日

二、《国榷》收录的明初凤阳府籍（淮西主要区域）开国公侯名录表

姓名	籍贯	勋封	卹爵	备注
徐达☆	濠州	魏国公	中山王	
李善长	定远	韩国公		除
常遇春☆	怀远	鄂国公	开平王	
常茂	怀远	郑国公		常遇春子除
李贞	盱眙	曹国公	陇西王	李文忠父
李文忠☆		曹国公	岐阳王	
邓愈☆	虹县	卫国公	宁河王	
冯胜	定远	宋国公		自杀
汤和☆	濠州	信国公	东瓯王	
沐英☆	定远	西平侯	黔宁王	
胡大海☆	虹县		越国公	
赵德胜☆	临濠		梁国公	
耿再成☆	五河		泗国公	
郭英☆	临淮	武定侯	营国公	
冯国用	定远		郢国公	
丁德兴	定远		济国公	
韩政	缺	东平侯	郓国公	
唐胜宗	濠州	延安侯		赐死

陆仲亨	濠州	吉安侯		赐死
周德兴	濠州	江夏侯		赐死
华云龙	定远	淮安侯		除
顾时	濠州	济宁侯	滕国公	除
耿炳文	濠州	长兴侯		除
陈德	濠州	临江侯		除
郭兴	临淮	巩昌侯	陕国公	除
王志	濠州	六安侯		失侯
费聚	临淮	平凉侯		赐死
吴良	定远	江阴	江国公	
吴祯	定远	靖海侯	海国公	
朱亮祖	六安	永嘉侯		杖死
傅友德	宿州	颍国公		除
曹良臣	寿州	宣宁侯	安国公	无子除
薛显	萧县	永城侯	永国公	蓝党除
郑遇春	定远	荥阳侯		除
仇成	含山	安庆侯	皖国公	
蓝玉	定远	凉国公		除
谢成	濠州	永平侯		除
张龙	濠州	凤翔侯		除
曹兴	缺	怀远侯		蓝党赐死
曹震	濠州	景川侯		蓝党赐死
王弼	定远	定远侯		蓝党自杀
陈桓	定远	普定侯		蓝党自杀
胡海	定远	东川侯		
张翼	临淮	鹤庆侯		蓝党赐死
李新	濠州	崇山侯		罪诛

张赫	濠州	航海侯	恩国公	蓝党除爵
孙兴祖	濠州		燕山侯	
孙恪	临淮	全宁侯		孙兴祖子除
张铨	定远	永宁侯		除
胡显	临淮	梁国公		革爵
丘广	定远		昌乐侯	
王简	寿州		霍山侯	
王真	寿春		临沂侯	
何德	光州		庐江侯	
俞廷玉	濠州		河间郡公	
茅成	定远		东海郡公	
花云	怀远		东丘郡侯	
韩成	虹县		高阳郡侯	
陈兆先	颍上		颍上郡侯	

说明 :1. 据《国榷》载，洪武年间，封“公”者 12 人，全部是凤阳府人；封“侯”者 57 人，其中凤阳府占 32 人。洪武年间，卹 “王”者 12 人 (包括朱元璋的亲属 : 高外祖、曾外祖、扬王、徐王、滁阳王等)，全部是凤阳府人；卹“公”者 23 人，其中凤阳府占 15 人。说明在明初国家权力机构中，凤阳 (淮西主要区域) 人占据了重要的主导地位。这一现象，在中国古代职官史上是极为罕见的。

2. 加☆者，为去世后，其塑像列于功臣庙内。表中的前六位加☆者，均位于功臣庙正殿供奉。

三、文物及历史典籍查询支持

辛礼学　中国（海南）南海博物馆馆长

章望南　中国安徽徽文化博物馆馆长、研究馆员

阚绪杭　安徽省文物考古所研究馆员

刘思祥　安徽省社科院历史所原副所长、副研究员

裘新江　滁州学院文学院院长、教授

唐更生　凤阳县博物馆馆长

胡玉国　滁州市图书馆副馆长

赵加慧　滁州学院图书馆馆员

四、图片提供（含部分摄影）、整理支持

刘思祥　安徽省社科院历史所原副所长、副研究员

季　勇　安徽省书法家协会副主席、蚌埠博物馆长

陈新宇　蚌埠博物馆副馆长

唐更生　凤阳县博物馆馆长

余建民　凤阳县文物所副所长

孙　洋　凤阳县博物馆馆员

曹　力　定远县文联主席

蒋　林　定远县作家协会主席

董书冰　定远县作家协会副主席、秘书长

宋　玲　全椒县文联主席

张　平　全椒县作家协会主席

沐广飞　沐英后裔

朱　龙　滁州市摄影家协会副主席、秘书长

（作者对上述各位师友深表感谢）

跋：淮西集团和明文化走廊

2016年春，我到蚌埠博物馆考察博物馆陈列布展，和馆长辛礼学谈明文化，他特地带我看了一件瓷器，元青花缠枝牡丹纹兽耳瓷盖罐。这件瓷器是1973年出土于蚌埠市东郊曹山南坡的汤和墓中。

蚌埠博物馆藏汤和墓出土元青花缠枝牡丹兽耳瓷盖罐

作为国内目前保存为数不多的元代青花瓷罐，这件文物通高47.5厘米，口径15.6厘米，足径18.6厘米，束颈，溜肩，腹部上鼓下收，圈足宽矮，足径略大于口径，总体形制敦实厚重。器口处配有帽形盖，盖顶堆塑一宝珠钮，盖内为子母口设计，使得盖与口结合更为紧密。主体纹饰为器物腹部所绘缠枝牡丹纹，其先用较细线条勾勒大致轮廓，再以青料填色。该牡丹花纹，一正面一侧面穿插横向排列，极具立体感。该件瓷器秉持了元末明初青花瓷器胎体与釉面的特点，白瓷胎，胎质细密，胎体厚重。通体施透明釉，色白微青，釉面洁净，光润透亮，底部露胎。整件作品青花发色蓝中闪紫，色浓处有明显铁锈斑凝结，亮丽而又沉稳，是典型的苏麻离青料，可以说达到了元代青花瓷器的最高艺术水准。辛礼学馆长说：“因为它出土于汤和墓，具有明确的历史纪年，其文物与历史价值更为珍贵。这件器物是国内目前保存的少数几件元青花大罐之一，堪称元代青花瓷器之珍品。”

汤和墓建于明洪武二十八年（公元 1395 年）。当年，蚌埠市域是凤阳县域的一部分。在汤和墓的发掘中，专家们在现场发现

德胜门

了盗洞，证明汤和墓曾经屡次被盗。据了解，汤和墓中原本随葬品很多，但盗墓贼只盗走了金银财宝，这件元青花却被发现丢弃在墓室门后的淤泥中，可谓“劫后余生”。很显然，当年元青花瓷还没有像今天这样受到追捧，在盗墓贼眼中，金银财宝显然更值钱。这样，这件元青花缠枝牡丹纹兽耳瓷盖罐就奇迹般地保存下来。有专家推测，这么一件瓷器珍品，应当是汤和挂冠而归，朱元璋赏赐给汤和的众多财宝中的一件。

因为是明文化的源头，凤阳土地上，朱元璋和淮西集团的遗迹比比皆是。苍凉雄浑的中都城、巍峨壮丽的明皇陵自不必说。徐达故里，大庙乡徐拐子村那两只石狮，虽然一只断腿，一只断头，月明星稀的中秋之夜，你若走近，也许依然能够听到它们喃喃诉说徐大将军的故事。改革源头小岗村南面的石马金自然村村北不远处有一座古墓，墓的神道两侧排列着的石人、石马、石兽，雕刻得十分精细，造型雄浑，栩栩如生。据清代《凤阳志》记载，这是俞廷玉、俞通源家的祖墓。俞氏父子是巢湖水军的首领，但他们的祖上是凤阳人。这期间无疑有着丰富的历史跨度。

沿着朱元璋领兵南下的路径，在凤阳和定远交界处的韭山，就是有韭山洞的那个韭山，洪武三年被封为淮阴侯的定远人华云龙曾在此聚众，朱元璋来了，他立马归顺。此人跟随徐达北伐，军功赫赫，但鲜为人知的是，占领元大都后，他被任命为北平行省参政，成为明代北平首任军政长官，奉命在元大都的基础上营建北平城。他将北平城南移了整整 2.5 公里，即将今德胜门外小关及安定门外的小关一线的土城，移至今德胜门、安定门一线，从而彻底改变了北平城的中心点，同时对旧城墙进行了大规模的整修加固，为原来的夯土墙体包上了城砖。同时，废弃了原健德门、安贞门，并根据徐达之意，将新建北城墙二门命名为德胜门、安定门。

在定远县城，四大名巷之一的黉学巷，明代第一丞相、韩国公李善长曾居住于此。后来继任丞相的胡惟庸，也是定远人。而定南的严桥乡官塘沐村，是黔宁王沐英的故乡。大将军、宋国公冯胜和他的哥哥郢国公冯国用是定远北乡宋府集人，他们当年结寨自保的妙山依旧。县东南的二龙乡王回岗，原先叫蓝府城，是凉国公蓝玉的府第，现在还有蓝玉井尚存。另外还有昌义乡的江国公吴良墓遗址、胜利乡东川侯胡海墓遗址。明文化遗迹，可谓星罗棋布。

从定远到滁州，其间有给朱元璋提供贡茶的皇甫山弥陀寺，有

全椒县六镇镇东王村雄蛤蟆石，传说朱元璋斩恶龙时留下。前些年，雄蛤蟆石被雷击碎。

常遇春落草的常山岭，有因朱元璋而得名的龙亭口，还有朱元璋祈雨的柏子潭，以及明代最早设置的养马机构太仆寺。除此之外，还有更多与朱元璋相关的民间传说。

全椒县黄栗树水库上游有个村子叫东王村。据传六百多年前，村东有一顷马鞍形的湖叫高塘湖。这里曾经留下朱元璋斩恶龙的故事。他拔剑向半空斩去，力道大了，不但让恶龙身首异处，而且剑落下后，一下子把高塘湖的湖埂也斩断了。一时间，湖水汹涌而出，一路奔流，流入滁河，汇入长江。虽然当地的村民从此再不能在湖中捕鱼捉虾，但湖底肥沃的淤泥却变成了千亩良田。在朱元璋斩龙的地方，至今还留着个大缺口，缺口的南面，当地村民称之为下湖，北面称为上湖。现在村民在湖田里劳作时，仍可找到许多风化的贝壳。在上下湖交界的西侧，有两块栩栩如生蛤

全椒县六镇镇东王村的雌蛤蟆石

蟆样的石头，人称蛤蟆石，大的是雄的，小的是雌的。传说当年朱元璋斩龙时，有两只蛤蟆受了惊吓，从湖水中跃起，从此留在了民间。这两块蛤蟆石几百年来一直是村民夏季纳凉，冬日休闲的好去处。

与全椒山水相连的和县，是朱元璋事业发展的又一个重要地方，这里有坦山的传说。更有能展现朱元璋英雄情怀的镇淮楼。元至正十五年（1355年）正月，朱元璋攻占了和州，与徐达、李善长、常遇春诸将在镇淮楼饮酒赋诗，其中一首流传千古的绝句道：

中原杀气未曾收，江北淮南草木秋。
我上镇淮楼一望，满天明月大江流。

和县镇淮楼

后人有联赞曰："批襟向前，快哉此风，那堪称雄，登楼高呼太祖在；凭栏仰望，皓然明月，谁与共醉，隔江招呼谪仙来。"

当年朱元璋登楼俯瞰大江，壮怀激烈，其后举兵攻占采石矶。采石矶上常遇春大脚印鲜明，这脚印引领我们，西上当涂，当年的太平府，明太子朱标就出生在这里。继而折向东方，进入南京，朱元璋在这里定鼎，淮西集团的英豪们如同犀利的闪电，射向四方，也射向了北京，大明王朝彪炳史册。

从淮河水畔到长江南岸，朱元璋和淮西集团的将领们用血汗和豪情，筑就了一条明文化走廊，这条走廊涌动着明文化的血脉，让滁州这块土地洋溢着绵延不断的英雄气息，这是滁州历史的骄傲，也是文化的源泉。在新时代，如何发掘好明文化，点亮这条文化走廊，讲好淮西集团的英雄故事，滁州人都应该是责无旁贷的。

参考文献

1. 清 · 张廷玉等撰：《明史》，岳麓书社 1996 年 2 月版。

2. 清 · 夏燮著：《明通鉴》，延边人民出版社 1999 年 5 月版。

3. 黄冕堂、刘锋著：《朱元璋评传》，南京大学出版社 2011 年 4 月版。

4. 蔡建华著：《陈友谅这一生》，崇文书局 2010 年 10 月版。

5. 宋 · 朱熹著：《宰相经纬学》，内蒙古人民出版社 1998 年 5 月版。

6. 张德信、毛佩琦主编：《御制洪武全书》，黄山书社 1995 年 7 月版。

7. 夏雨润著：《朱元璋与凤阳》，黄山书社 2003 年 12 月版。

8. 明 · 宋濂 等撰：《元史》，岳麓书社 1998 年 6 月版。

9. 商传著：《明太祖朱元璋》，浙江文艺出版社 2013 年 3 月版。

10. 徐永明著：《宋濂年谱》，浙江大学出版社 2011 年 11 月版。

11. 张习孔、田珏主编：《中国历史大事编年 · 第四卷元明》，北京出版社 1987 年 11 月版。

12. 于语和、蒙人著：《中国末代帝王：元顺帝》，四川人民出版社 2000 年 4 月版。

13. 支伟成 等辑录：《吴王张士诚载记》，中华书局 2013 年 7 月版。

14. 刘振维著：《平民天子——朱元璋》河北人民出版社 2002 年 6 月版。

15. 吕景琳、赵朝著：《乱世英豪 · 明太祖朱元璋》哈尔滨出版社 1997 年 6 月版。

16. 王春南、赵映林著：《宋濂方孝孺评传》，南京大学出版社 2011 年 4 月版。

17. 张德信著:《明朝典章制度》吉林文史出版社 2011 年 3 月版。

18. 陈梧桐著:《朱元璋研究》, 天津人民出版社 1993 年 11 月版。

19. 黎东方著:《细说明朝》, 上海人民出版社 1997 年 12 月版。

20. 黎东方著:《细说元朝》, 上海人民出版社 1997 年 12 月版。

21. 周群著：《刘基评传》，南京大学出版社 1995 年 12 月版。

22. 明 · 谈迁著：《国榷》，中华书局 1958 年 12 月版。

23. 方立中主编:《刘伯温全书》，学苑出版社 1996 年 1 月版。

24. 陈梧桐著：《洪武皇帝大传》，河南人民出版社 1993 年 6 月版。

25. 毛佩琦著：《平民皇帝朱元璋二十讲》，2008 年 11 月版。

26. 王剑英著:《明中都研究》, 中国青年出版社 2005 年 7 月版。

27. 张健著：《朱元璋与淮西集团》，《安徽师范大学学报 (人文社会科学版)》2005 年 6 期。

28. 张至邈著:《朱元璋与淮西功臣集团》,《西昌学院学报（社会科学版）》2014 年 2 期。

29. 何平立著:《论朱元璋与淮人官僚集团之矛盾》,《安徽史学》

1987 年 1 期。

30. 谷应泰著：《明史纪事本末》，中华书局 2018 年 10 月版。

31. 孙正容著：《朱元璋系年要录》，浙江人民出版社 1983 年 2 月版。

32. 周良霄、顾菊英著：《元史》，上海人民出版社 2004 年 9 月版。

33. 孙文良著：《洪武帝》，吉林文史出版社 1996 年 1 月版

34. 黄宗羲著：《明儒学案》，中华书局 1985 年 10 月版。

35. 富路特（美）、房兆楹主编：《明代名人传》，时代出版传媒有限公司 北京时代华文书局 2015 年 4 月版。